LAS CHICAS GRIMROSE

un sello de
V&R Editoras

‣ **Dirección editorial:** Marcela Aguilar
‣ **Edición:** Melisa Corbetto con Ailén García
‣ **Coordinación de arte:** Valeria Brudny
‣ **Coordinación gráfica:** Leticia Lepera
‣ **Diseño de interior**: Cecilia Aranda
‣ **Diseño de portada:** Ray Shappell
‣ **Ilustraciones de tapa:** © VikiVector/Getty, konstantynov/Getty, R.Tsubin/
  Getty, Xvision/Getty, vectortatu/Getty, CoffeeAndMilk/Getty, paprikaa/Getty,
  Djomas/Shutterstock, kidstudio852/Shutterstock

© 2021 by Laura Pohl
© 2023 VR Editoras, S. A. de C. V.

www.vreditoras.com

Derechos de traducción adquiridos mediante acuerdo con
Taryn Fagerness Agency y Sandra Bruna Agencia Literaria, SL

MÉXICO: Dakota 274, colonia Nápoles,
C. P. 03810, alcaldía Benito Juárez, Ciudad de México.
Tel.: 55 5220–6620 · 800–543–4995
e-mail: editoras@vreditoras.com.mx

ARGENTINA: Florida 833, piso 2, oficina 203
(C1005AAQ), Buenos Aires.
Tel.: (54-11) 5352-9444
e-mail: editorial@vreditoras.com

Todos los derechos reservados. Prohibidos, dentro de los límites establecidos por la ley, la reproducción total o parcial de esta obra, el almacenamiento o transmisión por medios electrónicos o mecánicos, las fotocopias o cualquier otra forma de cesión de la misma, sin previa autorización escrita de las editoras.

Primera edición: enero 2023

ISBN: 978-607-8828-45-6

Impreso en México en Litográfica Ingramex, S. A. de C. V.
Centeno No. 195, colonia Valle del Sur, C. P. 09819,
alcaldía Iztapalapa, Ciudad de México.

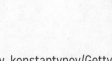

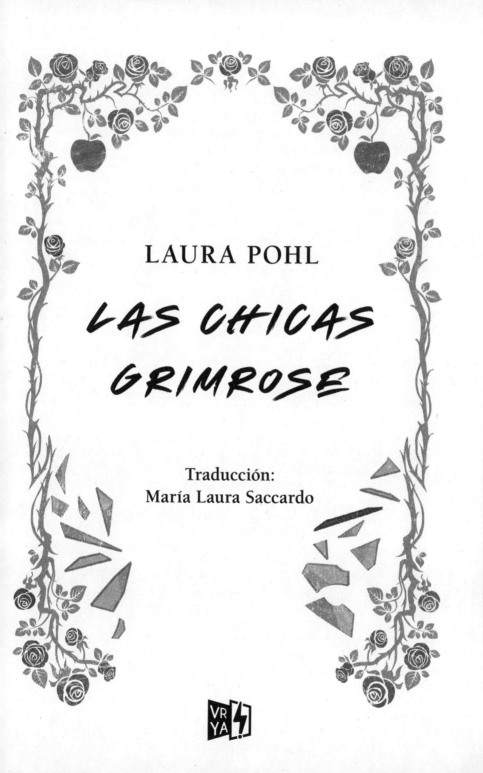

LAURA POHL

LAS CHICAS GRIMROSE

Traducción:
María Laura Saccardo

AVISO DE CONTENIDO
SENSIBLE

Este libro contiene menciones de suicidio, abuso parental físico y emocional, y muerte de padres. Incluye descripciones de trastornos de ansiedad, obsesivo compulsivo y de hechos algo sangrientos.

A mi hermana Cora,
quien siempre añadía princesas a cada historia que contábamos.
Aquí hay una con cuatro princesas.

PARTE I

ÉRASE UNA VEZ

1
ELLA

El primer día de clases comenzó con un funeral.

Por supuesto, no era lo habitual en la Academia Grimrose para Estudiantes de Élite, cuyos egresados generalmente se convertían en líderes de conglomerados corporativos o en ganadores del Premio de la Academia, del Premio Nobel o de alguna otra condecoración, y vivían hasta los ochenta años. Por lo tanto, todos estaban sorprendidos, y se oían susurros en cada esquina del castillo, desde la torre de la biblioteca hasta el baño de chicas del quinto piso.

Los susurros perseguían a Eleanor Ashworth en especial.

Con una mirada tímida hacia el techo, Ella sujetó la correa de su bolso con fuerza y preguntó:

—¿Cuánto creen que vaya a durar esto?

Eleanor, conocida por sus amigas como Ella, era una chica de diecisiete años, de contextura pequeña, cabello rubio largo hasta la barbilla, ojos del mismo tono claro, mejillas rosadas, pecas por todo el rostro y los brazos, y prendas que habían tenido mejores épocas. Los susurros ya la habían perseguido antes, pero nunca con tanta obstinación.

—Un mes si tenemos suerte —respondió Yuki, su mejor amiga, con una arruga en la frente.

—No la tendremos —balbuceó Rory mientras fulminaba con la mirada a un grupo de chicas que se atrevieron a mirarlas—. ¿Qué demonios están mirando?

—Te das cuenta de que tu actitud solo llama más la atención, ¿no? —preguntó Yuki con una ceja en alto.

—Al menos me da un motivo para pelear —repuso encogiéndose de hombros con satisfacción.

La Academia Grimrose era exclusiva, no solo en nombre, sino también en reputación. Se encontraba en Suiza y su precio exorbitante aseguraba que solo los más ricos y poderosos pudieran asistir. Emplazada en una de las colinas más hermosas de los Alpes, se vanagloriaba de un castillo descomunal al estilo de los cuentos de hadas, con cuatro torres, ornamentos de mármol blanco, jardines que se extendían hasta las montañas que la rodeaban y un lago cristalino para completar el paisaje.

Estudiar en Grimrose era una garantía de que nada podía salir mal en el futuro. Excepto porque, en las vísperas del primer día de clases, una de las mejores estudiantes de la Academia se había ahogado en el lago.

Sola.

Para la mayoría de los estudiantes era un escándalo. Para la

Academia implicaba tener una línea abierta para asegurarles a los padres que llamaran que sus hijos estaban a salvo y, además, prevenir que la muerte llegara a los periódicos. Pero para Ella, Yuki y Rory no era una tragedia cualquiera. Ariane Van Amstel era su mejor amiga.

Ella evitaba las miradas y susurros, sabía que todos querían hacerle las mismas preguntas. ¿Ariane había tenido intenciones suicidas? ¿Sabía nadar? ¿Ella sabía que estaba triste? ¿Por qué no la había ayudado?

La última pregunta era la peor, el recordatorio de una punzada en el corazón. ¿Cómo no se había dado cuenta de que su amiga pensaba hacer algo inimaginable? Ariane había sido feliz, hija de un hombre de negocios de Holanda, con un gran futuro por delante. Al igual que todos en la Academia.

Bueno, todos excepto Eleanor Ashworth.

La peor parte de las miradas era que la hacían sentir avergonzada porque debía haber hecho algo. Tendría que haber actuado. Tendría que haber salvado a su amiga, eso era lo que hacían las amigas.

Mientras miraba su mesa solitaria en una esquina de la cafetería, avanzó en la fila. Todos los demás estaban muy animados, como se habían reencontrado con sus amigos por primera vez en tres meses, estaban reunidos en grupos murmurando con emoción, quizás porque se habían extrañado o por las noticias impactantes. Pero para ellas algo faltaba. Stacie vio la mirada anhelante de su hermanastra y le hizo una seña casi imperceptible con la cabeza.

Stacie y Silla, las hermanastras gemelas de Ella, encajaban en Grimrose de un modo que ella nunca lo haría. Las hermanas pagaban la matrícula completa, en cambio, Ella tenía una beca estudiantil. En realidad, le debían a ella esa posición, que había recibido una invitación especial por parte de la Academia, pero su madrastra había dispuesto que solo asistiría si también recibían a las gemelas. Eso había sido cinco años atrás. Sharon había dicho que, si Ella quería ir a una escuela costosa, tenía que *merecerlo*.

Rory apoyó la bandeja de un golpe cuando se sentaron. La mesa que Ariane había escogido se sentía demasiado grande con el lugar vacío donde la chica debía estar. Era como si a Ella le faltara una parte, y no encontraba nada tan grande como para llenar el espacio de la ausencia.

Las tres amigas comieron en silencio. Cuando terminó de almorzar, Ella sacó un par de agujas de tejer de su bolso.

—¿Ya estás tejiendo? —preguntó Rory con la boca llena.

—Es que… —comenzó a decir— se lo prometí a Ari. No pude terminarlo porque Sharon no dejó de fastidiarme la semana pasada, así que ahora tengo que hacerlo antes de… antes… —No pudo terminar, en cambio, suspiró frustrada. Sabía que estaba despotricando y que había entrado en una rueda. Tenía que terminar el regalo de despedida, sino… Lo bueno era que a su mente ansiosa no se le ocurría una consecuencia peor de lo que ya había pasado—. El homenaje será esta noche. Se lo prometí, así que lo quiero terminar. Ella Ashworth no decepciona a sus amigas.

"Ni siquiera si están muertas", se dijo a sí misma.

2

YUKI

Yuki Miyashiro esperaba a sus amigas en el jardín.

Estaba parada inmóvil, los estudiantes que pasaban miraban su figura alta y solitaria, de piel blanca como el marfil y cabello oscuro como las plumas de un cuervo cayendo sobre los hombros, pero apartaban la vista cuando se encontraban con los ojos negros e implacables.

El homenaje se llevaría a cabo en el jardín, el único lugar en el que cabían todos los estudiantes, a pesar de estar inconvenientemente cerca del lago en el que Ariane se había ahogado.

Cuando Rory y Ella llegaron, avanzaron juntas en silencio. El jardín era frondoso y estaba lleno de flores y de variedades de verde, los últimos toques del verano.

—¿Estás bien? –preguntó Ella y, por un momento, el estómago de Yuki se revolvió por la culpa porque ella debió ser quien preguntara. Ella era su mejor amiga desde el primer día de escuela, cuando había declarado que sus zapatos eran los más hermosos que hubiera visto y que, por eso, tenían que ser amigas. Más adelante le había confesado que no le gustaban tanto los zapatos, sino que había descubierto que hacer cumplidos era la mejor manera de iniciar una amistad. Yuki no tenía forma de saber eso ya que no tenía muchas amigas.

—Estoy bien –afirmó, aunque era mentira.

Luego, Ella sacó el tejido del bolso porque siempre necesitaba hacer algo con las manos. Cuando respiró hondo, Rory las miró a ambas.

—¿Estás tomando tus píldoras? –quiso saber.

—Sí –afirmó Ella–. Espera, ¿crees que no lo hice?

—Eso no fue lo que dijo –intervino Yuki.

—Las estoy tomando.

Rory miró a Yuki en busca de reafirmación, pero no pudo decirle nada. A Ella le habían diagnosticado trastorno obsesivo compulsivo grave y ansiedad hacía un año, por lo que seguían adaptándole la medicación.

La caminata fue breve. Todos los estudiantes vestían sus uniformes: pantalón o falda azul, camisa blanca, corbata plateada, chaqueta celeste; eran como un mar azul que avanzaba por el camino. A pesar de que había dejado de llover, seguía nublado, de modo que el cielo estaba gris como las cimas de las montañas. Los jóvenes comenzaron a llenar el lugar, amontonándose adelante, pero Yuki prefería quedarse atrás.

Los padres de Ariane estaban parados en la primera fila. No había un féretro, se habían llevado el cuerpo a casa, sellado para que nadie más pudiera ver el cabello rojo como el fuego. Había una fotografía, que Yuki evitó mirar manteniendo la vista en el suelo. Mientras Ella se sentaba en una silla plegable, Yuki cerró los ojos, pero eso no silenció los murmullos que hablaban del cuerpo hinchado, del ahogamiento de Ariane, de que se había hundido en el lago y de cómo la habían encontrado boca arriba y casi irreconocible. Accidente. Suicidio. No tenía importancia. Ariane estaba muerta.

Cuando Reyna Castilla subió al púlpito, por poco se alegró de escuchar la voz de su madrastra.

—Es con gran pesar que nos reunimos aquí hoy —comenzó—. Una de nuestras estudiantes más prometedoras nos ha sido arrebatada de forma abrupta. Ariane era una alumna excelente, amada por todos. Es difícil describir lo terrible que resulta su pérdida…

Yuki dejó de prestar atención. Reyna no había conocido lo suficiente a Ariane para entender de verdad lo que significaba perderla. Su pérdida era limpia, no estaba contaminada por haberla conocido y querido.

La pérdida de Yuki no estaba limpia.

Cuando levantó la vista, vio otro rostro entre la multitud, el de Edric, el exnovio de Ariane. Apenas una semana después de haber roto con ella, lo había visto con otra persona, uno sobre el otro en uno de los pasillos.

Yuki deseaba que el chico fuera quien se ahogara en ese instante.

Para tranquilizarse, repasó lo que sabía: Ariane no sabía nadar. No se hubiera acercado al lago de noche. No hubiera partido sin despedirse. Sin embargo, no habían descubierto nada extraño.

El sermón de Reyna terminó y el padre de Ari tomó el micrófono para dar otro discurso en el que agradeció a todos. Los estudiantes de la escuela tuvieron la cortesía de fingir que les importaba, a pesar de que Ariane nunca había encajado con ellos.

Encajaba con nosotras.

El corazón de Yuki estaba acelerado, con un tamborileo que estaba segura de que los demás podían escuchar.

Poco después de las palabras del padre de Ari, el homenaje llegó a su fin. Ella se puso de pie antes de que alguien pudiera detenerla y caminó con determinación hacia los padres de Ariane. Yuki casi podía oír lo que estaba diciendo; imaginaba que las palabras debían ser firmes y amables. Luego vio el destello de una sonrisa en la madre, un abrazo, y a Ella entregando el suéter que había terminado.

Alguien se le acercó en ese momento. Al darse vuelta se encontró con su madrastra. Reyna no solía lucir cansada, pero ese día Yuki percibía algo expuesto, como si se hubiera quitado una máscara que no volvería a bajar en los próximos cien años. Reyna no parecía tener edad para ser su madrastra. Tenía una piel morena inmaculada y cabello color chocolate que le caía en ondas gruesas sobre los hombros. Al menos, se vestía como directora; ese día lucía un vestido color bermellón, formal y elegante.

—¿Caminas conmigo? —preguntó señalando el castillo. La chica obedeció, al igual que siempre. Con la postura perfecta, caminaron con calma una junto a la otra sin que sus hombros se tocaran. El silencio se extendía a medida que subían—. ¿Cómo estás? —inquirió por fin, sin hostilidad.

Yuki se quedó callada por un momento. Sabía lo que se esperaba de ella. Había visto la respuesta en las manos de Ella, en sus gestos y en su postura, pero ella tenía que soportarlo, aceptar la pérdida con altura y pensar en los demás.

—Bien —respondió de forma brusca—. Estoy bien.

Reyna hizo una pausa, así que la chica también se vio obligada a detenerse.

—Yuki, una de tus amigas acaba de morir —insistió—. Te lo estoy preguntando porque sé que no debes estar bien.

—Pero lo estoy.

Habló con tanta convicción que por poco sintió que las palabras resonaron por los jardines, entre las hojas, cargadas por las alas de las aves. *Lo estoy. Lo estoy.*

No iba a perder la compostura, después de todo, era la hijastra de la directora. Siempre era su comportamiento el que juzgaban primero.

—Le pediré a la policía que mantengan las preguntas al mínimo —aseguró Reyna. Yuki solo respiró hondo porque no podía perder la compostura, pues siempre, siempre, era la viva imagen de la perfección; sin importar lo que pasara, no iba a perder el control ese día. Su madrastra le lanzó una mirada antes de agregar—: Es algo de rutina.

—Está bien.

—Solo quiero que estés preparada para lo que vendrá. No quiero que esto sea peor para ti, sé lo duro que debe ser ya.

Pero Reyna no lo sabía.

No tenía idea.

Nunca tendría ni la más mínima idea, porque Ariane estaba muerta y era culpa de Yuki.

3

RORY

De entre todos los estudiantes destacados del castillo, Rory Derosiers debía ser una de las más acostumbradas a vivir en uno. No era que fuera a admitirlo, pues vivir en un castillo era estúpido, y el hecho de que hubiera habitado no solo uno, sino tres, le parecía jactancioso más que curioso.

Y Rory no era jactanciosa.

—¡Adivina quién está lista para patearte el trasero! —exclamó al entrar al salón de entrenamiento el primer viernes del semestre.

No obtuvo respuesta del espacio vacío, así que frunció el ceño. Se había escapado de clases lo más pronto que pudo. La primera semana no había sido tan terrible como había imaginado; bueno, eso si no contaba el funeral. Y Rory se rehusaba a contar el funeral.

Fue al vestuario a cambiarse de forma rápida el uniforme por la camiseta holgada de siempre, pantalones cortos amplios y una cola de caballo. Pero ni siquiera ese atuendo alcanzaba para ocultar sus facciones de princesa. Tenía mejillas redondeadas, el rostro en forma de corazón, grandes ojos azules y cabello cobrizo que le caía en ondas sueltas casi hasta la cintura.

Comenzó a correr alrededor de la pista respirando a un ritmo estable. Los pulmones se le expandieron y el corazón se le aceleró y, cuando comenzó a aparecer el dolor, lo ignoró como siempre lo hacía. Esa era una actividad solitaria en la que solo podía contar consigo misma. Esa era la desventaja de ser parte de un equipo: inevitablemente te decepcionaban.

Ariane nunca la había decepcionado. Jamás.

Siguió corriendo, esforzándose, pensando en que tendría que volver a su dormitorio, en donde la cama de Ariane estaría vacía porque ella ya no estaba.

Su mejor amiga Ariane, a quien había visto apenas hacía seis días, tan alegre y llena de vida como siempre, y de cuya tempestad ya no quedaba nada. Solo los corazones rotos que había dejado atrás.

Rory sintió el escozor de las lágrimas cuando cerró los ojos con fuerza. Rory Derosiers no lloraba.

Cuando abrió los ojos otra vez, encontró a alguien más en el salón.

—Llegas tarde —expresó.

—Hay una primera vez para todo —respondió Pippa al dejar el bolso en una esquina—. Disfruta de la victoria mientras puedas.

—Frente a ti, siempre.

Pippa rio, entonces Rory sintió que le subía calor a las mejillas. Luego la chica echó su cabello negro trenzado con firmeza hacia atrás. Se percibían músculos debajo de la camiseta y destellos de piel morena, a los que Rory se había descubierto admirando más de una vez. Aunque no era que fuera a admitirlo.

Rory Derosiers era buena negando las cosas.

—Ponte en guardia —dijo en cambio mientras le arrojaba una espada de madera—. Arreglaremos esto a la antigua.

Pippa alzó una ceja al atrapar la espada con facilidad. Rory odiaba cuando hacía eso, el movimiento de cejas sumado a la atrapada, como si fuera fuerte y grácil. Nadie tenía derecho a ser ambas a la vez.

—Ten cuidado —advirtió la otra chica—. No querrás que te derrote el primer día.

Ella no respondió, sino que lanzó su ataque. Fue veloz con la espada, pero, de algún modo, Pippa fue más rápida. Esquivó la embestida y contraatacó con la mano izquierda. ¡La mano izquierda! Rory la acabaría.

Se recuperó enseguida, hizo un amague y apuntó a la mano derecha de su oponente. Pippa la bloqueó otra vez, con los ojos centelleantes ante el ataque. Parecía estar de buen humor y Rory se preguntó si estaba intentando mostrarse animada por ella.

—Sabes que el elemento sorpresa solo funciona una vez, ¿no? —se burló Pippa.

—Cierra la boca —replicó y lanzó un nuevo ataque que dio inicio a su danza habitual.

Rory conocía las reglas de la esgrima y la practicaba desde que era muy joven; era la única actividad peligrosa que le permitían realizar porque la hacía bajo la supervisión de su tío. Sin embargo, lo que hacía con Pippa no era parte del entrenamiento en equipo. Había iniciado por diversión, con espadas improvisadas de madera y batallas reales que acababan con magullones y sangre; contiendas en las que terminaba sedienta de algo más que el choque de las armas.

En ese momento, la sangre le subió a las orejas mientras cambiaba la espada de una mano a la otra. Su oponente bloqueaba los ataques y se limitaba a retroceder mientras ella avanzaba cada vez más, hasta que se le debilitaron las rodillas y su cuerpo cedió ante una oleada de dolor.

Rory trastabilló.

Pippa se detuvo de inmediato.

—¿Estás bien?

—Puedo seguir —aseguró Rory.

—¿No deberías…?

—No —interrumpió ella—. Conozco mi límite. —Al escuchar eso, Pippa se quedó callada. Rory se estabilizó, torció la muñeca para bloquear un ataque y arremetió por la izquierda. Fue otro paso en falso, por lo que, en cuanto su pie tocó el suelo, volvió a dolerle el cuerpo y tropezó. Pippa logró atajarla. La piel acalorada y sudorosa se pegó contra el cuello de Rory, que pudo sentir cómo soltaba largas bocanadas de aire mientras la sujetaba con firmeza de la cintura.

—En algún momento tendrás que regresar a tu dormitorio —dijo en voz baja.

Rory se alejó de ella, muy rápido. Seguir por ese camino solo iba a desembocar en dolor, decepción y un corazón roto. Su vida amorosa, si podía llamarla así, estaba fuera de los límites, incluso de los autoimpuestos. Tenía el corazón encerrado detrás de rejas de plata, protegido por un bosque espinoso y, posiblemente, por un dragón.

—No quiero —respondió—. Lo haría si quisiera.

Pippa la miró, con la espada apuntando al suelo. Nunca interactuaban más allá de ese momento con reglas estrictas, ellas dos solas, con sus cuerpos y espadas. No necesitaban palabras, pero Pippa siempre sabía lo que estaba pensando. Y Rory odiaba eso. En el transcurso de tres años había llegado a conocerla más de lo que había permitido que nadie más la conociera. Sabía atravesar las defensas de Rory, y no solo con la espada.

Se sentía como si estuviera rompiendo las reglas y quería retarla por eso. Desafiarla a un duelo en el que la ganadora pudiera guardar silencio. Aunque, contra Pippa, no estaba segura de querer ganar.

—La odio —expresó y volvió a sentir escozor en los ojos, pero no iba a dejar que la viera llorar.

—No es así —respondió sin más—. La extrañas.

—No se suicidó. —Rory dejó caer la espada y apretó los puños—. Sé que todos dicen eso, pero no es verdad. No dejó una nota. —Sintió que se le quebraba la voz y se esforzó para no dejarse llevar—. ¿Qué clase de persona no dejaría una nota?

Pippa no tenía una respuesta para eso, solo levantó el arma caída y se la ofreció de vuelta, con la hoja hacia abajo. Una señal de paz. Rory la aceptó y, por un breve instante, sus manos se tocaron y un fuego la atravesó, tan brillante como las llamas de su cabello.

—A veces perder a alguien duele —afirmó Pippa—. Tienes que permitirte sentirlo. Te veré en la práctica.

Le tocó el hombro con delicadeza antes de irse, y la sensación siguió latente por mucho tiempo.

4
ELLA

La primera semana no fue terrible.

Por supuesto que aún oía los murmullos y no desaparecía el hecho de que, cada vez que volteaba en alguna de sus clases, esperaba ver una maraña de cabello teñido de un colorado oscuro y de que, cada vez que no la veía, era como si Ariane hubiera muerto de nuevo. No dejaba de olvidarlo.

Ari seguía ausente y los murmullos no cesaban.

La policía les había hecho algunas preguntas. Rory había regresado el día de la muerte de Ari. Yuki la había visto, pero no habían hablado. No podían hacer más que pensar en la muerte como un accidente o un suicidio.

Pero Ella no creía en eso. No *podía* creer eso.

Había elegido Cocina como asignatura optativa a consciencia. La mayoría de las escuelas ya no la ofrecían en el currículo, pero Grimrose era tan absurda como la mayoría de las escuelas pupilas más costosas. Tenían clases de Equitación, Esgrima, Ballet, Coro, y de cualquier actividad en la que un niño rico aburrido pudiera pensar para matar el tiempo. Si existía, la Academia Grimrose la ofrecía.

Rory había señalado que tomar clases de cocina cuando ya sabía cocinar era estúpido, pero a Ella le parecía relajante poder ir sin tener que *aprender* nada en realidad.

Cada encimera del salón era para dos personas, eso significaba que tendría que trabajar con un compañero. Rory y Yuki se habían negado a tomar esa clase con ella. Rory tenía Esgrima y Yuki había declarado que prefería subir a la torre de rodillas antes de aprender a cocinar. No podía culparlas; tampoco a los estudiantes que pasaban de largo del asiento vacío junto a ella.

Cuando por fin llegó la profesora, le alivió ver que se trataba de la señorita Bagley, una de las docentes más antiguas de la escuela. Una mujer corpulenta con un rodete austero de cabello gris y un vestido sobrio color azul.

—Hola, queridos —dijo sonriente a modo de bienvenida. El corazón de Ella sintió un poco de calidez, a pesar de que el asiento a su lado seguía vacío—. No hace falta que me presente, ¡o eso espero! Esta es la clase de Cocina y trabajarán en parejas. Para comenzar por algo sencillo, hoy prepararemos crepes. Por favor, no se lo digan a nadie, ¡o tendremos una fila esperando a la salida! —Se rio de su propio chiste, luego tomó los libros de cocina y comenzó a repartirlos. Ella tamborileó los dedos sobre la mesa con nerviosismo mientras esperaba su turno contando las mesas, agradecida de que fueran número par. Cuando la profesora por fin giró hacia ella, notó el lugar vacío–. Ah, querida, no tienes compañero.

—No hay problema, señorita Bagley –aseguró.

—Es que formamos duplas por una razón. –La profesora la miró de forma significativa, como si la intención de Ella fuera destacarse al trabajar sola en vez de una consecuencia de que el lugar estuviera vacío y que, seguramente, siguiera así–. No es solo porque…

La entrada de alguien a la clase la interrumpió. Llegada a los tumbos sería una mejor definición. Un destello de cabello colorado, que le dejó los pulmones sin aire, fue lo primero que Ella notó, pero luego el recién llegado se enderezó y vio que solo era un chico alto y desgarbado al que conocía bien.

—Lamento llegar tarde –anunció en voz alta.

Resistió el impulso de poner los ojos en blanco. Frederick Clement era un alumno ejemplar de la Academia; es decir, era rico y su familia debía ser dueña de medio país. También implicaba que de seguro iba a ignorarla como había hecho desde que tenían doce años, a pesar de que habían compartido la mayoría de las clases desde entonces.

Aunque no era algo que ella fuera a mencionar, ya que solo demostraría que había estado prestándole atención. Algo que, por supuesto, no había hecho.

—¡Ah, por favor! –exclamó la señorita Bagley–. Ven a sentarte con la señorita Ashworth.

—¿Qué? –expresó Ella con un parpadeo.

Frederick sonrió mientras dejaba el bolso y se apostaba en el asiento junto al suyo. Cuando la profesora se alejó, comenzó a ojear el libro que Ella había dejado intacto.

—Abran sus libros en la página siete y comiencen a recoger los ingredientes. Ya se encuentran seleccionados al fondo del salón. Y, por favor, recuerden quién es su compañero porque trabajarán juntos durante todo el año.

El chico volvió a mirar a Ella y le sonrió inadvertidamente. Le tomó un momento darse cuenta de que no se la había devuelto. De todas formas, que él estuviera allí no hacía la diferencia. Fue a buscar los ingredientes al fondo. Podía preparar crepes con los ojos cerrados, así que comenzó a cascar los huevos sin pensarlo.

–¿No me dejarás hacer nada?

–No es necesario –respondió sin mirarlo–. Si estás aquí solo para completar tus horarios, yo puedo hacerlo.

Frederick le frunció el ceño, tenía las cejas del mismo tono que el cabello. Al mirarlo más de cerca, Ella notó que tenía pecas en la nariz y en las mejillas, casi del mismo color anaranjado que el cabello despeinado.

–¿Por qué asumes que solo estoy aquí para llenar mi horario?

–¿Por qué otra razón lo harías?

Él seguía teniendo los ojos color café fijos en las manos de ella, que estaba partiendo los huevos. Golpe, tazón, basura. Frederick no dejaba de mirarla y la ponía nerviosa.

–Creo que eres un poco injusta –dijo por fin, apoyado en la encimera junto a ella. Otro huevo. Golpe, tazón, basura–. Ni siquiera me conoces.

–Eres Frederick. Asistimos a la misma escuela desde los doce años.

–Quizás haya más que eso.

–¿Lo hay?

Él jadeó, simulando estar horrorizado, y negó con la cabeza, lo que le enmarañó aún más el cabello si eso era posible.

–Quizás yo también sepa quién eres.

–Sí, claro –masculló por lo bajo. Para frustración de la chica, él tomó la harina y comenzó a tamizarla despacio, pero con mano firme.

–¿Por qué no te agrado? –preguntó de pronto mientras vertía el polvo dentro de un cuenco, que luego le entregó.

–Tú no… –comenzó a decir con su acento local más marcado que nunca mientras pensaba–. No me *des*agradas.

–Eso quiere decir que te agrado, de la forma más rebuscada posible –respondió el chico–. ¿Por qué?

–¿Por qué crees que eres digno de una explicación?

–¿Qué? No es que sea digno –replicó en tono ofendido y se alejó de la mesa–. Solo siento que debo saberlo.

–Para eso debes ser digno.

–No es posible –bufó él–. ¿Dignidad? ¿En *esta* escuela? Jamás. –Ella sintió que sus labios se curvaban hacia arriba y tuvo que resistir el impulso de sonreírle–. Seremos compañeros por el resto del año –continuó Frederick–, solo quiero asegurarme de que no te darás vuelta y me apuñalarás por la espalda.

–¿De verdad piensas que podría apuñalarte?

–Pareces ruda, para una chica de un metro cincuenta de altura.

Quiso empujarlo y por poco pensó en tomar un cuchillo. Él seguía sonriente, con las pecas iluminadas. Era algo tierno, pensó de mala gana, como si admitirlo fuera ceder ante el chico.

–Creo que el arma más poderosa que tuve en mis manos fue una aguja de tejer.

–Sí, las he visto. Parecen bastante letales.

–¿Las viste? –preguntó sorprendida.

–Si una chica entrara a clases con agujas del largo de su brazo, tejiendo una bufanda roja con frenesí, tú también la notarías.

Finalmente, eso hizo reír a Ella. El sonido escapó de su boca antes de que pudiera evitarlo. Batió la harina, los huevos y la leche para formar una masa mientras llevaba la cuenta. Cinco giros en sentido horario, uno en sentido antihorario. Si Frederick lo notó, no dijo nada.

—No mido un metro cincuenta —protestó a pesar de que esa era su altura exacta.

—Y yo no soy un completo idiota. Al menos no la mayor parte del tiempo.

—Está bien, tú ganas.

Frederick le sonrió sin reparos.

—Ya que gané, ¿merezco una explicación de por qué no te agrado? —Ella no respondió—. Adivinaré al azar —arriesgó él—. ¿Es porque estoy cerca de Stacie?

—Eso no fue nada azaroso.

—Bueno, Stacie es muy clara en lo que piensa sobre ti.

—Ya lo creo —balbuceó la chica, y él no se inmutó.

—Si creyera en lo que dice, no te hubiera reconocido.

—Ah, ¿no?

—No, esperaría ver a un dragón carnívoro chupa sangre.

—Me alegra que no le hayas hecho caso. Sería una decepción ver a un dragón de un metro y medio.

—Y asumo que no bebes sangre.

—Aún no.

—Eres joven, todavía estás a tiempo.

La conversación fue muy fluida y simple durante el resto de la clase. Frederick no fue un peso para ella. No lo dejó acercarse al sartén, pero apiló las crepes con prolijidad y las decoró con frutas, azúcar y jarabe y luego ayudó con la limpieza sin que ella tuviera que pedírselo.

Conversaron con tal naturalidad que casi se olvida de que, cuando hablaba demasiado, irritaba a las personas. Conocía las miradas que indicaban que debía callarse, había aprendido a reconocerlas en todas las personas que la rodeaban.

Frederick no la había mirado así ni una sola vez.

Una vez que las crepes por fin estuvieron listas para que las presentaran, lo miró.

–Lamento cómo actué antes –dijo–. Fui una idiota, sé cómo es esta escuela.

–Sí, las personas pueden ser despreciables. Lo entiendo.

–Al menos eres honesto al respecto –respondió con una sonrisa.

–Cargo con el peso de ser muy consciente de mí mismo.

–Solo quería disculparme. No tenía por qué tratarte así.

–Lo entiendo, Eleanor, de verdad. No tienes que explicármelo.

Le gustó la forma en que él pronunció su nombre, como si no le tuviera miedo.

–Puedes llamarme Ella.

–Un placer conocerte, Ella. Soy Freddie.

El chico se secó las manos con el paño que estaba sobre la mesa y luego se lo ofreció.

5

NANI

El castillo era… bueno, un castillo.

Nani Eszes no sabía cómo más describirlo. Era de piedra blanca pulida, con torres escondidas entre las cumbres de las montañas, enormes ventanales, un jardín inmenso, que se extendía desde el muro exterior hasta el propio castillo, y portones de hierro. Cuando Nani pensaba en castillos, se imaginaba un lugar como ese, aunque no lo hacía seguido y, cuando sí lo hacía, no era porque quisiera vivir en uno.

Esperaba con su bolso, mirando las puertas gigantes del patio y el reloj enorme en la pared opuesta a las escaleras. Había tomado el tren, del que casi se baja en el país equivocado (no llegaba a entender cómo podía tardar tan solo veinte minutos y una parada equivocada en llegar a otro país), y se encontraba observando las torres descomunales de la que, probablemente, fuera su prisión.

–¿Señorita Eszes? –llamó una voz, a lo que ella se dio vuelta para encontrar a una mujer alta y de edad avanzada al otro lado del patio–. Lamento la demora. No me habían informado que llegaría hoy.

Nani no le había avisado a nadie que llegaría ese día. Se presentó en esa… esa escuela en medio de las montañas, en un rincón olvidado de Suiza, sin haberle avisado a nadie porque a nadie le importaba que estuviera allí. Varada en una escuela llena de gente a la que no conocía ni le importaba conocer.

La mujer se le acercó, era la viva imagen de una directora: mayor, respetable, casi como su abuela; si su abuela fuera caucásica y no tuviera labios.

–¿Es la directora Castilla? –preguntó Nani.

–No, no. –La señora rio con sequedad–. Soy la señora Blumstein, jefa del consejo de maestros de la escuela.

–Ah. Estoy aquí para…

–Lo sabemos –intervino la señora Blumstein como si no necesitara más información respecto a qué hacía en la entrada del castillo una chica de diecisiete años, con un vestido corto de verano que violaba las reglas de vestimenta escolar, y que parecía fuera de lugar por completo–. Asumo que no tiene uniforme –comentó al evaluar el vestido. Nani negó con la cabeza–. Nos ocuparemos de eso en el camino –agregó y señaló la escalinata–. Sígame adentro, le mostraré el lugar. Debió estar aquí para el primer día de orientación.

Hubo un rastro de reproche en su voz, una punzada para Nani. La ignoró y la siguió al interior del castillo, que era aún más… como un castillo de lo que era afuera. Las escaleras y corredores estaban alfombrados, había pinturas de los mecenas y piezas dignas de museos. El techo era abovedado y el atrio daba paso a una enorme escalera de mármol blanco.

—Tengo entendido que su padre hizo los arreglos —continuó la señora Blumstein.

Nani creía que eso podía decirse. Había recibido una carta por correo con la firma y la letra de él, además de toda la documentación que necesitaba para llegar allí y boletos para el viaje. Había buscado la Academia Grimrose en Google, pero no tenían un sitio web. Cuando decían que era una escuela exclusiva, era en serio.

Pensaba que iba a encontrar a su padre allí, aunque él nunca había *dicho* que sería así y no lograba contactarse con su teléfono móvil, pues estaba siempre apagado y la llamada iba al buzón de voz.

—Así es —respondió—. Entonces, ¿lo conoce?

—¿Disculpe? —preguntó la mujer.

—Si conoce a mi padre —repitió la chica—. Trabaja aquí.

—No estoy segura de haberlo conocido —comentó con el ceño fruncido.

—Es guardia de seguridad —insistió Nani—. Me envió los papeles para la inscripción. Se suponía que lo encontraría aquí.

—Bueno, si trabaja aquí, tendrá tiempo de sobra para verlo. —La señora Blumstein giró para ofrecerle una sonrisa vacía. No dijo nada más, de modo que Nani no tuvo más opción que seguirla escaleras arriba, a pesar de que lo único que quería era irse a casa.

A casa. Quería volver a Honolulu con su abuela, al hogar desde el que podía oler el océano y ver montañas que eran verdes de verdad, en lugar de ese lugar escarpado al que sus habitantes tenían el descaro de llamar "bosque". Nani reconocía un bosque al verlo, esta tierra gris como el musgo, con árboles esqueléticos y picudos de escaso follaje, no lo era.

Casa, pensó con amargura, el lugar del que su padre se había alejado más de una vez.

Ella no quería estar allí. Se había encerrado en su habitación a llorar durante tres días, le había suplicado a Tūtū para quedarse, pero su abuela no había cedido. Después de la muerte de la madre de Nani, Tūtū había perdido la voluntad para luchar contra los caprichos del padre, a pesar de que la mayoría no tuvieran sentido y de que Nani fuera más familia que él. Ella era *Hānai*. Aunque su padre apareciera, se quedara con ellas y volviera a irse a su destino con la promesa de que, la próxima vez, llevaría a Nani con él.

Después de retirarse de la marina, había viajado por todo el mundo hasta conseguir empleo como guardia de seguridad de la escuela. Le había prometido a su hija que la paga era buena y que la vería pronto. Solo que nunca había regresado por ella. Había hecho una promesa vacía. Otra vez.

—La Academia Grimrose es una de las mejores escuelas del mundo —estaba diciendo la señora Blumstein en medio de un monólogo al que Nani había silenciado por completo—. Ya hemos organizado un cronograma de clases para usted, pero hay algunas actividades que puede escoger. Los viernes por la tarde suelen estar libres y puede pedirle permiso a su tutor para salir los fines de semana a visitar los alrededores.

Eso significaba que su padre tendría que firmar algo. Que tendría que responder a sus cartas, a pesar de que no había respondido a ninguna hasta entonces.

Atravesaron más corredores y se cruzaron con algunos estudiantes en el camino. Algunos apenas miraron a la chica porque todavía parecían medio dormidos. Otros observaron su vestido amarillo desgastado, que tenía desde los catorce años, sus pantorrillas fuertes, su cintura ancha, su cuerpo regordete, su piel morena, su nariz redondeada y la maraña de cabello de rizos apretados que se abultaba más allá de sus hombros y enmarcaba la montura redonda de sus viejas gafas.

Al verlos, la chica se sintió aún más fuera de lugar.

—¿Tiene alguna pregunta, Nani? —quiso saber la mujer.

Estuvo a punto de responder que sí, que quería saber por qué estaba allí, por qué su padre la había hecho atravesar medio planeta para asistir a una escuela de la que nunca había oído, una que él no podía costear, y por qué no lo había visto ni había conseguido que respondiera a sus cartas o le devolviera las llamadas. Tenía muchas preguntas, pero no podía mencionar ninguna en voz alta.

—¿Empezaré con las clases hoy mismo?

—Así es. Puedo hacer que una de sus compañeras de cuarto la guíe hasta que se acostumbre al castillo. No hace falta que pierda tiempo. —Sonaba como alguien a quien la sola idea de perder el tiempo le parecía un pecado, y Nani hizo una nota mental para mantenerse fuera de su camino. No estaba allí para estudiar ni para hacer amigos—. Aquí estamos —anunció la señora Blumstein al detenerse frente a una puerta—. Este será su nuevo dormitorio.

—Adelante —anunció una voz desde adentro cuando la mujer llamó a la puerta.

La profesora abrió y reveló una habitación espaciosa en la que había otra puerta, que Nani asumió que debía ser el baño, y tres camas, cada una con un escritorio y un armario a su lado. Una cama estaba deshecha, con el edredón rosado en el suelo y una pila de cosas debajo; la otra estaba limpia y prolija, sin una sola cosa fuera de lugar.

La tercera estaba vacía.

Dos chicas alzaron la vista cuando entraron. Una tenía el cabello cobrizo, ojos azules y nariz respingada. La otra era una de las chicas más hermosas que Nani hubiera visto jamás, de piel pálida, ojos negros como los de un cisne y los labios de un ligero tono rojizo.

–Buenos días, niñas –saludó la señora Blumstein–. Les presento a su nueva compañera de cuarto: Nani Eszes.

6

RORY

Rory no esperaba que llegara una chica nueva tan pronto.

A decir verdad, no esperaba que llegara una chica nueva jamás. Habían vaciado el sector de la cama de Ariane. Ya no estaba el edredón verde mar sobre el colchón. Tampoco la colección ridícula de vasos de licor en los estantes ni los frascos de perfume vacíos. La silla ya no estaba cubierta de calcetines con brillos. La cama era una tumba, al igual que el féretro y para Rory estaba bien así.

En realidad, no estaba bien porque extrañaba a Ariane. Pero al menos no había alguien listo para ocupar su lugar.

—Hola —saludó la chica nueva en un tono que no sonó amigable.

A Rory no le importó, eso hacía que las cosas fueran mucho más fáciles.

La señora Blumstein las miró a ella y a Yuki como si esperara una respuesta, entonces Rory se percató de que no había dicho una palabra desde que la nueva había aparecido en la puerta.

–Hola –dijo, y su voz resultó ronca. La profesora alzó una ceja–. ¡Bienvenida a la Academia! –agregó en un tono que sonó animado y amenazante al mismo tiempo.

No era buena conociendo a gente nueva, un hecho que sus padres le remarcaban siempre que recordaban que tenían una hija. Todo en ella era opuesto a lo que esperaban. No tenía vestidos, odiaba las perlas, y los tacones altos no hacían más que empeorar su fibromialgia; se le hinchaban las rodillas y sufría tal dolor en el cuello que no sabía si podría levantarse al día siguiente. Si dependía de ella, solo compraba ropa en la sección masculina, rompía las mangas de las camisas para poder mover los brazos con más libertad y usaba capa sobre capa de tela para cubrirse. Cuando se trataba de presentarse con extraños, siempre terminaba en un desastre.

–Nani tiene Lengua con ustedes en el primer periodo –agregó la señora Blumstein–. Espero que la guíen a clases.

Se despidió con una de sus sonrisas de labios apretados que parecía una amenaza de muerte y cerró la puerta.

Rory se quedó con Yuki y la chica nueva, que seguía parada en la puerta con un único bolso en la mano y un vestido de verano que había tenido épocas mejores. Miró a su amiga, que le devolvió la mirada con una expresión en blanco. Siguieron mirándose, preguntándose cuál de las dos cedería primero, pero resultó que ninguna de las dos tuvo que hacer nada porque la chica se acercó a la cama y dejó caer el bolso.

Solo quedaba una cama vacía en el dormitorio, por supuesto que se instalaría en ella. Pero era el sector de Ariane. Le pertenecía a ella, no a la chica poco amigable que ya estaba intentando ocupar su lugar.

—Dijeron que me darían un uniforme —dijo Nani mirándolas por sobre un hombro.

—No nos informaron de tu llegada —respondió Yuki de forma inexpresiva, Rory la miró con incredulidad. Había pensado que al menos una de las dos iba a ser amable con la nueva. Aunque no sabía por qué esperaba que fuera Yuki.

En realidad, eso no era verdad. Sí sabía por qué lo esperaba. Yuki era como Ella. Era directa, sí, pero siempre era perfecta. Modales perfectos, calificaciones perfectas, todo perfecto, y no dejaba de ser absolutamente irritante. Yuki nunca había hecho nada mal.

Y no tenía derecho de estar enojada y tratar a su nueva compañera como una molestia indeseada.

Rory sí.

Los lunes siempre eran los peores, incluso en las escuelas pupilas en las que todo era siempre igual. También eran el día vegetariano en la cafetería de la escuela, lo que parecía una doble tortura.

—Tu almuerzo no saldrá corriendo —comentó Ella mientras veía a Rory apuñalando la lasaña de berenjenas con furia al otro lado de la mesa.

Ariane había elegido esa mesa porque desde allí se podía ver el jardín por la ventana. Hacía que se sintieran como en un cuento de hadas y a la chica le había gustaba eso, disfrutaba verlo a diario y asegurarse de que todas estuvieran agradecidas por sus bendiciones.

En ese momento, tenía una buena vista, un espacio vacío en el que debía estar Ari y, detrás, personas que no dejaban de mirarlas. Que no dejaban de hablar.

Ariane Van Amstel se había ahogado en el lago por decisión propia y eso era todo.

—¿Dónde está la chica nueva? —preguntó Ella—. ¿No debería estar contigo?

—Puede cuidarse sola —respondió Rory.

—Santo Dios, Rory, es *nueva* —insistió su amiga y dejó el tenedor—. No pueden abandonarla como si nada. Es su compañera de cuarto.

—No estaba tan interesada en nuestra ayuda —protestó y puso los ojos en blanco.

—Con esa actitud, no me sorprende.

Rory miró a Yuki en busca de apoyo, pero la chica estaba muy ocupada comiendo la lasaña con detenimiento sin mirarlas en absoluto.

—No me agrada, eso es todo.

—¡Ni siquiera le diste una oportunidad!

Fulminó a Ella con la mirada, al tiempo que empezaba a fastidiarse. Sabía que no lo estaba haciendo a propósito; así era Ella, se preocupaba por el bienestar de los estudiantes nuevos, los cuidaba como si fueran las flores de su hogar y los miraba de cerca para asegurarse de que estuvieran bien. Había adoptado a Rory, aunque su madre hubiera estudiado allí, al igual que la madre de Ariane.

La historia fue así:

Érase una vez, Yuki, hijastra de la directora, quien llegó a Grimrose a la tierna edad de once años para el primer año de *Sekundarschule*, o escuela secundaria. Ella llegó un año después y escogió a Yuki como su mejor amiga de inmediato. Y, después de eso, llegaron Rory y Ari para compartir dormitorio con Yuki. En ese entonces tenían trece años.

Ella había recibido a las dos compañeras nuevas de Yuki con los brazos abiertos; ayudó a Rory con la tarea de Alemán y discutió sobre perfumes con Ari. Una semana más tarde fue como si siempre hubiera sido así: las cuatro juntas.

Rory era la más cercana a Ari. Ambas seguían el legado familiar y era algo de lo que ambas se quejaban. Y Ari siempre sabía qué decirle cuando estaba en medio de una pelea con sus padres.

—Si no vuelve al dormitorio, iré a buscarla —prometió porque no quería pensar más en el recuerdo de Ari—. Además, no puede perderse *tanto*.

—Este castillo tiene, literalmente, setenta y tres escaleras diferentes, Rory.

—¿Sí?

—Así es. Y el número me altera. Mejor dicho, los arquitectos que construyeron la escuela.

Justo en ese momento Rory dio vuelta la cabeza y vio a alguien entrar a la cafetería. No era la chica nueva, por suerte, sino Ella hubiera insistido en que se sentara con ellas, y Rory no sabía qué haría si ocupaba la silla de Ari cuando ya se había instalado en su cama. Era Edric, el irritante exnovio de Ari, de la mano de su nueva novia. Uno de los defectos de Ari era ser heterosexual y, para peor, tener un gusto terrible para los hombres.

Las tres chicas observaron a Edric con ojos de halcón.

—Su personalidad es como un trozo de queso que alguien se olvidó en el congelador durante seis meses —comentó Rory.

—Es una analogía muy específica, pero tienes toda la razón —dijo Yuki, mirándola.

—¿Sabes qué es lo peor? Ari era intolerante a la lactosa.

Ella sonrió, Yuki también y, de pronto, Rory comenzó a reírse a carcajadas. La facilidad que tenían para criticarlo era ridícula; Edric estaba allí y Ari no era más que su exnovia, no una persona real, una amiga, alguien que había muerto y las había dejado con la nostalgia.

—¿Creen que él sepa algo? —preguntó Ella, lo que hizo que el ánimo se ensombreciera de repente y todas miraran hacia la mesa en la que se encontraba el chico.

—No entres en eso —replicó Yuki en voz baja—. No nos hará nada bien.

—Sabes lo que están diciendo —insistió la otra en un susurro y con las mejillas enrojecidas por la rabia—. Todos piensan lo mismo, pero ustedes saben que no fue un suicidio. Lo *saben*.

—No lo sabemos —negó Yuki.

—A menos que descubramos algo —respondió—. A menos que podamos probar que no fue así. Nadie más lo hará.

—Si lo que sugieres es que hablemos con Edric, debes saber que, si me acerco a menos de medio metro de él, le daré un puñetazo en el rostro —aseguró Rory.

—Sugiero que investiguemos, no que vayamos dando puñetazos.

—Ese es el método de investigación de Batman.

—Bueno, olvida eso. Creo que podríamos descifrar la situación si hablamos con las personas correctas.

Rory sabía de qué estaba hablando. Sabía el nombre que no estaba diciendo en voz alta. Podían sentir todo el resentimiento que quisieran hacia Edric, pero él no era más que un estúpido exnovio. No era la verdadera causa de nada. Ni siquiera era la persona más importante en la habitación.

Giraron las cabezas al unísono hacia la chica que podía darles respuestas.

Penelope Barone.

La chica estaba sentada sola en una mesa, con el cabello rubio y ondulado hasta la cintura, ojos verdes penetrantes, figura delgada y pestañas rizadas. Rory apartó la vista de ella de inmediato.

—Una de nosotras debería ir a hablar con ella —dijo mirando a Yuki.

—No seré yo —negó la aludida.

—Ella es demasiado obvia. Y, claro, habla hasta el punto en que se vuelve irritante. Sin ofender.

—No me ofendes —respondió Ella de inmediato de buena manera.

—¿Y qué hay de ti? —sugirió Yuki.

—Soy la mejor amiga de Ariane —dijo Rory sin más, y sus palabras cayeron como una roca, como si fuera una competencia y ella hubiera ganado; porque, al final, lo había hecho. Hacía todo con Ari. Había asistido a todos sus conciertos, y Ari no se había perdido ni una de las competencias de esgrima de Rory. Hacían todo juntas. Ari nunca le había exigido a Rory nada que no pudiera hacer. Entre Yuki y Ella era igual, y todas juntas formaban un grupo que siempre había funcionado. Pero, al final, Rory fue la que perdió a su mejor amiga—. Y tú… —Por fin pudo volver a hablar—. Tú eres perfecta.

Los ojos de Yuki centellearon con esa palabra, pero, al final, asintió.

—Está bien. Yo hablaré con ella.

7
ELLA

A Ella no le gustaba la idea de que Yuki hablara con Penelope, pero, por supuesto, no descubrirían nada sobre la muerte de Ari si no investigaban. Había una parte de la historia que parecía… inconclusa.

Suponía que todas las muertes provocaban la misma sensación. Recordaba la de su madre, aunque era demasiado pequeña como para haber sentido la pérdida de verdad. Sin embargo, la de su padre, hacía casi seis años, se había sentido de ese modo. Inconclusa. Sin resolver. Sin importar cuánto tiempo hubiera pasado, todavía tenía un hueco, un lugar en el que debería haber algo, donde ya no tenía nada que llenara el vacío que él había ocupado.

Podrían haber considerado la muerte de Ari como un accidente, o incluso como un suicidio, y todos la olvidarían y seguirían adelante. Pero una chica había *muerto*. Una de sus mejores amigas había *muerto*.

Y Ella sentía que tenía que sacudir al mundo entero por eso.

Cuando llegó a la escuela el viernes por la mañana, la sorprendió ver a la chica nueva, Nani, parada en el corredor, vestida con su nuevo uniforme (la camisa muy ajustada en el pecho y la falda muy corta; los había diseñado alguien que no comprendía que las chicas venían en diferentes formas y tamaños) y con aspecto de estar perdida por completo.

—¡Hola! —le dijo y extendió la mano para tocarle el hombro—. Eres Nani, ¿cierto? —La chica se sobresaltó por el contacto y se le enrojecieron las orejas—. ¡Perdón, no era mi intención asustarte! Soy Ella. No pudimos conocernos antes. Soy amiga de Rory y de Yuki. Aunque yo no vivo aquí, vengo desde Constanz todas las mañanas. —Se dio cuenta de que ya había empezado a parlotear, así que cerró la boca; la otra chica frunció el ceño.

—Yo… —comenzó a decir justo cuando otra estudiante se estrelló contra ellas. Por el impacto, a Nani se le cayeron todos los libros de una vez.

—¡Mira por dónde vas! —exclamó una voz en tono duro.

Nani se agachó para recoger las gafas que también se le habían caído, pero Ella las alcanzó primero y las limpió antes de devolvérselas. Las lentes redondas estaban tan sucias que no sabía cómo había podido ver a través de ellas.

—Ah, lo siento —se disculpó la chica que las había chocado, y Ella reconoció que era Svenja, alumna de su mismo año. Conocía a casi todos en la escuela y emparejaba los nombres con los rostros con facilidad, pero Svenja era más reconocible que la mayoría. No solo porque era la única chica trans en su curso, sino porque su prima era casi idéntica a ella. Aunque Svenja era la más bonita y animada, en opinión de Ella, y era el orgullo del grupo de ballet de Grimrose.

Le ofreció una mano para que se levantara. Se le había despeinado el cabello castaño, así que volvió a hacerse la cola de caballo enseguida.

—Gracias —habló en voz baja. Luego miró a Ella a los ojos y agregó—: No tuve la oportunidad de decírtelo, pero lamento tu pérdida. Sé lo mucho que la querías.

Una sombra se posó sobre el corazón de Ella.

—Gracias —respondió—. Significa mucho para mí.

Tras sonreír, vio que Nani observaba el singular intercambio con curiosidad. Probablemente nadie le hubiera dicho que había ocupado la cama de una chica que falleció. Svenja le guiñó un ojo al pasar, a lo que Nani aferró los libros con más fuerza y la fulminó con la mirada.

—Es bueno ver que estás haciendo amigas —bromeó Ella.

—Si crees que así es como haces amigas, necesitas gafas más que yo.

No supo qué responder a eso. Además, Nani seguía mirando furiosa sin ningún rumbo en particular.

—Bueno —dijo un poco dudosa—. Pero estarás aquí un año entero, estoy segura de que conocerás a muchas personas que te agraden.

La chica le dio la espalda. Era más alta que Ella, pero claro, casi todos lo eran. Yuki era la más alta del grupo, Rory era unos centímetros más baja que ella. Ari y Ella eran las más pequeñas. Ari siempre decía que era mejor ser pequeña mientras la tomaba del brazo con alegría y caminaban detrás de Yuki y de Rory por los corredores, dejando que abrieran el camino.

Ahora se sentía sola cuando caminaba a clases.

—Vamos —dijo—. Te acompañaré a tu clase.

No fue el mejor comienzo, pero recordaba que, cuando había conocido a Rory, la había retado a un duelo.

Literalmente.

El resto del día pasó rápido, aunque Ella no estaba ansiosa por volver a casa porque Sharon pasaría todo el fin de semana con ellas. Algunas veces, si tenía suerte, se marchaba con Stacie y con Silla a Milán o a Francia, y Ella tenía la casa para ella sola.

Sentada en clases de Cocina, hizo una lista mental de todo lo que tenía que hacer cuando llegara. Preparar la cena, después volver al castillo para la asamblea de esa noche. También tenía que limpiar el establo de Carrots. Las listas ayudaban, pero, algunas veces no hacían más que alimentar su ansiedad.

—¿Estás bien? —le preguntó Freddie cuando terminó la clase, y su voz la devolvió a la realidad.

—Sí, claro. —Ella parpadeó y tamborileó los dedos tres veces sobre la encimera.

—Pareces preocupada.

—Es que tengo muchas cosas que hacer.

—¿Quieres repasar la lista conmigo? —ofreció él—. Puede ayudar.

—Solo si tienes doce horas para escucharla completa —respondió en broma, y los ojos de Freddie se ampliaron.

—Me retracto —dijo, y se le arrugaron los ojos al sonreír mientras caminaban juntos hacia la puerta—. Pero, en serio, si necesitas ayuda…

—Gracias. —Ella giró a mirarlo.

—Nunca hago nada los fines de semana. —El chico suspiró en el camino—. En una ocasión, estaba tan aburrido que recorrí el castillo para contar todas las escaleras. ¿Sabes cuántas hay?

—Setenta y tres —dijeron al unísono, por lo que la sonrisa de Frederick se hizo más grande.

Era contagiosa.

En ese momento, Yuki apareció y el ambiente cambió. Miró a Ella y a Freddie, evaluó rápido sus sonrisas y su cercanía, y los ojos se le tornaron más oscuros que antes.

—Oye —dijo—. Te estaba buscando.

—Yuki. —Ella se aclaró la garganta y sintió un cosquilleo en las puntas de los dedos—. Él es…

—Lo sé —interrumpió la chica de forma abrupta y en un tono extraño—. Creí que no debías llegar tarde.

Miró la hora en el reloj; era una de los pocos estudiantes que todavía usaba uno en lugar del teléfono móvil. La realidad era que tenía uno que apenas funcionaba. Casi no tenía acceso a internet porque Sharon no le permitía usar la señal de wifi con la excusa de que era una distracción. Era verdad, por supuesto, pero internet ya era casi un derecho humano.

—No es tarde —respondió—. ¿Quieres…? —comenzó, pero no sabía cómo terminar la frase.

—Está bien. Te veré esta noche —concluyó Yuki en su lugar. Le echó un último vistazo a Freddie y se marchó.

Ella dudó un momento. Luego el chico apareció a su lado.

—¿Quieres que te acompañe a casa?

—No, gracias, está bien.

A Ella se le pusieron los pelos de punta.

—Puedo…

—No, gracias —sentenció.

Freddie se detuvo y ambos se quedaron parados en una situación incómoda. No podía explicarle que no quería que se acercara a

Constanz, un lugar que no era para tomarlo a la ligera. Yuki y Rory nunca habían estado en su casa. Solo Ariane se había inmiscuido una o dos veces durante sus caminatas para despejarse. Era la única compañía que Ella había permitido. Mantenía a sus amigas fuera de allí por una razón.

Una buena razón.

—Te veré la próxima semana, entonces —dijo Freddie al final, con la voz apagada.

Ella le sonrió una última vez mientras él esperaba con paciencia detrás de la puerta que lo mantendría dentro de Grimrose, una barrera sólida entre la escuela y la vida de ella afuera de esos muros.

8

YUKI

Yuki retrasó su misión de hablar con Penelope Barone durante toda la semana.

La evitó en los corredores y en las pocas clases que compartían para postergar lo inevitable. La habían elegido para eso porque ella era perfecta.

Eso pensaban todos los que estaban cerca de ella. Su padre, con las reglas estrictas en casa, había intentado cumplir el rol de ambos padres y ansiado tanto hacer todo bien que había insistido en que Yuki superara a jóvenes tres años mayores que ella ya que el fracaso de su hija era un fracaso propio. Reyna no impuso las mismas reglas después de la muerte del padre, pero era la directora de la escuela y el comportamiento de su hijastra debía ser un reflejo de ella. No necesitaba decir que Yuki no debía poner ni un solo dedo fuera de la línea. En consecuencia, Ella y Rory también pensaban lo mismo; la veían como una persona que podía hacer lo que quisiera sin esfuerzo.

Pero eso era mentira.

Yuki no era perfecta y fingir que lo era requería de muchísimo *maldito* esfuerzo.

Un esfuerzo que por poco se desmoronó cuando vio a Ella salir con Frederick con una sonrisita oculta en los labios, un secreto que no le había compartido.

Ella siempre le contaba todo a Yuki, pero no le había hablado de eso. Sin embargo, no podía permitirse sentir lo que fuera ese sentimiento. Aplastó el pensamiento rebelde que le revolvía el estómago y, en cambio, se armó de valor para ir en busca de Penelope.

Era una hermosa tarde de viernes. Las nubes flotaban sobre las montañas y casi no había brisa; el sol iluminaba los jardines y el césped en donde estaban sentados algunos estudiantes. Allí detectó a Penelope, sola.

Fue impactante, puesto que en los últimos meses de clases siempre estaba sentada junto a Ariane. Se habían hecho cercanas después de que Edric dejara a Ari. Yuki recordaba bien lo que le había respondido cuando le había preguntado por qué quería pasar tanto tiempo con la chica nueva después del rompimiento en lugar de con sus amigas.

No es que entiendas cómo es amar a alguien, ¿o sí?

Las palabras habían dolido como una bofetada que había dejado una marca roja en su mejilla, pero que estaba en su alma. Una marca que nadie más conocía, porque nadie más había oído a Ari. No se había disculpado, y Yuki tampoco. No tenía por qué disculparse.

Penelope levantó la vista cuando se le acercó. Tenía el cabello en ondas doradas hasta la cintura y ojos verdes penetrantes. No usaba joyas, excepto por un anillo en la mano izquierda con la forma de la luna. Penelope había comenzado a estudiar en Grimrose en el cuarto año de *Sekundarschule*, se había hecho cercana a Ari y luego se había ido para regresar el año anterior. Nadie le había preguntado qué había pasado y, si Ari lo sabía, no se lo había dicho a nadie.

Recién cuando se encontró parada frente a ella, se dio cuenta de que no sabía qué decir.

—Hola —saludó Penelope mirándola desde abajo porque estaba bloqueando el sol—. ¿Puedo ayudarte?

—Sí —respondió Yuki—. Has visto a Ariane.

Se hizo una pausa incómoda.

—Cuando estaba viva, sí —contestó la chica en tono pausado—. Debo decir que todavía no vi a su fantasma.

Había un dejo de diversión en su voz, por lo que Yuki se dio cuenta de que se había comportado como una idiota, una revelación que no solía tener.

—Perdón —dijo la idiota fuerte y claro—. No tendría que haberte molestado. Yo… —Luego se dio vuelta para irse, pero, antes de que pudiera alejarse, Penelope le tomó la mano. Casi se aleja de un salto al ver los dedos color crema en su muñeca. En cambio, se quedó congelada, sintiendo la extraña calidez del contacto, intentando recordar cuándo había sido la última vez que había dejado que alguien la tocara.

No se acordaba.

—Puedes sentarte. Es un lindo día. —La chica le soltó la mano. Yuki se humedeció los labios y sintió tensión en los hombros. Obligó al cuerpo a que le obedeciera, se sentó de piernas cruzadas con movimientos mecánicos y se acomodó el uniforme escolar despacio para poder pensar en qué decir a continuación–. Así que quieres hablar de Ariane –comentó la otra con un largo suspiro y la vista fija al frente–. Les llevó un buen tiempo.

–¿Sabías que querríamos hablar contigo? –Yuki parpadeó confundida.

–Era su mejor amiga, ¿o no?

Otra vez las mismas palabras, un recordatorio de la pérdida de Ariane, como si pudiera reducirse solo a eso. Como si pudieran describirla solo como su mejor amiga y nada más.

–Bueno, supongo que también era tu amiga –logró decir–. Al final.

–Ariane no era mi amiga –bufó. Yuki giró a mirarla de forma abrupta, entonces Penelope sacó una barra de chocolate de su bolso, cortó un trozo y se lo entregó–. Entonces, ¿qué quieres? –preguntó–. ¿Vienes a acusarme de algo? Hazlo rápido, tengo mejores cosas que hacer.

–¿Por qué te acusaría de algo? –replicó Yuki. Como no se estaba comiendo el trozo de chocolate, comenzó a derretirse, caliente y pegajoso contra su piel.

–No serías la primera –comentó la otra encogiéndose de hombros.

–¿La primera? –repitió con el ceño fruncido.

–Edric vino a hablar conmigo la semana pasada para preguntarme si sabía algo. Cuando le dije que era su maldita culpa que Ari se hubiera quitado la vida, no se lo tomó muy bien.

Escuchar que alguien más lo dijera con tanta certeza despertó algo en Yuki, algo que no sabía que necesitaba. Rory y Ella estaban convencidas de que la muerte de Ari no había sido un accidente, de que no se hubiera puesto en peligro de ese modo. Ari nunca se habría acercado sola al lago si no sabía nadar y, con certeza, no se habría metido a propósito.

Pero ellas no sabían la verdad.

No sabían lo que Yuki había hecho.

No es que entiendas cómo es amar a alguien, ¿o sí?

—Entonces, crees que se suicidó.

—Por supuesto que lo hizo —afirmó Penelope con un tinte en la voz—. Estaba muy triste. No hablaba más que de Edric, de que lo había perdido y de que quería que las cosas fueran diferentes. Intenté ayudarla hace algunos meses, pero fue grosera conmigo. —Si se lo hubiera dicho a otra de las chicas, la habrían ignorado, se habrían alejado y acusado de mentir y distorsionar la realidad. Pero Yuki sabía la verdad. Ari podía ser mala si quería. Si decidía serlo—. No les digas a las demás que dije eso —pidió la chica mientras terminaba el último trozo de chocolate—. Sé que Ella y Rory son tus mejores amigas, pero a veces pueden ser muy intensas.

—Sí, es verdad —coincidió Yuki. En especial con ese tema—. Lo siento, no quería mencionarlo.

—¿Por qué sigues disculpándote? No tienes que decir que lo sientes cada cinco segundos.

—Lo siento.

Ambas rieron y Yuki se dio cuenta de que el chocolate seguía derritiéndose, así que se lo comió y lamió lo que se les había pegado a los dedos. Luego, la otra chica se levantó y se sacudió el césped de la falda.

—No importa por qué viniste a hablar conmigo, pero me alegra que al menos fueras honesta. —Se colgó el bolso al hombro y comenzó a caminar mientras Yuki la miraba. Cuando estaba a unos pasos de distancia, se dio vuelta–. Esperaba que fueras tú quien me buscara –agregó con unos pasos en dirección al castillo. El viento arrastró las palabras–. No las otras.

–¿Por qué? –Yuki levantó la vista sorprendida.

–Eres la más interesante –respondió y la dejó sentada sola en el césped.

9

NANI

Nani no desempacó durante su primera semana en Grimrose. Tampoco vio a su padre.

Había hablado con algunos de los guardias y sí, él había sido jefe de seguridad, pero eso *había sido* antes de que empezara el año escolar y no habían visto a Isaiah Eszes desde entonces.

Él le había dicho que llevaba un año trabajando allí, en esa escuela, pero después de haberle enviado los boletos y hacerla estudiar allí, se había esfumado.

Ella le había enviado una carta a la última dirección que había tenido, pero el correo se la devolvió sin abrir. Si algo podía decirse del correo en Suiza, era que es eficiente.

Había aceptado la invitación por una sola razón: porque había pensado que él quería verla. Había atravesado la mitad del mundo en avión para encontrar a su padre, pero ya ni siquiera estaba allí.

Para peor, tenía que quedarse en Grimrose y no sabía cómo iba a empezar a buscar a su padre. Quizás él no quería que lo encontrara.

Así que, al llegar el viernes, casi que estaba agradecida por la asamblea obligatoria porque así podría distraerse un poco.

Los estudiantes pertenecían a un mundo totalmente diferente. Tenían uniformes iguales, claro, pero también tenían zapatos, bolsos, joyas; todo era señal de una vida privilegiada y de riquezas que Nani nunca había visto antes, que solo eran para lo mejor de lo mejor de la sociedad. La élite de la élite. Para ellos estaba destinada la Academia Grimrose y su magia, no para una chica pobre, mitad afroamericana y mitad nativohawaiana como Nani.

Su padre le había hablado de lugares como ese. Eran material de libros de cuentos, como los que le llevaba de sus viajes para que pudiera leer y deleitarse con sus páginas cuando él volviera a marcharse. Le había prometido llevarla a los sitios que veía cuando viajaba y mostrarle el mundo entero. Lo había prometido y, sin embargo, ella estaba allí, pero él no.

Estaba sentada en el anfiteatro al lado de sus compañeras de dormitorio y de la amiga de ellas, Ella. No les había hablado, pero, de todas formas, eran las únicas personas a las que conocía en la escuela y eso era mejor que estar allí sentada sola. Los estudiantes se reunían en diferentes grupos, algunos de niños de apenas once años. Nani se preguntaba qué clase de padres enviarían a un hijo tan pequeño a una escuela pupila, para verlo solo una o dos veces al año.

No pasó mucho tiempo hasta que la directora subió al escenario por las escaleras y se apostó detrás del micrófono. Era más joven de lo que Nani esperaba, tenía la piel de un tono dorado oscuro, el cabello color avellana peinado hacia un costado y un rubí que le colgaba de la gargantilla en la base de su cuello. Su vestido tenía un buen corte, y la mujer estaba parada con la espalda tan recta que hizo que Nani pensara en que no se había dado cuenta de que había músculos capaces de mantener algo tan derecho.

–Hemos tenido un inicio de año turbulento –anunció la voz de Reyna al micrófono–. La tragedia del fallecimiento de una de nuestras amadas estudiantes nos tomó a todos por sorpresa. –Una pausa para respirar–. Están a salvo aquí. Su seguridad es una prioridad, tanto para la institución como para mí, al igual que su educación. Para los estudiantes, viejos y nuevos, espero que saquen el mayor provecho de lo que la Academia tiene para ofrecer. *Lux vincere tenebras.*

Nani no reconoció las ultimas palabras, pero los estudiantes las repitieron y el latín se extendió por el auditorio. Vio a la señora Blumstein junto con otras dos profesoras de edad avanzada rodear a Reyna al bajar del escenario. Reconoció a la señorita Lenz, de Química, y asumió que todas eran parte del consejo de maestros.

–Esa es la señorita Bagley, de las clases de Cocina –le susurró Ella entre la hilera de chicas–. Ellas son, básicamente, las tres profesoras a las que puedes recurrir cuando estés en problemas.

Nani había vivido el tiempo suficiente con Tūtū como para saber que no todas las mujeres mayores eran amables y generosas solo por el hecho de su edad. Los sermones de Tūtū seguían resonándole en los oídos aun semanas después de que hubiera dejado de hablar.

La señora Blumstein tomó el micrófono para explicar asuntos del cronograma de clases y, después, una chica de tez blanca de la edad de sus compañeras subió al escenario.

–Es Alethea –explicó Ella–. Presidenta del comité estudiantil.

—En resumidas cuentas, planea eventos —agregó Rory—. Alethea es una esnob, pero al menos sabe cómo dar una fiesta.

—No es esnob —la contradijo Ella—. Solo es un poco susceptible.

—¿Susceptible? —exclamó la otra y bufó—. ¿Recuerdas el incidente de la almohada? ¿A eso le llamas ser susceptible? ¿Puedes dejar de defender a todos por una vez?

—No defiendo a nadie. Simplemente creo que estás siendo injusta.

—La santa Ella. Patrona de los maltratados.

—Cállate.

La risa burlona de Rory se hizo más fuerte, por lo que algunas cabezas voltearon a verlas. Por su parte, Yuki mantenía la vista al frente como si no las conociera, algo que Nani entendía bien.

Al frente del escenario, Alethea se aclaró la garganta mientras esperaba que hicieran silencio.

—Este año, seguiremos la tradición —dijo con una sonrisa de oreja a oreja que parecía absolutamente artificial—. Por supuesto, tendremos el baile para celebrar el fin de curso en junio, pero también daremos otra fiesta antes del receso de invierno. Esta vez, será un baile de máscaras.

Los estudiantes comenzaron a murmurar emocionados, Ella les susurró algo a sus amigas en ese preciso instante. Mientras tanto Nani cerró los ojos y las ignoró. Nada le importaba menos que una estúpida fiesta. Nunca había asistido a las de su vieja escuela y no planeaba disfrazarse con prendas ridículas, ajenas, solo para encajar con esos cabezas huecas. Cuando la asamblea terminó, se puso de pie.

—¿No te quedarás para la recepción? —preguntó Ella—. La comida es muy buena.

—Tengo dolor de cabeza —mintió Nani y se abrió paso hacia la puerta. No tenía ánimos para una recepción. No conocía a nadie, así que estaría estancada con sus compañeras de dormitorio; además, tenía un plan que llevar a cabo.

Debía hablar con Reyna. Ella de seguro sabía algo de su padre.

Justo cuando se estaba yendo, alguien apareció desde las sombras, por lo que Nani tropezó.

—Ten cuidado —advirtió en un tono rencoroso de advertencia. Cuando la chica se dio vuelta, Nani se quedó perpleja.

—Tú —señaló al reconocer que era la misma que le había tirado todos los libros de las manos esa mañana. Pero mientras lo decía, sintió que algo estaba mal, como si estuviera viéndola a través de un espejo distorsionado. Notó los ojos primero, hundidos en el rostro. Tenía el mismo tono de piel color oliva pálido, pero el cabello, en lugar de ser castaño oscuro, era claro. La chica la fulminó con la mirada y desapareció en el corredor.

—Veo que conociste a mi prima. —La voz sonó detrás de ella. Cuando se dio vuelta, allí estaba… Svenja, recordó su nombre de pronto. En esa oportunidad, en su versión colorida.

—¿Tu prima? —repitió Nani.

—Odilia —respondió Svenja encogiéndose de hombros—. Nadie en la familia tuvo la suerte de nacer con la misma apariencia impactante que yo, así que se esfuerza para copiarme —bromeó y le ofreció una gran sonrisa.

Nani se quedó parada en el corredor, incómoda, y la sonrisa de la chica hizo que apartara la vista porque despertó algo en su corazón. Tenía su misma altura, solo que era ágil. Nani siempre había sido grande para su edad, tanto en estatura como en complexión, así que era raro conocer a otra chica tan alta. La única que las superaba era Yuki, que sobresalía entre todas las demás.

—¿Estás apurada por abandonar la asamblea? —preguntó Svenja.

Nani no logró identificar el acento; era del este de Europa, eso seguro, pero no era tan buena para esas cosas.

—Me duele la cabeza —mintió otra vez.

—Te acompañaré a tu habitación. Tampoco estoy de ánimo para una fiesta esta noche.

Entonces comenzaron a caminar lado a lado, aunque Nani no necesitaba ayuda para orientarse dentro de la escuela; ya había aprendido dónde estaba todo. Siempre había tenido buena orientación y allí no era la excepción. La chica la siguió en silencio y, por fin, llegaron a la puerta.

—Aquí estamos —anunció—. Llegas a salvo a casa. ¿Qué obtendré a cambio?

—No sabía que debía darte propina —comentó Nani.

—Acepto otras formas de pago. Un secreto, por ejemplo. —Svenja le sonrió y pareció una loba; había algo salvaje en esa sonrisa, algo peligroso, que hablaba de la libertad de correr libre por el bosque sin rendirle cuentas a nadie.

—No tengo secretos.

—Nadie está libre de ellos, Nani, la chica nueva. Descubriré los tuyos.

—Eso sonó como una amenaza.

La chica volvió a sonreír y le dio un ligero empujoncito hacia la puerta.

—Mierda, quería que fuera invitante. Lo intentaré otra vez. —Con eso, Nani rio con fuerza. No pudo evitarlo. Svenja la miró como si hubiera ganado una partida de póker muy desafiante. Todo en ella parecía calculado y desenfrenado al mismo tiempo, lo que sorprendió a Nani y le provocó una sensación en el estómago para la que no tenía un nombre—. Una chica sin nada que ocultar —enunció a continuación. Sonó extraño, como si en realidad sí tuviera algo que ocultar, pero no pudiera escondérselo a ella–. Dime algo, Nani, ¿luchas o te rindes?

Inhaló profundo. No se rendía, iba detrás de lo que quería. Y no tenía tiempo para conversar con chicas que no tenían nada que ver con ella y a las que les gustaba jugarle trucos.

–Gracias por acompañarme –dijo y luego le cerró la puerta en la cara. Con la espalda contra la madera, suspiró aliviada. La habitación no era gran cosa, pero era agradable tenerla toda para ella por un momento.

En su cama solo estaban las sábanas que le había dado la escuela. El bolso seguía sobre el escritorio. No sabía cómo se sentía respecto a vivir en el lugar de una chica muerta. De una amiga muerta. Pero eso le daba sentido a la forma en la que Yuki y Rory la trataban, por qué no se mostraban tan amistosas como la otra chica, Ella. Nani no quería reemplazar a su amiga. No quería reemplazar a nadie en absoluto, solo quería encontrar a su padre, que él se la llevara de allí y le explicara por qué no estaba en la escuela cuando ella había creído que por fin estarían en el mismo lugar, juntos.

Abrió el armario. Aunque lo habían vaciado, quedaban algunos rastros de que alguien había vivido allí antes. Un listón, brillos rosados en la base, un bolso color verde agua escondido debajo del armario, de donde apenas asomaba una punta. Nani ignoró esas cosas, abrió su bolso y, finalmente, sacó su ropa. Justo en ese momento, Rory entró y se detuvo en seco. La miró con dolor en los ojos, como si el hecho de que Nani ocupara el lugar fuera una traición.

–Había un bolso aquí –dijo y se lo entregó–. Ten.

–Creí que lo habíamos vaciado –respondió Rory con el ceño fruncido. Por un instante, sostuvo el bolso en las manos y pareció estar desconcertada. Le echó un vistazo al interior, pero luego lo lanzó debajo de su cama con tanta fuerza que Nani se preguntó cómo fue que no rompió nada.

Por mucho que odiara admitirlo, comprendía el dolor de Rory. Que ella ocupara ese lugar era como borrar parte del pasado, como si su llegada significara que Rory tenía que dejar ir a su antigua compañera. Tûtû también le había dicho que dejara el pasado atrás, que su padre aparecería en el momento indicado. Pero dejar ir era una traición. A su padre y a sí misma. Dejar ir significaba olvidar. Y olvidar estaba mal.

Nani se dio vuelta, abrió otro cajón y guardó algunos libros que había llevado de la enorme colección que tenía en casa; de las páginas brotó la esencia a plumarias. Su madre solía poner esas flores entre las páginas de cada libro que leía para no olvidar el aroma de su hogar. Cuando los dejó caer en el cajón, hicieron un ruido fuerte y el lomo pesado de *Les Misérables* rompió la madera.

El cajón tenía un fondo falso.

Nani retiró el libro y observó la madera rota con curiosidad. Encontró una grieta e hizo fuerza para abrirla; entonces, descubrió un libro del tamaño de un diario. Tenía una cubierta negra con letras doradas, un árbol y tres cuervos dentro de un marco ornamentado. Era un libro de cuentos de hadas.

—Toma —dijo tras recoger el libro y entregárselo a Rory con esperanzas de que fuera lo último que hubiera—. Creo que era de tu amiga.

10

ELLA

La primera clase del lunes por la mañana era Latín, lo que empeoraba la tortura de los lunes. Se había despertado a las cinco y media, preparó el desayuno, atendió a Carrots y, para las seis y media, después de haberse puesto una capa de maquillaje, salió de la casa. Las clases comenzaban a las ocho, pero como el autobús de la mañana no era confiable, caminaba. Stacie y Silla seguían durmiendo. Sharon solía llevarlas en automóvil, pero Ella no podía ir con ellas; Sharon decía que las retrasaría por sus quehaceres.

Cuando llegó, Rory ya estaba en su lugar, así que Ella frunció el ceño, se sacó los auriculares y detuvo el audiolibro cuando le faltaban apenas tres minutos para terminar el capítulo.

—¿Qué pasó? —preguntó.

—¿A qué te refieres? —replicó Rory.

—Estás despierta y llegaste a horario a clase. ¿No pudiste dormir?

—Por supuesto que dormí —bufó—. Solo estaba emocionada.

—¿Por llegar a clases? —insistió Ella mientras le tocaba la frente. La temperatura era normal—. ¿Es un examen sorpresa? ¿Fuiste poseída y ahora tengo que usar latín para exorcizarte?

—Eres una pésima comediante —sentenció Rory—. Quería hablar contigo. Nani por fin desempacó sus cosas y encontró esto —explicó y sacó un libro del bolso. Ella no recordaba la última vez que su amiga había cargado un libro por voluntad propia. Rory lo soltó, cayó sobre el escritorio con un estruendo. Le pasó la mano por encima y se sorprendió al sentir cuero suave debajo de los dedos.

—¿Qué es esto? —preguntó mientras delineaba el diseño intrincado de la cubierta: un árbol gigante con hojas en diferentes tonalidades de dorado y tres cuervos sobre él, con las alas abiertas para volar.

—Es una buena pregunta —respondió su amiga—. Estaba en el armario de Ariane. Ayudé a limpiarlo.

—Tú, ayudaste.

—Bueno. Estaba presente cuando Nani lo encontró. Dijo que estaba escondido en un compartimiento secreto o algo. También estaba el bolso de Ariane.

—¿Su bolso? —Ella frunció el ceño.

—Sí. El que estaba usando el día que volvió.

—¿Cómo lo pasamos por alto?

Rory se encogió de hombros. Ella había ayudado a Yuki a vaciar el armario mientras Rory había salido a correr porque no quería reconocer el vacío que había quedado atrás. No le había importado, no era la primera vez que guardaba cosas en cajas para que nadie volviera a verlas.

—Hay más —agregó la chica y abrió el libro con tanto descuido que hizo que Ella se estremeciera. Las páginas, frágiles y amarillentas por el tiempo, crujieron. En la primera había notas escritas a mano, un poco desdibujadas, pero legibles—. Es la letra de Ari.

Frunció el ceño mientras ojeaba el libro y reconocía los títulos de varios cuentos de hadas.

¿Por qué Ari habría tenido algo así escondido?

Siempre había sido soñadora; tenía alma de artista, hubiera dicho el padre de Ella. Se pasaba los días haciendo bocetos de paisajes excéntricos y dibujos, soñando con lugares lejanos, pero nunca había sido la clase de chica que se obsesionaba con los cuentos de hadas.

El libro estaba lleno de anotaciones, todas hechas con lápiz, citas subrayadas y notas marginales. Negó con la cabeza mientras lo miraba y las letras flotaban por las páginas.

—Tiene que ser una pista, ¿no?

—Sabes que no tengo tiempo. —Cerró el libro.

—Ella, creo que puede ser importante. —Rory frunció el ceño.

—Entonces léelo *tú*.

—Asumes que sé cómo hacerlo —replicó en un tono en parte jocoso. No había leído un libro en toda su vida y se sentía casi estúpidamente orgullosa de ello—. Lo descifrarás antes que yo.

—Sí, pero no tengo tiempo —insistió Ella. Rory sabía muy bien cómo funcionaba su vida. Extrañaba con desesperación poder sentarse a leer. Deseaba poder hacerlo, pero Sharon pensaba que la lectura era una actividad inútil, así que había vendido todos los libros de su padre.

Tenía una biblioteca que había llenado con él mientras vivía, en la que estaban los libros favoritos de su madre y las versiones antiguas extendidas de las novelas que él le leía antes de dormir. Ediciones que no valían nada para nadie, solo tenían valor en el corazón de Ella.

Sharon se había deshecho de todo.

Recorrió la cubierta del libro con los dedos otra vez. Podía ser una pista. Podía significar algo.

—¿Por qué no hablaste con Yuki? —preguntó en cambio.

—Porque no la vi.

—Viven en el mismo dormitorio.

—Sí, pero pasó el fin de semana en la biblioteca, con Reyna o algo. Además... —La voz de Rory se apagó y un silencio incómodo las rodeó a ambas.

No había querido mencionar ese asunto antes porque pensaba que debía estar equivocada, pero si Rory lo había sentido también, no podía ignorarlo.

—Yuki piensa que fue solo un accidente, ¿no? —La voz le tembló apenas un poco, pero fingió ignorarlo.

—No creo que quiera admitirlo. —Su amiga negó con la cabeza.

—Pero tú también crees que es extraño. —Ella sintió que se le llenaban los ojos de lágrimas e intentó contenerlas. No quería llorar por eso. No pensaba quebrarse en ese lugar.

—Por supuesto que sí —afirmó Rory en un tono mitad enfadado, mitad indignado—. Ari no hubiera hecho algo así. No nos hubiera dejado.

Las palabras pendieron en el aire. Ari no se hubiera ido.

No había sido su decisión.

No. No era *posible*.

—Intentaré convencer a Yuki de que le eche un vistazo —dijo Ella tras guardar el libro en su bolso—. Siempre fue la mejor con estas cosas de todas formas.

—Yuki es la estudiante perfecta.

—Sí que lo es. —Sonrió, pero no lo sintió de corazón.

11

RORY

Entregarle el libro a Ella fue lo correcto.

Rory no sabía por qué Ari lo tenía en primer lugar. No era típico de Ari tener algo como eso. Al igual que el bolso que había encontrado la chica nueva, el que Rory había visto el día que habían vuelto a la escuela. Había pasado ese día durmiendo en lugar de haber hablado con su amiga, pues no sabía que moriría en unas horas. Solo habían conversado acerca del viaje de regreso a Grimrose y Ari había dicho que había comprado ese bolso en el aeropuerto ese mismo día. Esas palabras se habían grabado en su mente, de modo que podía reproducir esa conversación estúpida una y otra vez, una conversación que no significaba nada.

Deseaba haber dicho algo más. Lo que fuera.

Deseaba haber tenido más tiempo.

Y no le gustaba la idea de que su mejor amiga hubiera tenido secretos.

Al menos, si Ella tenía el libro, significaba que estaba haciendo algo al respecto. Aunque Yuki no quisiera creerles. No le había preguntado sobre Penelope, pero sabía que había algo allí. Penelope había sido una chica cualquiera de su clase, pero luego, de repente, ella y Ari se habían hecho cercanas. Habían compartido secretos. Habían comenzado a almorzar juntas. No era que Rory odiara compartir a su mejor amiga (lo hacía) ni que tuviera que saber todo sobre la vida de Ari (lo quería), solo que no entendía qué las había unido.

Estaba tan distraída pensando en eso mientras iba a su clase de Esgrima que no se dio cuenta de que estaba caminando detrás de Edric y de su nueva novia hasta que casi chocó con ellos. La chica era un año menor, una niña alegre que usaba dos coletas; una mala sustituta para Ari a todas luces. Estaban tomados de la mano como si alguien los hubiera pegado con pegamento. Rory frunció el ceño.

—Permiso —dijo, esperando que le dieran lugar para llegar a su práctica.

La expresión de Edric cambió al verla detrás. La novia, Cómosellame, solo parpadeó con los ojos grandes como los de una liebre. La expresión de Rory no cambió. No era tan alta como Edric, pero podía vencerlo con facilidad si fuera necesario. Podía derribar a cualquiera en esa escuela si se lo proponía. Lo único que necesitaba era creer en sí misma, eso era lo que Ella siempre decía. No estaba segura de que se refiriera a dejar a todos los estudiantes de la escuela con un ojo en compota, pero tenía esperanzas.

—El corredor es suficientemente ancho para que pases por el costado —respondió él en tono arrogante.

—Pero no hay necesidad de que caminen juntos como las tortugas más lentas del mundo, ¿o sí? —sentenció.

—¿Cuál es tu problema? —preguntó Edric al final. A Rory nunca le había resultado atractivo, pero, claro, todos los chicos eran más o menos iguales para ella y ninguno le interesaba.

—O se apartan o tendré que pasar sobre ustedes. —Se le había hinchado una vena en la frente a causa de la rabia creciente.

Cómosellame parpadeó rápido ante el comentario y su rostro palideció. Rory no amenazaba gente todos los días, pero siempre era un gran día cuando lo hacía. Y mucho más si la miraban con aunque sea un poquito de temor.

—No —negó él en cambio—. Sé que estás acostumbrada a salirte con la tuya, pero sé de qué se trata esto.

—Ah, ¿sí? ¿Porque eres muy listo?

—Al contrario de ti —contestó. Las palabras fueron como un golpe certero que no pudo esquivar—. Ahora que Ariane no está, ¿nadie sujeta tu correa?

Su nombre en los labios de él. Su nombre, en los labios de él, como si fuera una simple acotación, algo para hacer a un lado.

Rory dejó de pensar.

A decir verdad, casi nunca lo hacía.

Tomó al chico de la camisa y lo empujó contra la pared. Cómosellame soltó un gritito, los miró con los ojos grandes como una idiota y la boca abierta por la sorpresa.

Eso por fin había logrado que se soltaran las manos.

Edric, debía reconocer, no parecía muy preocupado.

—No puedes pronunciar su nombre de ese modo —rugió Rory—. No cuando la engañaste. —Miró a la otra chica con desprecio—. Tenía el corazón roto, y mira lo que pasó.

—¿Quieres decir que fue mi culpa que lo hiciera? —El rostro del chico enrojeció.

—Si el zapato te queda…

Edric intentó liberarse, pero Rory lo sujetaba con fuerza, utilizando todos los músculos para retenerlo.

—Estás loca —sentenció—. ¿Crees que yo no lamenté su muerte? Era una buena persona. Sé que lo arruiné, pero eso no significa que ella no me importara. Me disculpé la semana anterior al comienzo de clases.

El agarre de Rory flaqueó y parpadeó sorprendida, pero no lo soltó. Darle una salida al oponente era una de las principales razones por las que se perdía un duelo, así que hizo más fuerza para compensarlo. Edric había sido el primer amor de Ari, su primera pasión, su primera desilusión y, si lo había superado… ¿No significaría que, a fin de cuentas, la muerte de Ari no había sido un accidente, que no se había quitado la vida?

¿No debería alegrarse de que con Ella tenían razón?

Sintió que sus músculos se rebelaban, que despertaba el dolor por el movimiento repentino. *Ahora no*, pensó. *Por favor, ahora no.*

Sus puños defectuosos comenzaron a abrirse en contra de su voluntad, los nudillos dispararon una oleada de dolor que le subió hasta el cuello, se inyectó en todo el cuerpo e intentó hacer que flaqueara. Intentaba *debilitarla*. Rory Derosiers no era débil.

—Escucha —siseó, tanto para Edric como para su propio cuerpo, en un esfuerzo por hacer que obedeciera, por tenerlo bajo control—. Yo…

Una mano le tomó la muñeca con delicadeza. Rory levantó la vista y vio los ojos claros y firmes de Pippa Braxton, que estaba vestida con el traje de esgrima.

—Vamos —le dijo con tranquilidad—. No vale la pena. —Le sostuvo la mirada, con la mano aún firme en su muñeca. Nunca la había tocado de ese modo fuera de la práctica, fuera del lugar en el que siempre conversaban. Era una violación a las reglas, ambas lo sabían. Rory los miró a ella y a Edric y el aliento salió como un siseo entre sus dientes–. No querrás volver a cambiar de escuela –agregó, tan bajo que Rory apenas la escuchó.

Pero la escuchó.

Se había cambiado de escuela antes, muchas veces. Era una de las pocas cosas que le había contado a Pippa sobre su vida personal. No le gustaba recordar la experiencia. Nueva escuela. Nueva identidad. No quería cambiar, pero no era su decisión. Eran sus padres sobreprotectores, obsesionados con su seguridad, los que la cambiaban de escuela a escuela, tanto que nunca los veía. Como si no fuera hija de ellos siquiera.

Es por tu seguridad, eran las primeras palabras que recordaba haber oído de sus padres. No recordaba ni un solo "Te amo" aunque lo intentara, y lo intentaba *mucho*, casi a diario.

Sintió que los nudillos cedían ante el dolor, pero obligó a su rostro a que no lo reflejara. Soltó a Edric, y él y Cómosellame se alejaron por el corredor. Luego miró a Pippa con la mandíbula rígida.

–La próxima vez que interrumpas una pelea, serás tú la que resulte golpeada.

La chica le miró las manos, que estaban apretadas a los costados para ocultar los temblores, como si supiera lo que estaba pasando. Como si supiera que el cuerpo de Rory estaba por traicionarla de la peor manera posible. Lo único que tenía, lo único con lo que podía contar, era su cuerpo, su fuerza, pero, en ese momento, estaba desgarrándola de dolor.

–Bueno –respondió Pippa con una sonrisa–. Quisiera ver que lo intentes.

12

YUKI

Estaba estudiando en la biblioteca durante su hora libre cuando Ella la encontró.

Había estado leyendo con atención uno de los ensayos más difíciles para Francés, asegurándose de que su redacción fuera legible. Su padre había insistido en que aprendiera inglés desde que era niña, pero escribirlo era otra cosa. Las letras eran las mismas, pero las palabras parecían tener demasiadas sílabas, como si la ortografía la esperara para tenderle una trampa, una serpiente escondida; los sonidos se enredaban y los significados se volvían confusos. Con el francés y el latín era aún más difícil, pero los había aprendido de todas formas.

Ella entró con Mefistófeles en brazos.

Mefistófeles era un monstruo en el cuerpo de un gato; un felino enorme de color negro que pesaba casi catorce kilos, con el pelaje siempre enmarañado y crispado, lo que lo hacía parecer aún más grande. Tenía las orejas picudas, como si fueran cuernos, y los ojos de una tonalidad de amarillo anormal. A veces Yuki lo veía sobre las estanterías por las noches, dos esferas amarillas que la observaban en la oscuridad, acechando a los débiles. Había aparecido en la biblioteca hacía algunos años, y la bibliotecaria inició una guerra contra él. Mefistófeles contraatacó y destruyó bolígrafos, libros y la mitad del rostro de la pobre bibliotecaria. Tuvieron que transferir a la mujer a un hospital en Zúrich por los rasguños, y ese fue el fin de la historia: el gato había ganado; no se iría de la biblioteca y nadie podía acercarse a él sin temer por su vida.

Nadie excepto Ella, por supuesto.

El felino siseó en cuanto vio a Yuki y entornó los maléficos ojos amarillos.

—Ah, calla —dijo Ella y le dio una palmada juguetona en las patas mientras lo acunaba como a un bebé con una sola mano—. Yuki es una amiga. ¿Recuerdas? Amiga.

—Ese gato no entiende el sentido de nada excepto de la maldad pura.

—Mefistófeles es un buen chico, no quiero escuchar que hables de él de ese modo.

El animal no parecía, ni remotamente, un buen chico. Ella lo dejó sobre una de las mesas y le acarició la cabeza, distraída, mientras sacaba algo de su bolso. Un libro.

—Nani encontró esto en el armario de Ari el viernes —expresó al pasárselo a Yuki—. También encontró su bolso, que había caído debajo. Creo que el libro estaba en un compartimento secreto o algo así. Al menos eso fue lo que Rory me dijo.

Yuki lo tomó con cuidado. El libro no era pesado, pero en cuanto lo tocó, sintió como si una corriente eléctrica le recorriera la columna. Se le erizó el vello de los brazos, aunque no había nada en esa esquina escondida de la biblioteca además de las dos chicas. Bueno, ellas y el gato satánico.

—¿Qué es esto? —cuestionó mientras recorría la cubierta con las puntas de los dedos. Tenía algo que daba la sensación de que era antiguo. Las costuras, la clase de papel, la cubierta en sí misma—. Es un libro antiguo.

—Lo es, ¿verdad? —coincidió Ella—. Rory me lo dio, pero no tendré tiempo para leerlo.

Yuki apartó la vista del volumen y procesó esas palabras. Rory lo había tenido durante el fin de semana. No la había visto mucho, en realidad, porque había pasado el sábado estudiando en la biblioteca y los domingos solía pasarlos con Reyna.

—¿Por qué no me dijo nada? —preguntó con todo el cuerpo tenso.

—Debió haberlo olvidado —aseguró Ella. Volvió a mirar al gato y le rascó la barbilla mientras él ronroneaba.

Estaba mintiendo.

Bueno, Yuki sabía que no mentía en realidad, porque Ella era incapaz de mentir. Pero estaba ocultando algo. Quizás lo sabía. Quizás, de alguna manera, siempre lo habían sabido. Lo que había hecho, lo que había dicho, lo que había pasado en realidad. Observó el libro que tenía en las manos, con las palabras escritas por Ariane que eran como agujas en su interior, luego volvió a deslizarlo hacia Ella.

Su amiga levantó la vista para mirarla. Con la luz de verano que entraba por las ventanas, los ojos de Ella eran color avellana, como miel espesa, con miles de puntos en diferentes tonalidades café.

—Sabes que Sharon no me dejará leerlo —dijo por lo bajo.

—Es solo un libro.

—Ariane escribió en él —insistió Ella—. Mira. —Abrió la cubierta, y Yuki reconoció la letra de Ari, aunque tuvo que entrecerrar los ojos para leer algunas anotaciones—. Tal vez puedas descifrar algo, como por qué lo tenía escondido.

—Son solo cuentos de hadas —dijo mientras ojeaba las páginas y encontraba títulos que recordaba haber visto en la infancia.

—Si alguien puede descubrir si esto significa algo, eres tú —afirmó Ella y se encogió de hombros. Volvió a sonreír, por lo que se le marcó un hoyuelo en la mejilla derecha. Luego levantó al gato otra vez como si fuera una hogaza de pan, pero se quedó allí parada un instante más, en el que Yuki percibió que se estaba guardando algo. Quizás una pregunta sobre Ariane, quizás quería saber qué pensaba ella. De todas formas se despidió, bajó las escaleras de la biblioteca y se fue a casa.

Yuki se quedó en su pequeña esquina de la biblioteca, rodeada de libros viejos. Le echó otro vistazo al libro de Ari, sintió la textura del cuero suave en la cubierta, el grosor de las páginas, los títulos familiares. Conocía algunas historias, otras no. Era inútil obsesionarse con eso. No importaba si Ariane lo había escondido ni si lo había escrito. Eso no cambiaba nada.

Guardó el volumen en su bolso y, cuando se dio vuelta, vio que había alguien más allí con ella.

—Me preguntaba si te encontraría aquí —dijo Penelope. Su voz resonó de forma audible en el atrio. La biblioteca de Grimrose comprendía tres niveles diferentes, con un salón central y cuatro escalinatas diferentes; además, había pequeños nichos y habitaciones que parecían independientes de la sección central, aislados del resto de los estudiantes. Yuki había declarado el dominio de la habitación más alta de la torre, que tenía unos pocos estantes de literatura alemana y una ventana con una vista espectacular de las montañas. Si no estaba en su dormitorio, estaba allí, donde, en general, nadie la molestaba–. Eres la única persona que conozco que viene aquí arriba –agregó y confirmó la teoría de Yuki–. Acabo de ver salir a Ella. Parecía... distraída.

–Encontramos algunas cosas de Ariane que quedaban en la habitación. –La mandíbula de Yuki se puso rígida.

–Ah –expresó la otra chica–. Creí que la habían vaciado.

–Pasamos por alto un bolso –explicó Yuki tras dudar un instante. No estaba segura de por qué no mencionó el libro, pero Ella no era la única que podía guardarse cosas. Penelope le ofreció una sonrisita de apoyo.

–¿Mefistófeles estuvo aquí? La mesa está toda arañada. –Chasqueó la lengua mientras Yuki la miraba expectante. Luego volvió a mirarla–. Tú no derrochas las palabras, ¿no, Yuki Miyashiro?

La mención de su nombre completo la sorprendió. No era que los profesores no lo supieran o no la llamaran así, sino que se aseguraba de mezclarse con los demás y nunca atraer más atención de la que ya tenía por ser hijastra de la directora, además de la chica más alta de la escuela.

–Una vez que las dices, no puedes borrarlas –contestó por fin.

–Eres lista, ¿eh? –comentó la otra con una sonrisa. No sonó como una pregunta.

–¿Qué haces aquí? –Finalmente, a Yuki le ganó la curiosidad.

Penelope tamborileó los dedos sobre la mesa en la que Mefistófeles había dejado sus marcas. Las líneas arruinaban la caoba, del mismo modo que los diminutos arañazos que Yuki se hacía en las palmas de las manos cuando no podía dormir por las noches, en las que miraba el techo, incapaz de acallar sus pensamientos. En las que percibía el aliento de cientos de chicas que dormían dulce y profundamente en el mismo piso, mientras que ella sentía que estaba atada a la cama, a ese lugar, a lo que había construido para sí misma.

Penelope se humedeció los labios antes de hablar y alzó la vista otra vez.

—Me gustó hablar contigo —dijo con sinceridad. Sus ojos verdes marmolados reflejaban la luz del sol—. Nadie se acercó a hablarme sobre Ariane, tú fuiste la primera. Aunque tu intención haya sido averiguar si la empujé al lago o algo. —Los ojos de Yuki se ampliaron, a lo que Penelope rio—. Estoy bromeando.

—Para ser honesta, sí fue algo así.

La chica bufó, pero no perdió la sonrisa.

—Eres la primera persona con la que puedo ser honesta —afirmó—. Sabes que Ariane tenía sus cosas.

Luego saltó sobre la mesa, se cruzó de piernas con elegancia y se acomodó la falda. No era alta como Yuki, pero tenía cierta flexibilidad, una gracia de la que la mayoría de las chicas de su edad no gozaban. Todas se movían con torpeza y, la mayoría de los días, Yuki sentía que el cuerpo no alcanzaba a contenerla. Aquel día en particular, se habría salido de él si no hubiera podido mantener la mente bajo control y contenerse.

Penelope no parecía haberse sentido así nunca. Parecía tener el control.

—Todos quieren decir que lo sienten —continuó—. Y, por Dios, estoy harta de escucharlo. Lamento tu pérdida. Lo siento, era tu amiga, ¿no? Es una pena. Lo siento, debe ser tan difícil. No tienen idea.

Yuki se permitió acercarse a la mesa sobre la que la chica estaba sentada, meciendo el pie derecho adelante y atrás. Con una mirada al pasar, notó que tenía las piernas rasuradas, suaves.

—Y tú sí —respondió y apoyó los dedos sobre la mesa.

—Debe ser peor si esas personas son tus amigas —agregó Penelope. Yuki le lanzó una mirada aguda; el cabello oscuro le cubría la mitad del rostro como si fuera una cortina a medio cerrar—. No necesité hablar contigo para saber cómo te sientes —afirmó en voz baja—. Están buscándole una explicación a lo que pasó. Tú no.

Yuki sintió que el corazón se le congelaba hasta que ya no podía sentir los latidos; tenía todo el cuerpo frío como el hielo, como su corazón helado y despiadado. Intentó recordar cómo respirar. Sus amigas querían buscar señales, razones, explicaciones, pero ella sabía la verdad.

Penelope no intentó tomarle la mano, y agradeció eso.

—No tienes que sentirte culpable —continuó en tono amable—. Tampoco tienes que explicármelo. Sé cómo te sientes porque yo me siento igual. —Le sonrió con los labios apretados.

—Ellas no lo entienden. —Se encontró diciendo sin pensar, una verdad que corrió como el río, como agua que había estado contenida por una represa. Penelope había encontrado una grieta, y la represa estaba a punto de romperse—. Creen que conocían a Ariane, pero no es así.

—No saben que a veces era malvada y egoísta —concluyó su compañera. La coleta de cabello rubio se meció un poco cuando movió la cabeza—. Está bien criticar a los muertos. Ya no están, no pueden lastimarte más.

Yuki apretó los puños, las uñas se volvieron garras que se le enterraron en las palmas de las manos, hasta que volvió a sentir los latidos de su corazón. Sabía que debía tragarse todo eso, que debía mantener toda esa lucha, ese dolor, guardados. No se suponía que fueran suyos. No tenían derecho a ser suyos.

Ella era la buena y perfecta Yuki.

No se iba a permitir quebrarse.

—Te diré la verdad —siguió Penelope—. Ari y yo tuvimos una pelea fuerte antes de que se fuera en las vacaciones de verano. Me había invitado a quedarme con sus padres, y yo le dije que no.

—¿No fuiste a tu casa?

—Ya no hablo con mis padres —respondió dudosa—. Dejé de hacerlo cuando me enviaron de vuelta aquí. —Yuki la miró sin ocultar la curiosidad—. Nunca quise venir a Grimrose para empezar. Volví a casa después del primer año, intenté ir a otra escuela, pero mis padres no lo aceptaron, así que me enviaron de vuelta aquí. No les importaba lo que yo quisiera.

—Lo siento.

—Creí que habíamos superado todo eso de las disculpas —replicó con la mirada afilada.

—Está bien —coincidió Yuki, luchando para no volver a repetirlo. Las palabras hicieron eco en su interior casi al instante; tenía las disculpas en la punta de la lengua, a pesar de que no fueran sinceras. Había aprendido a usar las palabras como escudos, más que nada para sí misma, y eran las únicas que conocía. Las únicas que tenía permitido decir—. Así que Ari te invitó.

—Y luego lo retiró —respondió Penelope—. Era así de volátil. Pensó que la había ofendido al decirle que no, como si hubiera sido magnánima al ofrecerme un hogar cuando yo no tenía. Como si lo necesitara.

—¿Y no era así?

—¿Qué hiciste tú en el verano? —preguntó mirándola.

Yuki se quedó en la escuela porque eso había sido lo que Reyna había hecho. Habían viajado durante una semana, pero Europa en verano estaba atestada de turistas y ninguna de las dos tenía ganas de estar entre una multitud.

—Me quedé aquí —contestó. Penelope asintió brevemente con la cabeza en solidaridad.

—Suena a que tú tampoco tienes un verdadero hogar. —No fue un comentario malintencionado, sino la simple mención de un hecho.

Yuki pensó en contradecirla, pero era la verdad. Tampoco tenía un hogar ni nada fuera de los muros del castillo y había aprendido a vivir con eso. Con las expectativas que generaba, con las decisiones que en realidad no había tomado, y nunca, jamás, escuchaba las otras voces dentro de ella, porque Reyna las había llevado allí y debía estar agradecida. Tras la muerte de su padre, Reyna había estado para ella, así que no podía decepcionarla.

—Bueno, lo es. Reyna está aquí —logró decir, con los dedos retorcidos contra las palmas de las manos.

—Si tú lo dices —respondió la otra, en un tono que reflejaba que no se lo creía ni por un segundo—. Vine a decirte la verdad porque creí que tú querrías escucharla. Que tú la entenderías.

Yuki sabía que las demás no aceptarían una explicación simple, una que implicara que Ari había ido al lago por su propia voluntad, consciente de lo que estaba haciendo. Nunca lo entenderían.

Pero Penelope sí.

—Si alguna vez necesitas hablar de eso, sabes dónde encontrarme —agregó, y la oferta quedó suspendida en el aire como algo peligroso.

13

ELLA

Después de dejar a Mefistófeles en su lugar de asoleo preferido en la biblioteca, Ella fue a toda prisa hacia la parada del autobús, rezando llegar a tiempo. Solo se había tomado unos minutos extra con Yuki. Descendió por el camino montañoso hasta el portón y se despidió del equipo de seguridad que siempre la saludaba en la entrada principal.

En la base de la montaña en la que estaba apostada la imponente Academia Grimrose había un camino que, eventualmente, llegaba a Constanz. Era un pueblo pequeño, que no pasaba de quince mil habitantes, entre el territorio de hablantes de alemán y el de francés. La Academia enseñaba ambos idiomas, además de italiano, pero dictaban las clases en español. El pueblito estaba dividido en dos partes bien diferenciadas: el vecindario rico, donde los estudiantes de la Academia pasaban los fines de semana comprando ropa y zapatos o comiendo helado en la acera; y la zona menos ostentosa, donde vivían los jardineros, guardias de seguridad, cocineros y tenderos. No era tan grande como Cambridge, y la casa en la que vivían no era tan cómoda como la anterior, pero a Ella le gustaba Constanz de todas formas.

El autobús llegó enseguida. De camino a casa fue contando los árboles de la acera: ochenta y ocho, un número que sonaba bien, que encajaba con su modo de ver el mundo. No había sido siempre así. Cuando era niña contaba cosas, pero lo hacía por diversión, no como si su vida dependiera de ello. En el presente las cosas tenían un orden. Y, sin importar lo que pasara, las manos de Ella nunca se quedaban quietas de verdad; su cuerpo intentaba mantenerla con vida de la única forma que sabía.

La casa estaba ubicada en la mejor parte del pueblo. Era una construcción de tres niveles, chimeneas y el diseño alemán tradicional, con ventanas de color madera y el techo de aleros rectos. Era demasiado grande, algo que Ella creía innecesario, dado que Sharon la había comprado con el dinero que su padre había dejado al morir. Eran solo cuatro, pero la casa tenía dos salas de estar, una escalera gigante e incluso un pequeño establo. Allí tenían un solo caballo, que Sharon le había dado a Silla cuando había decidido competir en torneos de equitación, pero no había durado demasiado.

Abrió la cerca de hierro en silencio. Al ver que el jardín estaba totalmente florecido, se sintió orgullosa de su trabajo. Buscó la cubeta para regar las plantas rápido, después fue a ver cómo estaba Carrots y a llenarle la casilla de heno. El caballo relinchó y zapateó contra el suelo, así que le abrió la puerta para que pudiera moverse con más libertad hasta que fuera la hora de irse a dormir. Al final, se dirigió a la puerta trasera de la cocina, que chirrió al abrirse. Ella se estremeció, con esperanzas de que nadie lo hubiera oído.

Fue inútil.

Miró a la puerta con rabia al tiempo que la voz de su madrastra retumbó con claridad por toda la casa.

—¿Eleanor? ¿Eres tú?

—Sí, Sharon. Aquí estoy.

Unos segundos después, la mujer apareció en el umbral. Estaba envuelta en una bata negra y con el cabello mojado por la ducha. Sus ojos grises brillaban con frialdad.

—¿Por qué tardaste tanto?

Miró la hora, había llegado siete minutos más tarde de lo habitual. La caminata le había llevado más tiempo de lo que había anticipado. El siete era uno de los números buenos.

—El autobús llegó tarde —mintió. Intentó mantener un tono casual para convencer a Sharon de que no había sido su culpa. Luego empezó a sacar sartenes del aparador y se dirigió al refrigerador.

—¿Quieres que crea eso estando en Suiza? —La miró de forma intencionada, pero Ella sabía que no tenía caso intentar poner excusas—. Las niñas y yo haremos un viaje breve el fin de semana. ¿Estarás bien cuidando sola de la casa?

—Sí, Sharon.

La chica mantuvo la cabeza gacha. Esperó que llegaran insultos, pero ese día, al parecer, su madrastra estaba demasiado cansada para hacer más comentarios respecto a su incompetencia. Tendría el fin de semana libre, así que podría ir al pueblo y comenzar a pensar en qué ponerse para el baile de invierno de diciembre; tenía algunos conocimientos de diseño. Lo dibujaría después, quizás incluso buscaría tela para ella y también para Yuki y Rory. El baile de invierno era una de las pocas cosas que ansiaba ese año, y la idea de diseñar vestidos le agregaba un poco de emoción.

Se dispuso a preparar la cena, lo que mantendría sus manos ocupadas. Le gustaba hacer tareas domésticas, en tanto la dejaran sola para hacerlas. Eso era todo lo que pedía. Si se encargaba por su cuenta, Sharon tenía una razón menos para molestarla. Si lo hacía todo, no había quejas. Estaba cansada de vivir así, pero no tenía otro lugar a dónde ir.

Sabía que sonaba patética. Se preguntaba si los demás la veían así también, aunque eran extraños y no sabían nada sobre su vida. No tenía dinero y, si se marchaba, iba a estar perdida. Sin dinero, sin casa, sin escuela. ¿A dónde iría? No duraría ni una semana.

No era estúpida, había evaluado sus posibilidades, así que estaba esperando. Cuando cumpliera dieciocho, heredaría el dinero de su padre y la casa de su madre y dejaría todo atrás. Por fin sería libre.

Cinco años no eran nada en comparación con toda una vida de libertad. Además, no era tan horrible; tenía un techo sobre la cabeza, excelente educación, un trabajo con el que podía ganar dinero de tanto en tanto y, lo mejor de todo, tenía a sus amigas. Ellas la mantenían en pie y evitaban que se cayera a pedazos.

Entonces, Ella aguantaba.

Se colocó los auriculares y reprodujo un audiolibro que había encontrado sobre cuentos de hadas. No había investigado mucho mientras tenía clases; el único lugar en el que tenía acceso al wifi era en la escuela, así que solo lo utilizaba en el horario de almuerzo. Además, el libro de Ari no tenía título ni otras pistas. Recordaba haber leído cuentos de hadas con su madre en casa; su voz era lo único que le quedaba en la memoria. La voz que sonaba en sus oídos en ese momento era suave, pero no era la de su madre, y eso era como una puñalada al corazón. Deseaba tener más tiempo para leer, pero apenas podía quedarse sentada quieta. Había aprendido a ver películas mientras tejía al crochet o cosía y escuchaba libros o podcasts mientras cocinaba y limpiaba. Cada pizca de placer o de ocio estaba rodeada de trabajo.

Cuando giró hacia el refrigerador para sacar la ensalada, vio que Stacie estaba apoyada contra la puerta, de brazos cruzados. No había heredado los ojos grises de Sharon. Stacie y Silla no tenía nada extraordinario, pero eran bonitas, de cabello negro y ojos color café.

–¿Qué es eso de que andas cerca de Frederick? –exigió.

–¿Qué? –preguntó Ella al sacarse los auriculares.

–Me escuchaste –respondió su hermanastra en voz baja. Tampoco quería que Sharon la escuchara. Era una de las pocas cosas que las tres compartían, aunque de mala gana. Sharon atormentaba a Ella, pero tampoco dejaba a las gemelas en paz del todo; les exigía que tuvieran calificaciones perfectas, que no comieran demasiado, que no tuvieran defectos. Después de que Silla abandonara equitación, estuvieron en guerra durante un mes y Sharon arrojó al fuego las medallas que había ganado porque, si iba a abandonar, era mejor que no quedaran recordatorios del fracaso–. Sé que son compañeros en esa estúpida clase de cocina –agregó.

¿Freddie se habría quejado con Stacie por tener que hacer equipo con Ella? El rostro le ardió en llamas al imaginarlos juntos, hablando sobre ella.

–Deberías decirles a tus amigos que lleguen más temprano si no quieren quedar estancados con otra persona.

–No es mi amigo en realidad. –Los ojos de la chica nunca se apartaron de su rostro–. A Silla le gusta.

–¿Y por qué crees que tendría un interés particular en mí? –Ya entendía lo que pasaba, así que volvió a dirigirse al refrigerador.

–Solo intento protegerte. No quiero que salgas lastimada. De cualquier manera, no es que puedas gustarle de esa forma.

Las palabras hicieron que Ella se quedara tiesa y respirara profundo en busca de cualquier cosa en la que fijar la vista a excepción de su hermanastra. Doce imanes en el refrigerador. Tres cuchillos en la encimera. Diez platos en el escurreplatos.

Pensó en responder, pero no dijo nada para no redoblar la apuesta.

Así funcionaba el juego que jugaba consigo misma. Tenía muchas cosas permitidas en tanto mantuviera la cabeza baja y no contraatacara. Se mostraba derrotada, acobardada, con zapatos feos y prendas de segunda mano. Ese era su disfraz. Su personaje sabía remendar ropa, pero no hacer vestidos; sabía sobrevivir sin llamar la atención para que la vida no fuera peor. Su personaje estaba apenas vivo, apenas lo suficiente.

Llevaba tanto tiempo en ese juego que ya no estaba segura de que siguiera siendo un juego.

–Solo siente lástima por la chica que perdió a una amiga –continuó Stacie–. ¿Qué más podría ser? Lo más interesante que pasa en tu vida es que las personas a las que amas mueren.

Ella abrió la boca mientras sentía que las lágrimas se acumulaban, pero cuando halló la voz, la otra ya había subido las escaleras corriendo a su habitación.

14

NANI

Ya habían pasado tres semanas y Nani seguía sin tener respuestas sobre su padre. Intentó acercarse a la señora Blumstein otra vez, pero fue en vano. Había llegado a un punto muerto y todo lo que quería era irse a casa.

No le gustaban sus clases. No le gustaban los otros estudiantes. Eran todos esnobs que la miraban con desprecio. No estaba interesada en hacer amigos, estaba segura de que harían lo que las personas habían hecho durante toda su vida: darse vuelta y reírse a sus espaldas. Conocía muy bien esa actitud, y no sería diferente en ese lugar. De modo que lo evitaba a la primera oportunidad antes de salir herida. Así era más fácil. No se acercaba a nadie ni dejaba que nadie se acercara a ella.

Solo le interesaba una cosa: el paradero de su padre y saber por qué la había enviado a Grimrose.

La última vez que se habían marchado le había dicho las mismas palabras de siempre. *Hasta la próxima, ku'uipo.*

Siempre la llamaba así, como había llamado a la madre de Nani antes, porque esa era una de las pocas palabras que sabía en hawaiano por una de las estúpidas canciones de Elvis y, aun así, la usaba mal. Su madre siempre se reía de la pronunciación de él, demasiado continental, sin importar lo mucho que se esforzara. Solía llamarla así y luego, cuando ella murió, la palabra cayó en Nani, un doloroso recordatorio de lo que ya no estaba.

Había solo una forma de que obtuviera respuestas en Grimrose. Para entonces ya sabía que su padre no podía pagar esa escuela y eso significaba que debía haber hecho algo, le debía haber ofrecido algo a alguien. Y esa persona debía ser la directora.

Ya se había familiarizado con la arquitectura del lugar y, cuando llegó el sábado, sabía exactamente a dónde tenía que ir. Subió las escaleras de la torre administrativa, recorrió el ala de maestros y se detuvo al final del corredor, frente a una puerta cerrada. Golpeó y esperó.

—Pase —dijo la voz apagada de Reyna.

Nani abrió la puerta despacio.

La habitación en sí misma no era diferente a las otras partes del castillo, pero los muebles sí lo eran. Era una oficina austera, pero confortable; tenía sillas simples de cuero negro y una mesa negra. Detrás había una ventana vidriada con vistas a las montañas al este del castillo. La decoración era de cristal y metal dorado. Lo único que le daba un toque personal era una fotografía de Reyna con una chica mucho más joven, a quien Nani reconoció con facilidad como Yuki. Era hermosa incluso de niña, con ojos grandes de pestañas largas y labios tan

rojos que parecían irreales. La fotografía debía haber sido tomada al
menos diez años antes, pero Reyna no parecía haber envejecido ni un
solo día.

—Señorita Eszes, ¿supongo? –preguntó.

—Eh, sí. –Nani parpadeó, sorprendida de que la directora supiera
quién era–. ¿Cómo lo supo?

—Tiene los ojos de su padre –respondió Reyna, con lo que la chica vaciló. Siempre había sentido que era una mezcla entre su padre
y su madre, que no se parecía a ninguno en particular.

De todas formas, una completa extraña la había reconocido.

—No esperaba verla –continuó la directora y señaló la silla frente
a ella–. Siéntese, por favor.

Nani se preguntó si sería alguna clase de juego de poder, pero,
para ser honesta, no le importaba si lo era. Solo estaba allí para obtener respuestas.

—Estoy aquí para hablar de él –dijo–. De mi padre.

—No estoy segura de cómo podría ayudarla, señorita Eszes. –La
directora alzó las cejas, sorprendida–. Tenemos un teléfono que puede usar si quiere hablar con él.

—Eso no era… –Hizo una pausa para calmar los nervios. No pensaba echarse atrás–. Vine aquí pensando que lo encontraría. Recibí
una carta y boletos para viajar hasta aquí y pensé que me encontraría
con él.

Reyna parpadeó confundida, con las manos unidas sobre la
mesa. Tenía las uñas largas y afiladas, pintadas de un color rojo pa-
rejo y brillante.

—No puedo ofrecerle más explicaciones de las que su padre le
dio –respondió–. Tiene un lugar en esta escuela, una de las mejores
del mundo. Es una oportunidad que pocos consiguen.

La mujer usó la palabra "oportunidad", pero Nani sabía que eso no era lo que quería decir en realidad. Privilegio. Le habían entregado el privilegio de su vida, por lo que se suponía que debía estar agradecida.

—Quisiera saber por qué —insistió—. ¿Por qué estoy aquí?

—Está aquí porque consiguió un lugar. Tiene excelentes registros académicos y buenas calificaciones. Comprenderá que esas son razones suficientes para que esté aquí.

—En realidad, no —contestó la chica con vehemencia. ¿Cómo se suponía que comprendiera?—. Nuestra familia no tiene dinero. Nunca podría asistir a esta escuela. No pertenezco aquí y quiero saber qué pasó con mi padre.

Terminó la oración sin saber a dónde llegaría con ese arrebato, sin siquiera estar segura de tener aliento suficiente para terminarla. Luego se acomodó las gafas para ocupar las manos en algo.

—Entonces me temo que no puedo ayudarla. Su padre dejó el trabajo al terminar el año escolar —explicó Reyna. El corazón de Nani se detuvo y sus uñas se enterraron en el reposabrazos de madera, que ofrecía muy poca comodidad. La directora suspiró y observó su fotografía con Yuki por un momento—. Esta conversación es confidencial —aseguró finalmente mientras volvía a mirarla con los ojos café intenso—. No estoy segura de que deba decirle esto, pero creo que su padre le hubiera explicado la situación delicada en la que estaba. Cuando se postuló para trabajar aquí, no estaba interesado en ganar un salario, lo que quería era un lugar para usted en esta escuela. Trabajó para nosotros durante un año. Ofrecemos becas para los hijos de nuestros empleados y no hacemos diferencias entre ellos y los que pagan la matrícula completa.

Nani dejó que las palabras se asentaran, pero la voz de la mujer

era distante, como si llegara a través del rugido del océano que le estaba inundando el corazón.

Su padre se había ido.

—¿Y dónde está? —logró preguntar cuando por fin recuperó la voz.

—No lo sé —respondió Reyna—. Cuando su contrato terminó, dejó el trabajo. Solo supe que usted llegaría. Eso fue todo lo que nos dijo antes de irse.

Si ella no lo sabía, si nadie sabía nada, entonces el padre de Nani se había marchado. Otra vez. Y no solo se había ido, sino que estaba desaparecido. Nadie sabía dónde estaba y él no regresaría por ella.

La había dejado en Grimrose, no tenía otro lugar a donde ir.

Un repentino llamado a la puerta interrumpió el desmoronamiento de Nani. Acto seguido, la señora Blumstein asomó la cabeza hacia el interior de la oficina.

—¿Puedo pasar?

—Adelante. —Reyna se acomodó en la silla para sentarse derecha.

La señora Blumstein entró con uno de sus vestidos rojos habituales, a los que Nani ya se estaba acostumbrando a ver, y le sonrió.

—Necesito hablar con usted en privado —indicó—. ¿La señorita Eszes necesita algo?

—No —aseguró la directora con la mirada fija en la chica.

Nani las miró a ambas por un momento y notó los hombros tensos de Reyna y la actitud amigable de la señora Blumstein.

—Vamos —le dijo la profesora—. Una chica como tú no debería pasar mucho tiempo encerrada aquí, hay tanto que explorar.

—Gracias por su ayuda. —Nani miró la puerta abierta y se levantó. Sintió que los ojos de Reyna la siguieron hasta la puerta, luego oyó palabras apagadas detrás de ella, aunque no pudo distinguirlas. Lo que pasara dentro de la oficina ya no tenía importancia, tampoco que Nani hubiera ocupado el lugar de una chica fallecida ni que estuviera atrapada en ese castillo por un intercambio que había hecho su padre. Todo eso se había vuelto insignificante.

Su padre se había marchado.

15

RORY

Rory pasó la noche dando vueltas en la cama y despertó de mal humor. Había tenido una mala noche de sueño, lo que ya era habitual, y los huesos eran incapaces de asentarse en su cuerpo, como si no pertenecieran a él. Se despertó con bolsas debajo de los ojos y un dolor insoportable en la espalda que se le extendía por toda la columna y le hacía difícil respirar.

Se levantó de la cama y tomó dos de las píldoras que tenía escondidas, agradecida de que Yuki y Nani siguieran dormidas y no vieran cómo le temblaban los dedos al abrir el frasco. Solía tomar el medicamento en la oscuridad, en donde nadie pudiera verla, donde nadie supiera lo que necesitaba. Pero esa mañana el dolor era muy intenso.

Débil, pensó para sus adentros. *Débil*.

Luego se sentó al borde de la cama, respirando con dificultad, hasta que el cuerpo se le adormeció con ayuda de los analgésicos. Cuando por fin logró ponerse en pie, dio un paso tras otro para enseñarle al cuerpo cómo funcionar otra vez, para mostrarle el camino, como había tenido que aprender a caminar todos los días como si fuera la primera vez desde que había nacido. Tomó una ducha caliente que por poco le ampolló la piel, pero que ayudó con el dolor.

Cuando salió, era Rory otra vez, no una criatura oscura y reptante dentro del cuerpo de una chica. En cuanto recordó que se había levantado para encontrarse con Ella en Constanz e ir de compras, se arrepintió de inmediato, por supuesto.

Seis horas después, seguía arrepentida.

—Eh, no, este no —masculló Ella al probar un tono de rosado más brillante sobre la piel de Rory—. Odio la organza. Creo que necesito más dorado, menos rosado. —Evaluaba la tela con una actitud muy británica, algo que a su amiga le resultaba entretenido en circunstancias normales, pero no cuando llevaban más de dos horas en la misma tienda de telas.

Evitaba las actividades que no fueran correr o hacer algún deporte, pero con Ari y Ella ir de compras *era* un deporte. Rory no notaba las diferencias en nada, en cambio Ella era experta. Esa tienda tenía las mejores provisiones; y ese era, después de todo, el único viaje que los estudiantes podían hacer solos los fines de semana. Se sentía extraño estar allí sin Ari, quien estaría junto a Ella ofreciéndole su opinión sobre todo y combinando las telas con perfumes. También había acompañado a Rory de compras, pero más que nada para que no se sintiera sola al revisar la sección de prendas masculinas en busca de ropa cómoda, camisas que le quedaran mejor, que la hicieran sentir que tenía el control de quién era. Una persona totalmente diferente a la que era en casa, pero, claro, Grimrose era su verdadero hogar. Era el único lugar en el que podía ser apenas un ápice de su verdadero yo. Un lugar en el que no tenía que esconderse.

La ironía de la situación casi le daba ganas de reír.

Allí estaban las tres y, aunque se sentía bien, cada vez que miraba alrededor quería gritar. Era como si no pudiera estar solo con Yuki y con Ella, si eran solo ellas tres, Ari siempre estaría ausente.

—Esta llegó la semana pasada. —La vendedora le enseñó una muestra a Ella, quien la examinó un momento antes de negar con la cabeza. La mujer se esforzó al máximo para ocultar la exasperación de su rostro ante los caprichos de esa clienta en particular.

—*No* estoy siendo irracional —dijo la chica al aire—. ¿Y una gasa plateada? Nada muy llamativo, es solo para la base del vestido.

—¿La modista podrá coserlo sin problemas? —preguntó la vendedora, dudosa.

—Por supuesto —respondió Ella y le restó importancia sacudiendo una mano. Su cambio de actitud era impresionante: en la tienda era como si la hubiera poseído otra persona, imponente y crítica, que bufaba ante la mitad de las telas que le mostraban. Rory la observaba, entretenida al ver a la vendedora ir de un lado al otro en busca de lo que Ella quería.

Finalmente, la chica encontró la última pieza de tela que le faltaba para los vestidos y estuvieron listas para irse.

—Estoy ansiosa por empezar a trabajar en los vestidos —susurró con seguridad—. Les encantarán.

Rory sospechaba que a Ella no le importaría si odiaban los vestidos; si a ella le parecían deslumbrantes, entonces lo serían. De todas formas, debía admitir que cuando se trataba de costura y cocina, su amiga era la campeona indiscutible. *Amaba* hacerlo.

—¿Ya terminamos? —preguntó.

—Sí, solo tenemos que pagar —respondió Ella y se dirigió a la vendedora—. Estas son suyas y esta es…

Sus dos amigas la interrumpieron al unísono y colocaron las manos frente a ella de forma sincronizada.

—Pagaré por todo —declaró Rory, fulminándola con la mirada, retándola a que protestara. Ella frunció el ceño, pero no dijo nada—. Envuélvalo todo junto, yo me haré cargo. —Su tarjeta de crédito tenía que servir para algo.

Ella tomó las bolsas de tela con fuerza contra el pecho. Para ser alguien que se rehusaba a practicar cualquier deporte, era bastante fuerte. Rory sabía a qué se debía y de solo pensarlo se le revolvía el estómago. Pagó por todo sin prestarle atención a la cuenta y las tres salieron a la tarde soleada del último fin de semana de septiembre. La brisa estaba comenzando a cambiar por el viento que soplaba desde las montañas y, en una semana o dos, las hojas comenzarían a tornarse amarillas y rojas. Esa era su época del año preferida: los últimos días de calor, justo antes de que comenzara a hacer frío. Solo que entonces parecía que faltaba algo. La semana próxima sería el cumpleaños número diecisiete de Rory, pero no quería celebrarlo. No podía celebrarlo porque Ari no estaba allí.

—¿Y ahora qué? —preguntó y se dio la vuelta. Ansiaba salir a correr alrededor del lago y sentir el viento en el cabello. Pero eso tampoco estaría bien, sabía que tenían que hacer algo más antes de que por fin pudieran tener paz de verdad—. Podríamos echarle un vistazo al libro.

Yuki la miró inexpresiva.

—¿Lo leíste? —preguntó Ella. Rory esperó mientras temía la respuesta que estaba segura que obtendría.

—No, lo veré más tarde.

—Ya pasó una semana —remarcó.

—¿Y qué? —Yuki alzó una ceja—. Si estás tan preocupada, quizás debas leerlo tú. —Las mejillas de Rory se acaloraron—. Lo siento. No es gran cosa —masculló su amiga.

—Sí, lo es —insistió ella—. Podría ser una pista sobre lo que le pasó a Ari.

—¡Todas sabemos lo que le pasó! —rugió Yuki—. ¡*Murió*!

Las palabras hicieron eco en la calle de gravilla. Las aves salieron volando de los árboles, pero, por suerte, el resto de la acera estaba vacía.

—No hay necesidad de… —comenzó a murmurar Ella para intentar interceder entre ellas. Rory odiaba pelear con sus amigas, pero ese era más que un simple desacuerdo, era algo importante.

Se trataba de Ari.

—Entiendo que Edric diga que eso es todo. —Tomó aire y su voz sonó gutural y grave—. Lo entiendo de Penelope. Comprendo que todos en esa maldita escuela lo digan, pero no sé por qué tú estás tan ansiosa por dejarlo atrás. Podríamos encontrar algo que nos ayude a comprender lo que pasó en realidad, necesitamos tu ayuda. Ari necesita tu ayuda.

Miró a Yuki a los ojos sin echarse atrás. Detrás de la frialdad no había nada más que el negro del vacío. Por primera vez, Rory no reconoció a su amiga.

—Lo haré después…

—Olvídalo —interrumpió, con la voz más afectada de lo que le hubiera gustado—. ¿Sabes qué es lo peor? Siempre pensé que ella también era tu amiga. Quizás estaba equivocada.

Llegó a ver la expresión impactada de Yuki justo antes de darse la vuelta y dejarlas a las dos en la calle.

16

ELLA

Rory se alejó de prisa antes de que Ella pudiera detenerla. Eso no era raro en ella; a veces estallaba, hacía un berrinche y después volvía sumisa, con la cabeza baja. Salía a correr y volvía bañada en sudor para convertir su cuerpo en algo más grande, mejor, un arma y un escudo que pudiera usar para protegerse de las heridas. Era así, Ella lo supo el día en que la conoció.

La mañana había ido bien. Habían estado juntas, conversando sobre sus clases y sobre los planes de Alethea para el baile, y todo había sido normal. Todo había sido como se suponía que fuera.

Solo que no lo era.

No estaba Ari para hacerlas volver porque estaba cansada de caminar, no estaba Ari para reír con fuerza en sus oídos y hacer que todos los comensales de los restaurantes voltearan a verla, no estaba Ari murmurando para sí misma mientras caminaban. No estaba Ari, con el cabello brillante, los grandes ojos verdes y la voz hermosa y aplacadora.

Ari no estaba y todo estaba mal.

Intentaba no enfocarse en eso porque todavía las tenía a Yuki y a Rory. Todavía eran amigas. Solo que también había tenido a Ari, y estar allí sin ella se sentía como traicionarla. Al disfrutar de algo en lo que Ari debería participar, pero nunca volvería a vivir, sentía que no debía disfrutarlo en absoluto.

—Deberíamos ir por helado —dijo a la ligera mientras veía la expresión de Yuki. Su amiga asintió, con la mirada fija en algún lugar a la distancia—. Sabes cómo es Rory —agregó, tratando de adivinar lo que estaba pensando—. Lo superará.

—Tú también me dijiste que leyera el libro.

—Porque eres buena descifrando las cosas y puede que descubras algo —respondió mirándola.

Yuki seguía sin mirarla. Tenía el cabello recogido en un rodete ajustado sobre la cabeza, sujeto con una banda roja. Lucía tranquila y abrasadoramente hermosa. A veces Ella se quedaba sin aliento al ver a su mejor amiga, aún después de tantos años.

—¿Cómo estás tan segura? —preguntó. Su voz sonó más suave de lo habitual, como un susurro que temía dejar salir. Ella no sabía qué pensar al respecto, su amiga nunca tenía miedo.

—¿A qué te refieres? —replicó con el ceño fruncido.

—¿Cómo estás tan segura de que haya algo que descubrir? —repitió Yuki—. ¿Cómo puedes saberlo?

La chica parpadeó al sentir el peso de la pérdida de Ariane entre ellas. Solo quedaban las tres, intentando encontrar la forma de encajar cuando una parte del rompecabezas había desaparecido. Esforzándose por mantenerse a flote.

—¿Y cuál es la alternativa? —preguntó por fin—. ¿Que le hayamos fallado?

Yuki se estremeció y Ella lo sintió en carne propia.

—Tú no le fallaste —respondió.

—Tú tampoco.

La chica por fin giró a mirarla y Ella volvió a reconocer a su mejor amiga. Aún notaba parte del miedo anterior, pero comprendía el origen y a dónde las llevaría si no lo enfrentaban. Porque Yuki también tenía razón. Ari *estaba muerta*. No había nada que pudieran hacer para cambiarlo. No podían regresarla a la vida ni actuar como si no se hubiera ido. De todas formas, dejarlo así significaba olvidar. Significaba que Ariane había muerto, que el mundo se la había tragado y que un día se levantarían como si nada hubiera pasado.

Excepto que sí había pasado. La única manera de honrar a Ari era descubrir qué le había sucedido en verdad.

—Puede que el libro no nos diga nada —comenzó Ella—. Pero tal vez lo haga. Tal vez descubramos algo que no sabíamos.

—Y tal vez no lo hagamos.

—Es verdad —coincidió—. Pero tenemos que intentarlo. —Con eso, Yuki por fin asintió y su mirada se volvió distante otra vez—. Vamos. Todavía podemos comer helado. Eso lo cura todo. —Ella le dio un empujoncito con una de las bolsas.

Mientras continuaban caminando lado a lado, miraba a su amiga con detenimiento, temerosa de estar viendo una pieza de cristal que se rompería si la tocaba de la forma equivocada.

17

YUKI

Yuki estuvo despierta durante un largo tiempo.

Rory ya estaba roncando, su respiración suave hacía eco por la habitación, tenía la mitad del rostro aplastada contra la almohada, el brazo derecho colgando y las sábanas arrugadas. La respiración de Nani era lenta y superficial, como si fuera a despertar en cualquier momento. Yuki dio otra vuelta para intentar ponerse cómoda, sin dejar de pensar en la conversación que había tenido esa tarde. Las palabras de Ella hacían eco en su interior.

¿Y cuál es la alternativa? ¿Que le hayamos fallado?

Se clavó las uñas en las palmas de las manos hasta dejar marcas en forma de luna creciente en la piel. Luego encendió el velador, contuvo la respiración hasta comprobar que las demás no se despertaban y, como no lo hicieron, tomó el libro de cuentos de hadas de Ari. Lo abrió en una página al azar. La escritura de Ariane era difícil de leer; parecía mitad apresurada, mitad deliberadamente ilegible, lo que hacía que fuera casi imposible de descifrar. Volvió al principio, pero no había nada en la primera página que indicara a quién le pertenecía; ni siquiera tenía la portada ni el nombre del autor.

Mientras ojeaba las numerosas páginas, algunas de las historias le resultaron familiares; no solo porque había visto casi todas las películas de Disney, sino porque las había visto docenas de veces, las había leído una y otra vez. Cada versión tenía mínimas diferencias, hasta que todas se volvían difusas, como interpretaciones vagas del original, hasta que ya no había tal cosa como un original en primer lugar.

Venían de a tres. Tres misiones, tres osos, tres hijas. Tres amigas. Tres princesitas atrapadas en tres torres. A veces había una manzana, un zapato, una rueca o una flor. Transcurrían en verano, primavera, otoño o invierno. A veces había tierra, agua, aire o fuego. La mayoría de ellas incluía una maldición. Las maldiciones también variaban: algunas las hacían bailar hasta gastar las suelas de los zapatos, en otras debían besar sapos o convertirse en cisnes y, en la peor de todas, dormían para siempre. Hasta el beso del verdadero amor. Hasta que llegaba la prueba de que el amor podía incluso contra la muerte.

Se repetían de un país al otro, una y otra vez. Cenicientas se convertían en Vasilisas; reinas del Hielo en el rey Frost; Bellas en Rosas Rojas y Bellas Durmientes. Madrastras malvadas, hadas malas, princesas danzantes. Una maldición y un beso.

Y volvía a empezar.

La lista era extensa, y el libro era grueso, con tipografía pequeña como la de una biblia, y ocupaba las quinientas páginas casi por completo. Al principio se encontraban las historias que todos los niños habían leído al menos una docena de veces: "Blancanieves", "Cenicienta", "La bella durmiente" y "La bella y la bestia". La recibieron como a una vieja conocida. Siguió recorriendo las páginas y encontró otros títulos que conocía: "Caperucita Roja", "Hansel y Gretel", "Las doce princesas bailarinas", "La niña de los gansos" y "La princesa y el sapo". Dos que había oído de su propio padre: "El espejo de Matsuyama" y "La princesa Kaguya"; recordó cómo se las había contado con voz solemne después de que hubieran cenado juntos, una tradición que le había transmitido la madre de él, y la madre de su madre antes. Como Yuki no tenía madre, se había convertido en el deber de él. Había más cuentos de los que nunca había oído, pero que parecían parte de la misma historia. "La princesa silenciosa", "Atardecer", "La mujer de doble piel", "El origen de la noche".

Aunque no los conocía, compartían los mismos temas con ligeras diferencias en los términos utilizados: la hija de un rey que se convirtió en hija de un jefe, un caballo convertido en camello, una selva devenida en océano, un castillo reemplazado por una isla.

Ariane había hecho anotaciones en algunos cuentos, pero no en todos, en algunos había señalado solo una palabra, pero, más que nada, había subrayado oraciones particulares que no parecían ser especiales. Yuki siguió pasando las páginas, le resultaron repetitivas; alrededor de media hora más tarde, la cabeza le daba vueltas, empantanada por tantas historias. No tenía idea de qué le había interesado tanto a su amiga sobre ese libro ni por qué había tenido la necesidad de ocultarlo.

Las anotaciones no le daban ninguna pista. Algunas de las palabras parecían ser nombres. Las citas que había subrayado eran sobre madres o padres fallecidos o sobre niños abandonados. Sin embargo, algunos de los cuentos parecían fuera de lugar, pero ya era demasiado tarde para que Yuki comprendiera qué era lo que le estaba haciendo ruido.

No llegó a terminar ninguna historia porque perdía la paciencia en el cuarto párrafo cuanto mucho. A fin de cuentas, todas terminaban de la misma forma, con un felices por siempre.

Bostezó mientras intentaba dejar de pensar en Ariane, en su amiga el día que había vuelto a la escuela, el día que había muerto. No encontraría nada en el libro que echara luz sobre el fallecimiento de Ari. Ya sabía lo que había pasado. Entonces, cerró el libro sobre su regazo con tanta fuerza que un trozo de papel suelto salió volando.

Reconoció el papel: era una nota de bienvenida que todos habían recibido al regresar a la escuela, la que había estado esperando a que llegaran sobre las almohadas.

Yuki levantó el papel, lo dio vuelta y vio algo escrito en él.

TE DIRÉ LA VERDAD.
TRAE EL LIBRO.

18

RORY

—Rory —llamó la voz de Yuki y, por un momento, pensó que seguía soñando hasta que sintió que le sacudían el brazo sobre las sábanas—. Rory, despierta. Tienes que ver esto.

Bufó en respuesta antes de abrir los ojos, pero todo alrededor seguía oscuro. Por un instante, se preguntó si de verdad habría despertado o si sería uno de los sueños lúcidos que solía tener. En ellos no estaba segura de estar despierta o dormida, se quedaba petrificada, aterrada de no poder despertar por completo, con el corazón tan calmado que era como si estuviera muerta.

Pero, entonces, la imagen de Yuki apareció a la vista sobre ella.

—¿Qué hora es? —preguntó frotándose los ojos.

—La una de la madrugada.

—¿*Una de la madrugada*? —exclamó muy fuerte, de modo que su amiga le tapó la boca con una mano. Rory parpadeó y vio la figura de Nani, que dormía de espaldas a ellas. Estaba quieta. Yuki bajó la mano de prisa para evitar el contacto, aunque siguió mirándola a modo de advertencia—. Debes estar bromeando. —Bufó, muy tentada a darse vuelta y seguir durmiendo. Por primera vez en la semana parecía que los músculos de su espalda estaban bien, no como si estuvieran protestando para salírsele del cuerpo o para exigir un aumento, pero algo en Yuki hizo que se quedara quieta. Algo en esos ojos negros y duros como los de un cuervo—. ¿Qué pasa? —Se sentó, con el cabello cayendo en ondas a su alrededor, y se tensó de pronto.

—Estaba leyendo el libro —respondió su amiga con cuidado—. Tenías razón.

—Repite eso —balbuceó Rory.

—Encontré esto —agregó, haciendo caso omiso del comentario, y le dejó la nota en la mano.

Solo la lámpara de Yuki alumbraba la habitación sombría. La respiración de Nani era silenciosa, demasiado silenciosa, por lo que Rory le miró la espalda con los ojos entornados antes de prestarle atención a la nota. No estaba escrita con la letra de Ari, eso era seguro. Rory lo sabía porque la mitad de sus cuadernos estaban llenos de ella, dado que Ari solía tomar notas en su lugar cuando no tenía ganas de hacerlo.

Te diré la verdad. Trae el libro.

—¿Libro? ¿Qué libro?

—Debe ser este —contestó Yuki con una palmada sobre la cubierta del volumen—. La encontré dentro. Pero Ari no lo llevó con ella cuando fue a ver a esa persona.

–¿Cómo puedes estar tan…? –Giró la nota y vio que se trataba de la tarjeta de bienvenida. Había tirado de inmediato la suya a la basura la mañana en que había llegado–. Fue alguien de la escuela.

–Probablemente otro estudiante –coincidió Yuki.

Parpadeó una vez más para intentar hacerse a la idea. Había pasado demasiado tiempo desde la muerte de Ari negando que había ocurrido. Evitando creer en ello. En que fuera real, en que pudiera no haber sido un accidente o un suicidio. Y aparecía eso.

No una prueba, pero sí una pista.

–¿Con quién crees que iba a encontrarse? –preguntó con la tarjeta aún en la mano–. ¿Y por qué querría el libro? ¿Encontraste algo en él?

–Tiene anotaciones de Ari, pero no entiendo por qué las hizo de ese modo. –Su amiga negó con la cabeza.

–Quizás sea un código.

–¿Ari dejaría un mensaje en código? –reflexionó Yuki con las cejas en alto como si supiera que Rory estaba bromeando.

–Está bien, es poco probable. Pero debe haber algo, sino es solo un libro estúpido. Nadie resulta asesinado por un libro.

Te diré la verdad.

¿Qué verdad? ¿Y qué relación tenían ambas cosas?

Rory tomó el libro y pasó la mano sobre las páginas. Apenas lo había mirado cuando Nani se lo había entregado, lo había dejado sobre el escritorio para entregárselo a Ella y no tener que lidiar con él.

En ese momento, se sentía más pesado, como si contuviera una verdad secreta. Pasó las páginas rápido y vio palabras y palabras hasta que las líneas de texto se difuminaron en su mente.

–No hay nada más –advirtió Yuki. De todas formas, siguió ojeándolo hasta el final. Entre las páginas de una de las últimas historias encontró la hoja de un cuaderno. La reconoció de inmediato: era de un cuaderno de Ariane, que tenía las páginas llenas de garabatos de corazones y de caritas felices hechos con un bolígrafo de gel verde en las esquinas–. ¿Qué es eso?

–Es una lista –respondió Rory con el ceño fruncido tras desplegar el papel–. Tiene… ¿nombres?

Yuki se acercó más para ver sobre el hombro de su amiga y rozó la piel cálida de Rory con el cuerpo helado. En el castillo no hacía frío y tampoco afuera todavía; recién estaba comenzando el otoño, las flores empezaban a marchitarse y desaparecer. Pero Yuki estaba fría como el mármol, como de costumbre, como si estuviera destinada a ser siempre así.

–Estamos en ella –reconoció con expresión seria. De hecho, estaban entre los primeros nombres: Yuki, Eleanor, Aurora.

Ver su nombre real impactó a Rory. Ariane nunca lo usaba, no lo escribía en ningún lado, ni siquiera en las cartas que le daba con los regalos de cumpleaños. Solo sus padres lo mencionaban algunas veces.

Ellas no eran las únicas en esa lista.

Era más larga, con veinte o treinta nombres, en su mayoría de chicas. Solo incluía nombres de pila que sonaban un tanto familiares.

–Son tantos –balbuceó Yuki–. ¿Por qué Ariane estaba haciendo una lista?

–No lo sé –dijo Rory. Una vez más, se sorprendió de lo mucho que ignoraba. De lo mucho que Ariane estaba ocultando. Lo mucho que no les había contado.

No la había forzado a hablar cuando Edric la había dejado y, de todas formas, Ari se había distanciado del grupo para hacer el duelo por algo que las demás no entendían. Aunque Rory se había sentido culpable al respecto, no la había cuestionado, en especial porque era incapaz de mostrar simpatía por la pérdida de Edric. Supo que era lesbiana desde el día en que conoció a otra chica de su edad, salir con chicos le parecía incomprensible.

Al final de la lista, había otra anotación de Ari, pero no era un nombre.

Soy una de ellas.

—¿Soy una de ellas? —leyó en voz alta, más de lo que quiso—. ¿Qué demonios significa eso? —Nani se estiró en la cama, y se quedaron heladas, conscientes de lo fuerte que estaban murmurando—. Hablaremos con Ella en la mañana —concluyó con la mirada fija en la espalda de Nani, la chica que había encontrado el libro, la que lo había dejado en sus manos. La chica que había ocupado el lugar de Ari.

—Sí —coincidió Yuki por lo bajo—. Descubriremos qué significa esto.

Rory asintió, cerró el libro y se lo devolvió. Cuando cerró los ojos para volver a dormir, aún veía la lista de nombres reproduciéndose sin parar en su mente, infinita, interminable.

19

ELLA

Sin importar la cantidad de veces que fuera a la biblioteca, para Ella siempre era como si la viera por primera vez.

Todas las estanterías de caoba estaban llenas de libros, los pisos estaban cubiertos por alfombras gruesas, había muchas mesas donde estudiar y, en las alas, había algunas sillas mullidas esperando por una siesta espontánea. Esa era la parte del castillo preferida de Ella, con los ventanales gigantes por los que se filtraba la luz. En primavera florecían las plantas por las columnas de marfil que adornaban algunos de los muros del jardín y llenaban el balcón de rosas rojas y amarillas.

Cuando Ella había visto el castillo Grimrose por primera vez, le había resultado tan hermoso que no pudo contener las lágrimas. Se había sentido tonta parada en el salón, rodeada de pinturas, con los ojos llenos de lágrimas por el asombro.

Encontró a Yuki y a Rory en el tercer piso. Mefistófeles no estaba por ninguna parte, lo más probable era que estuviera atormentando a alguno de los estudiantes de primer año que reían abajo. Rory estaba recostada con la cabeza sobre la mesa, con saliva cayendo de la boca.

—¡Llegaste! —exclamó Yuki al verla.

—¡Al fin! —gritó Rory, que levantó la cabeza de la mesa, pero seguía teniendo la mirada un poco desenfocada—. ¡Estoy despierta! ¡Solo tomaba una siesta!

—Babeaste toda la caoba.

—¡Mentira! —protestó, entonces Ella señaló el pequeño charco sobre el que había estado su cabeza—. Te reto a un duelo —exigió su amiga.

Ella suspiró y se sentó a la mesa mientras la otra chica la limpiaba con la manga del uniforme escolar.

—No tengo mucho tiempo. ¿Qué pasó?

Las dos chicas se miraron sin decir nada.

—Dile tú —ordenó Rory con una sonrisita.

—Encontré una nota dentro del libro —reveló Yuki.

—¿Y? —agregó Rory con voz provocadora.

—Estaba escrita en la tarjeta de bienvenida.

—¿Yyyyy? —insistió la otra agitando las cejas sin parar.

—Tenían razón. El libro es importante. —Yuki suspiró.

—Gracias —dijo Rory—. Dicho eso, sí, creo que Ariane debió haber sido asesinada.

La palabra cayó como una piedra y cambió el ánimo por completo. Yuki le pasó la nota, ante la que Ella frunció el ceño.

—Parece una extorsión —comentó.

—Suena a una conclusión apresurada —remarcó Rory con seriedad.

—Si alguien prometió la verdad, entonces Ari debió haber hablado con esa persona antes. Esta no es una forma de iniciar una conversación.

—Es una forma de terminarla —intervino Yuki.

¿No era eso lo que Ella había estado intentando probar? ¿Que Ari no se había ido sin más, que su muerte no había sido un accidente desafortunado ni un acto voluntario?

—Hay algo más —indicó Rory mientras sacaba una hoja de papel y se la entregaba.

Ella la leyó; incluía algunos nombres que conocía y otros que no. *Soy una de ellas.*

¿Una de quiénes? ¿De qué? ¿Y qué significaba esa lista? Reconocía los nombres de ellas tres, pero no estaba segura respecto a los demás. ¿Todos eran estudiantes?

—No lo entendemos —agregó su amiga—. La lista, la nota. Hay algo aquí, es obvio, pero ¿qué intentaba decir Ariane?

—¿Puedo ver el libro? —preguntó con el ceño fruncido. Yuki asintió y lo deslizó por la mesa en su dirección.

Pasó las páginas con notas de Ariane, que eran diminutas y casi ilegibles, intrincadas a propósito. Mientras examinaba el libro, repiqueteaba los dedos de la mano izquierda sobre la mesa de forma inconsciente. Ese elemento no encajaba con el resto de la vida de Ari ni con el resto de la escuela. Si tenía alguna relación con la muerte de Ariane, no pensaba rendirse hasta descubrir qué había pasado exactamente.

Volvió a la primera página; conocía muy bien todas esas historias y le gustaban, al menos sus versiones felices. Anhelaba los finales felices.

—No hay que ser criticona —balbuceó.

—¿Qué? —preguntó Rory desde el otro lado de la mesa.

—Nada, hablaba conmigo misma. Conozco casi todas las historias.

Comenzó con "Cenicienta", que tenía muchas anotaciones de Ariane. De hecho, lo único que había subrayado eran hechos de la vida; Cenicienta trabajaba duro, tenía una madrastra malvada y dos hermanastras desagradables. Trabajaba todo el día en la casa, no la dejaban salir y quería ir al baile.

Continuó con "La bella durmiente". Padres negligentes que dejaron a su hija para que la criara alguien más. La chica no sabía quién era en realidad. Dormía para siempre. "Blancanieves": padre fallecido, la madrastra cría a la niña y resiente su éxito.

Todo eso debía significar algo, debían ser pistas. Como alguna clase de caja fuerte. Si ingresaban la combinación correcta, les brindaría todos sus secretos. Solo tenía que descubrir la contraseña.

"La bella y la bestia" no tenía ni una sola anotación, al igual que algunas de las otras. Pero cuando Ella llegó a "La sirenita", notó que había una nota marginal: el nombre de Ari. Entonces, la recorrió un escalofrío que hizo que le temblara todo el cuerpo. Quiso cerrar el libro y fingir que nunca había existido. Sentía que emanaba una vibra extraña, una advertencia para que no lo tocara porque podía contener secretos que no podría manejar.

—¿Puedo ver la lista otra vez? —preguntó, esforzándose por mantener la voz bajo control para que no pareciera que sabía algo.

No sabía nada. No tenía forma de saber. Tenía una memoria excelente para los detalles, la ansiedad hacía que a veces todo fuera imposible de olvidar. En ese momento, lo agradecía porque funcionaba a su favor. Revisó los otros cuentos junto con la lista de Ari. Al final, cuando llegó a "La sirenita", se detuvo otra vez.

Soy una de ellas.

Sabía cómo terminaba la historia original.

Lo recordaba porque tenía un final trágico. A la sirenita le decían que debía asesinar al príncipe si quería conservar las piernas, de lo contrario, cada paso que diera sería como caminar sobre vidrios rotos que se le clavaran en la piel. No había podido hacerlo, así que había vuelto al mar. Se había ahogado para salvar a su amado.

El corazón de Ella comenzó a latir de forma descontrolada y regresó a las historias que conocía desde que era niña. Buscaba finales felices, cuentos en los que Cenicienta encontraba al príncipe azul y la bella durmiente despertaba, pero no eran parte de ese libro; en él, todas las historias terminaban en muertes o en tragedias. Negó con la cabeza e hizo el libro a un lado con los dedos temblorosos. La lista se le cayó de la mano.

—¿Ella? —preguntó Yuki, con el ceño fruncido—. ¿Estás bien?

Sacudió la cabeza, apenas un poco. No sabía si podía decir algo más. Tampoco si quería hacerlo.

Pero Ariane también lo había descubierto.

—¿Qué sucede? —insistió Rory, preocupada.

—Creerán que estoy loca —susurró.

Yuki entornó los ojos.

—Si tienes una teoría…

Ella tomó aire.

—Ariane hizo esta lista porque el libro es… —No pudo terminar el curso de la oración, así que intentó de otra forma—. Creo que el libro predijo su muerte.

PARTE II

UN MURO
DE ESPINAS

20

NANI

Nani había oído los murmullos, pero no estaba segura de qué interpretar al respecto.

Yuki había despertado a Rory en medio de la noche, y se habían ido con el libro que ella había encontrado. Se había asegurado de respirar despacio, en silencio, como si siguiera dormida, y había prestado atención a los murmullos. *Nadie resulta asesinado por un libro.* Había dicho Rory. ¿Significaba lo que parecía? ¿Ariane no había muerto sin más, sino que la habían asesinado? ¿Alguien de Grimrose? ¿Que otros secretos guardaba esa escuela?

Para descubrir qué le había pasado a su padre tal vez tenía que revelar los secretos de la Academia. No tenía que ser amiga de nadie para lograrlo, solo necesitaba averiguar lo que sabían.

Las chicas se habían ido a toda prisa, y Nani disfrutaba del tiempo que tenía para ella sola. Abrió la ventana para sentir el cambio del viento en el exterior y ver las hojas agitándose y, una vez más, añoró su hogar. Extrañaba el verano, el verdadero verano de Hawái, en donde el calor era sofocante y la brisa del océano siempre cantaba con el sol.

Solo había empacado algunos vestidos. No tenía ropa de invierno, así que no sabía cómo luciría ni cómo se sentiría. Solo conocía la sensación del algodón sobre la piel, con las faldas que le quedaban siempre cortas por las curvas de su cuerpo. Amaba su ropa, a pesar de que fuera vieja y le quedara muy ajustada, porque le había pertenecido a su madre; cada vez que la usaba se sentía más cerca de ella.

Mientras miraba por la ventana, llamó a Tūtū. El teléfono sonó varias veces antes de que por fin contestara; estaba ansiosa por escuchar la voz aguda y chillona de su abuela.

—Nani, *mo'o*, ¿no deberías estar en clases? —fue lo primero que dijo. Tūtū siempre usaba la forma abreviada de "nieta", con la que los labios se le redondeaban al extender la vocal—. Es tarde.

Tenían once horas de diferencia en ese momento, además de todo un mundo de distancia. Era la primera vez que Nani se alejaba tanto, nunca había atravesado el océano que las rodeaba.

—Las clases empiezan en media hora —respondió. Llegaba a oír los sonidos de la noche a través del teléfono: la música de los vecinos, el rugido lejano de un bote a motor cerca de la costa. Sonidos que le recordaban a su hogar.

—Bien, bien —repitió su abuela—. Te extrañamos aquí, *mo'o*. ¿Estás estudiando mucho?

Te extrañamos aquí. Nani escuchó las palabras, pero deseó olvidarlas. "Nosotros" no era más que su abuela, quien no había evitado que se fuera. Su error había sido creer que también pertenecía a ese lugar.

—Sí, Tūtū —respondió con el dolor del mundo que las separaba.

—¿Has hecho nuevos amigos? —preguntó su abuela, con esperanzas que intentó ocultar.

—No —negó ella, a pesar de que la imagen de las chicas pasó por su mente. Rory y Yuki en el dormitorio, Ella ofreciéndose a pasarle la tarea. Svenja preguntándole por sus secretos—. Sabes que solo vine a estudiar.

—Hacer nuevos amigos no hace daño. Eras tan solitaria aquí, con todos esos libros, todo el día en casa.

—¿Supiste algo de papá? ¿Alguna noticia?

—Aún nada. —La voz de su abuela sonó más apagada del otro lado—. Pero podría llegar algo pronto. Sabes cómo es él, Nani.

—Me hizo una promesa, pero no está aquí.

—Estás preocupándote por nada —comentó Tūtū en tono amable y cuidadoso. Intentaba vencer la necedad de Nani, un rasgo que la chica había heredado de su padre, al igual que los ojos y la nariz—. Esa escuela fue un regalo, deberías disfrutarlo en lugar de preocuparte por él. Volverá a casa.

—Su teléfono se conecta directamente con el buzón de voz y no dejó una dirección. ¿Cómo es posible que no estés preocupada? —La voz de Nani sonó afectada al terminar, cuando, por fin, su enojo quedó en evidencia. Tūtū siempre excusaba a su padre. Tūtū, cuya hija se había casado con un hombre que era de otro continente, quien se había marchado al día siguiente y había dejado a tres mujeres esperando a que regresara. Tūtū, quien había perdido a su única hija en manos del destino, pero nunca lo había cuestionado.

No quería ser como ella. Tampoco quería ser como su madre. Se rehusaba a pasarse la vida esperando por cosas que nunca llegarían.

—Tengo que irme —dijo.

—Cuídate. Haz tus tareas. Mi corazón siempre está contigo —respondió, como si Nani necesitara que se lo recordara—. *Aloha wau iā'oe, mo'o*.

—También te quiero, Tūtū —murmuró al teléfono, pero la llamada ya estaba terminada.

Con Reyna fuera de la ecuación y sin la cooperación de ningún profesor, Nani no sabía a dónde ir, excepto al lugar en el que siempre encontraba respuestas: la biblioteca. La había visto una vez, un lugar tan ostentoso que la había dejado sin aliento al instante. Era un sitio construido de sueños, al que todos en la escuela trataban como si fuera algo común y, por eso, los odiaba todavía más.

Quería empezar por lo básico. La biblioteca en sí misma no ofrecía mucha información sobre la historia de Grimrose, solo sobre la del edificio y sobre la misión de la escuela, que eran absolutamente tediosas y para nada inspiradoras.

Alguien se le sentó al lado, así que giró para decirle que se alejara, hasta que vio que se trataba de Svenja. En esa ocasión, tenía el cabello castaño suelto y los ojos delineados de color negro.

—Hola —le dijo mientras se cruzaba de piernas con elegancia.

—Hola.

—No te he visto mucho desde la asamblea.

—Parece que no tenemos el mismo cronograma.

—Sabes que tenemos seis clases juntas, ¿no? —Svenja la miró entretenida y chasqueó la lengua. Nani abrió la boca para responder algo, pero se dio cuenta de que no tenía nada que objetar—. Me preguntaba si no tenías idea o si me estabas ignorando porque te habías enojado por lo que hice. —Su postura era erecta, con los hombros derechos, y a Nani le hacía pensar que su cuerpo no podría hacer eso aunque lo intentara—. Y ¿lo estabas? —preguntó con una ceja en alto.

—¿Si estaba qué?

—Enojada.

—¿Por qué me habría enojado? Apenas recuerdo haber hablado contigo —mintió.

—Creo que lo recuerdas bien —respondió Svenja en tono pausado mientras se reclinaba en la silla—. No quería espantarte tan rápido.

—¿Por qué te importa?

—Porque me agradas —afirmó y le guiñó un ojo—. Pero si te asusté, espero que haya sido un susto bueno. Con mariposas en el estómago y esa clase de cosas.

Nani las sintió en ese momento, como si las palabras de Svenja las hubieran invocado. Las rodillas se le aflojaron cuando la chica se levantó y se movió con gracia como si caminara sobre el aire.

—Deberías prestar más atención en clases —agregó con un dedo en el hombro de Nani, presionando su camisa de forma deliberada—. Sería una pena que tuvieras que pasar otro año aquí. Quizás así tendrías que hablar con alguien de verdad.

—Haces demasiadas suposiciones como para no conocerme.

—Creo que sí te conozco. Eres la chica que no tiene secretos. No hay mucho que saber. —Sonrió con picardía, apartó la mano del hombro de Nani y se marchó. Al hacerlo dejó un rastro de su perfume especiado.

Se tragó la rabia que le crecía en la garganta como una bola de fuego e intentó ignorar la sensación que le dejó la presencia de Svenja. Cerró el libro, la historia de Grimrose no iba a servirle de nada si no sabía lo que estaba pasando en la escuela en ese momento. Su padre había desaparecido a principios del año escolar, no cien años atrás.

Justo en ese momento, vio a Ella subir las escaleras apurada y, dominada por la curiosidad, la siguió hasta una de las pequeñas salas escondidas de la biblioteca. Cuando Ella cerró la puerta, Nani apoyó la oreja contra la madera; Yuki y Rory estaban dentro, hablando en tono elevado. Seguían discutiendo sobre ese maldito libro que había encontrado. No sabía qué importancia podía tener. Escuchó cómo la conversación se hacía más tensa, de la que detectó algunas palabras en volumen más alto, y luego Ella dijo algo en voz demasiado baja como para que la oyera.

Algo le rozó la pierna, bajó la vista y vio que una sombra negra se cruzaba frente a ella. Cuando el animal se dio vuelta, notó los ojos rojos, luego el gato abrió la boca, rugió con los colmillos afilados a la vista y le rasguñó la pierna. Le dejó tres cortes idénticos en la pantorrilla.

Nani soltó un grito antes de caer contra la puerta con tanta fuerza que la abrió y cayó hacia adentro, justo en medio de la habitación y de las chicas a las que había estado espiando. El gato atravesó el umbral con tranquilidad, siseando en un tono que Nani solo podía definir como satisfecho.

—Santo Dios —exclamó Rory.

—¿Qué *es* esa cosa? —preguntó Nani mientras se aferraba la pierna adolorida en la que los rasguños comenzaban a sangrar.

Ella se acercó al gato y lo levantó con facilidad a pesar de los gruñidos amenazantes.

—Es Mefistófeles —respondió como si nada—. Puede ser un poco sobreprotector si hay alguien espiando.

Las tres chicas giraron hacia Nani, que no tenía idea de cómo comenzar a explicarles la situación.

21

YUKI

Las cuatro chicas se sentaron alrededor de la mesa de la biblioteca con el libro de Ari abierto junto a la lista. El gato malvado se hizo un ovillo con actitud magnánima sobre el regazo de Ella y ronroneó como un gatito feliz mientras su víctima seguía presionándose una venda sobre la herida para que dejara de sangrar.

—¡Gato malo! —murmuró Ella mientras le rascaba las orejas.

—¿Qué es esa monstruosidad? —preguntó Nani, mirándolo con rabia desde el otro lado de la mesa con la pierna aún ensangrentada.

—El flagelo de Dios —respondió Rory—. El engendro de Satán. La encarnación del diablo. Padre de todas las mentiras, el enemigo, la bestia, el maligno encarnado.

—Es solo un gato —agregó Ella en tono protector y le tapó las orejas.

—No es un gato, es una pantera maligna —sentenció Nani.

—Eso es ridículo. Es inofensivo, casi siempre.

—Ella, desfiguró a la bibliotecaria de un arañazo.

—Se lo merecía —afirmó la chica, y ese fue el comentario más malvado que Yuki la hubiera escuchado decir—. Mefistófeles nunca ha hecho nada malo y yo lo quiero.

—Su nombre significa Satanás.

—Eso es porque la bibliotecaria lo odiaba. Sugerí que lo nombraran Esponjocín, pero nadie me hizo caso.

Las otras tres chicas miraron al gato, cuya furia evidente les hacía saber que el resentimiento era mutuo. Finalmente, Rory volvió al asunto en cuestión.

—Estabas espiándonos.

—Ustedes estaban gritando. —Nani sintió cómo se le calentaban las orejas.

—Yo no estaba gritando —protestó Rory.

—Las oí hablar anoche —confesó entonces—. Sé que piensan que su amiga fue asesinada. —El silencio pesado que siguió a esa afirmación alteró los nervios de Yuki. Suponerlo era una cosa, pero escucharlo en voz alta por parte de una persona en su mayoría desconocida parecía volverlo real—. ¿Y que fue por este libro? —preguntó Nani con una mirada curiosa al volumen abierto—. ¿No es solo un libro de cuentos de hadas?

Yuki miró a los ojos brillantes de Ella al otro lado de la mesa, instándola a que dijera algo porque ella todavía no podía procesar toda la información.

—Creo que el libro y lo que le sucedió a Ari están conectados —explicó Ella con cuidado, con la vista aún en Yuki—. Es evidente que pensaba que había algo... *extraño* en él, y alguien afirmó saber la verdad sobre eso, ya sea sobre el libro o sobre la lista que Ariane hizo. Si descubrimos lo que significa, quizás podamos descubrir por qué murió.

Nani las miró a las tres. Yuki no podía descifrarla. Había llevado pocas cosas: algunos vestidos y libros viejos, que había apilado sobre el escritorio y olían a plumarias, y nada más. No había nada que revelara quién era en realidad.

—¿A qué te refieres? —insistió la chica.

—¿Por qué quieres saberlo? —intervino Rory de pronto con un tono desafiante muy evidente.

—Porque soy una estudiante de esta escuela. —Nani la miró a los ojos.

—Como otras seiscientas personas. ¿Por qué tendríamos que hablar contigo y no con los demás?

—Porque yo no estaba aquí cuando su amiga murió y puedo ayudar.

La oferta cayó como una piedra entre ellas y, finalmente, Yuki recuperó la voz para hablar.

—¿Cómo podrías ayudar?

—Alguien quiere el libro, ¿no? —comentó y tomó la nota—. Esa persona no se detendrá solo porque su amiga murió. Debe pensar que ustedes lo tienen, así que estará detrás de ustedes. Pero no sabe que *yo* sé del libro, así que puedo hacer preguntas con la excusa de que soy nueva.

—¿Y cómo sabemos que podemos confiar en ti? —preguntó Rory aún en alerta—. Acabas de llegar. ¿Por qué nos ofreces ayuda?

—Tengo mis razones. —Nani apretó la mandíbula y se acomodó las gafas redondas; los rizos le caían detrás de los hombros.

Yuki la observó para evaluar la respuesta. Era evasiva, pero no podía estar ocultando un secreto peor que el suyo.

—Debes darnos más que eso —insistió Rory, poniendo palabras a lo que todas debían estar pensando.

Como se tomó su tiempo, Ella le tomó la mano. El contacto hizo que la chica se sobresaltara, su compañera le ofreció una sonrisa compasiva.

—Está bien. Puedes hablar con nosotras —dijo.

Eran las palabras equivocadas, Yuki lo sabía. No porque estuviera mal mostrarle simpatía, sino porque Nani no quería hablar, no quería compartir esa información. Conocía esa sensación.

—Mi padre me envió a estudiar aquí sin decirme nada —reveló al final, tras apartar la mano, con la voz dura—. Quiero saber por qué. Quiero saber qué está pasando en esta escuela tanto como ustedes.

Yuki miró a sus dos amigas. Rory seguía irritada, con los brazos cruzados sobre el pecho; su disgusto por Nani no era nada nuevo. Por su parte, Ella estaba haciendo lo que hacía siempre: tratar de conectar con la chica.

—Si decides ayudarnos, debes ser honesta con nosotras —dijo. Sintió la lengua pesada y la mente la llamó hipócrita—. Sobre todo.

Nani la miró a los ojos sin titubear. Yuki no recordaba la última vez que alguien la había mirado y no había apartado la vista. A veces creía que los demás percibían la oscuridad que trataba de ocultar y que por eso se alejaban, le daban la espalda para no reconocer lo que había en su interior. A veces temía que la miraran y pudieran ver a través de ella.

—Díganme qué saben —solicitó Nani sin más.

Ella deslizó la lista en su dirección, con Mefistófeles aún dormido sobre su regazo. Lucía mucho menos demoníaco, excepto por las orejas, que todavía se asemejaban demasiado a un par de cuernos.

—Ari hizo anotaciones —comenzó—. También hizo una lista de

nombres, aunque no sabemos quiénes son la mayoría de las personas. Salvo nosotras, claro.

Nani frunció el ceño mientras observaba la lista y luego el libro otra vez. Yuki se preguntó si también lo notaba, si sentía que algo andaba mal. Rememoró la onda eléctrica que la había atravesado la primera vez que lo había tocado, como si hubiera algo que tenía que recordar escondido en su médula, dentro de ella, más profundo que la oscuridad que sentía, fuera de su alcance.

—Además, escribió su propio nombre —agregó Ella.

—Esta lista podría significar cualquier cosa —comenzó la chica nueva. Estaba ojeando el libro, pasando las páginas con cuidado.

—Sí —admitió Ella—. Pero, el asunto es que… escribió su nombre en "La sirenita" y se ahogó.

—Puede ser una coincidencia. —Yuki no pudo contenerse.

—Es posible. Pero el resto del libro está mal.

—¿A qué te refieres con mal? —Nani volvió a mirarla a través de las gafas sucias.

—Todas las historias terminan mal, no solo "La sirenita" —repitió Ella y miró a Yuki una vez más, con esperanzas de que entendiera.

Nani avanzó hasta ese cuento y lo leyó en un parpadeo, tan rápido que Yuki no creyó que lo hubiera leído de verdad.

—Vaya —expresó.

—Exacto —coincidió Ella.

—Oigan, tienen que ser más específicas —exigió Rory con exasperación—. Lo único que sé de cuentos de hadas lo aprendí viendo *Shrek*, la mejor historia de todos los tiempos. ¿No terminan todas igual, con un felices por siempre?

—Las versiones de Disney terminan así —interrumpió Yuki—. Pero las originales no.

—¿De verdad?

—La sirenita tiene que matar al príncipe si quiere conservar las piernas —relató Nani despreocupadamente—. La Bruja del Mar le da una daga, pero la sirenita rompe el trato y se lanza al océano.

—¿Qué? ¿Y se *muere*? —Rory levantó la vista de forma abrupta con expresión horrorizada.

—Así terminan muchas de esas historias —afirmó Yuki, y algo se le revolvió en el estómago—. A la bella durmiente la violan mientras duerme y despierta cuando nace el bebé y succiona la espina que tenía clavada en el pulgar.

—A Caperucita Roja se la come el lobo —agregó Nani—. Los pájaros les pican los ojos a las hermanas de Cenicienta y les cortan los pies. La bruja devora a Hansel y a Gretel. A Blancanieves se la come la madrastra. Son divertidas.

—¿Esa es tu definición de algo divertido? —soltó Rory.

La chica se encogió de hombros y luego volvió a concentrarse en el libro como si no hubiera dicho cosas aterradoras que les provocaban pesadillas a los niños.

—Son alegorías de lo que pasa en la vida real. Las niñas son golpeadas y mueren. Es una advertencia para que vivan de forma casta. Si eres una buena niña, vivirás.

—Como "La sirenita" que trata, en gran parte, acerca de que el autor no podía vivir con su amado porque era gay y eso era ilegal —agregó Ella con un suspiro.

—¿De verdad? —reaccionó Rory.

—Creí que todos lo sabían.

—Bueno, nada como un buen drama gay.

—¿Qué? —Ella le lanzó una mirada significativa, inclinada sobre la mesa—. ¿Suena familiar?

—Cierra la boca.

Yuki volvió a negar con la cabeza, al borde de una jaqueca. Tenía los brazos apoyados en una posición extraña sobre la silla, como si fuera una marioneta atada a sus cuerdas. Aunque eso era justo lo que su amiga estaba queriendo decir, ¿no? Todas eran marionetas a las que las hacían representar una historia de la que no conocían el final.

—Estas historias son alegorías. No tenemos idea de lo que Ari estaba pensando —señaló mientras se masajeaba las sienes—. Necesitamos pruebas de que le pasó algo de verdad. Después tenemos que averiguar si este libro tiene algo que ver.

—¿Quieres buscar "libro de cuentos de hadas secreto" en Google? —intervino Rory—. ¿Eso sugieres?

—No, quiero saber por qué alguien lo busca. ¿Dónde lo encontró Ari? ¿De quiénes son los nombres de la lista? —Para su sorpresa, Rory tenía una respuesta.

—La tarea de historia del año pasado —dijo. Yuki parpadeó, no sabía qué podía tener que ver una tarea con ese asunto—. Fue un ensayo o algo así —continuó su amiga—. No recuerdo. Estábamos juntas, pero, ya saben, ella hizo casi todo el trabajo y yo solo puse mi nombre. Pero lo que estaba investigando era la historia de Grimrose. Quizás así encontró el libro y compuso la lista.

—De todas formas, no podemos asumir que esta es la verdad —insistió Yuki—. Tal vez el libro no haya tenido nada que ver con lo que le pasó.

—No puede ser solo una coincidencia —insistió Ella—. Tenemos que averiguar de dónde salió el libro y ver si podemos encontrar otras conexiones entre los nombres y las historias. También debemos investigar si alguien sabe más sobre Ari de lo que creemos.

—Yo puedo hacer eso —ofreció Nani—. Nadie sospechará de que la chica nueva haga preguntas.

—Bien —asintió Ella—. Creo que puedo encargarme de la lista. Veré si son nombres de otros estudiantes, preguntaré.

Yuki la miró a los ojos desde el otro lado de la mesa, entonces, algo le comprimió el corazón, una presión a la que no quería darle lugar. Algo que la llamaba y acechaba. Ella hablaría con otras personas, con todos los estudiantes de la escuela, y eso incluía a…

—¿Es solo una excusa para hablar con Frederick? —dijo para desviar la atención—. Si es así, alguien más puede encargarse de la lista.

Ella frunció el ceño. No tenía importancia que estuviera pasando tiempo con Frederick, pero Yuki no pudo evitar hacer ese comentario.

—¿Frederick? ¿Quién es ese? —curioseó Rory.

—Va al mismo año que nosotras —le explicó Yuki. Nunca sabía quién era nadie—. Le dicen Freddie. Es alto, de cabello colorado intenso.

—No conozco a nadie… —Frunció el ceño otra vez, confundida—. Espera, ¡no! ¡Ella, no puedes!

—¿Por qué? —replicó la otra con sorpresa genuina. Con eso, olvidó la provocación de Yuki.

—¡Es pelirrojo!

—Tú también —remarcó Ella.

—¡Por eso sé de qué hablo! —exclamó Rory—. Ser pelirrojo está bien para la ficción, pero no en la vida real. Sé que eres adicta a las historias de redención, pero esto es demasiado.

—Yo no…

—Es un defecto fatal. A veces, las personas malas o pelirrojas no tienen redención. Hay que encerrarlas, como a un perro descontrolado. ¿Siquiera se baña? Por favor, dime que se baña.

—¿Podemos volver al asunto importante? —protestó sonrojada—. Y por supuesto que se baña. Santo Dios.

—Bien —intervino Nani; era claro que había perdido la paciencia—. Entonces, cada una tiene una tarea. Yo preguntaré sobre la muerte de Ariane. Ella repasará la lista para ver si le encuentra sentido. Rory y Yuki, intenten averiguar de dónde salió el libro y si alguien más sabe de él.

—*Sin* contarle a nadie sobre el libro —remarcó Ella.

—Eso fue para mí, ¿no? —Rory suspiró—. Puedo ser discreta. —Tres pares de ojos se fijaron en ella—. ¡Está bien! —protestó con los brazos en alto—. Lo entiendo, no lo arruinaré. Actuaré con total normalidad.

Yuki suspiró y volvió a tomar el libro; el cuero debajo de su mano era cálido, casi como si tuviera vida. Sintió una descarga de energía, pero volvió a reprimirla e intentó evitar más pensamientos siniestros. Sabía la verdad. Esa era toda una farsa.

22

ELLA

Ya sabía todos los cuentos de hadas que formaban parte del libro, había anotado los títulos e intentado recordar lo que sabía de cada uno. Tenía una lista en orden alfabético e intentaba recordar los hechos importantes de cada uno. A algunos no los conocía, a pesar de que muchos eran iguales y estaban entretejidos en las culturas de todo el mundo para crear el mismo patrón. Era como había dicho Nani, los cuentos de hadas eran advertencias sobre las cosas que les pasaban a las niñas si no tenían cuidado.

Estaba segura de dónde situar a Ariane. No era coincidencia que se hubiera ahogado, que siempre quisiera dejar a su familia atrás para ir a otro lugar, para conocer mundos nuevos. Quedaban las otras historias.

Estaba tan concentrada en desentrañar la lista que no se dio cuenta de que Frederick se acercaba.

—¿Qué haces?

—Nada. —Se sobresaltó cuando él se le sentó al lado, luego dobló la lista y la guardó dentro de su computadora.

—No parece nada. ¿Qué escondes? —insistió el chico con los ojos entornados.

—¿Crees que oculto cosas?

—Bueno, *eres* misteriosa. No dejas que nadie conozca tu casa, desapareces en cuanto terminan las clases. Comienzo a pesar que Stacie tenía algo de razón al decir que eras alguna clase de entidad, sabes.

Ella apretó los labios e intentó calmarse mientras el corazón le latía a toda prisa.

—Solo estoy organizando unas cosas para el baile de invierno —mintió.

—¿No es muy pronto para eso? Recién estamos en octubre.

—¿Crees que un vestido se hace de la noche a la mañana?

—Espera, ¿harás tu vestido?

—Cállate, no se lo digas a nadie.

—Harás todo un vestido. Un traje para el baile, literal —comentó sorprendido.

Sintió que se sonrojaba por completo. No le agradaba la sensación de que todo su cuerpo se acalorara por lo cerca que estaba la mirada del chico ni de no poder ocultar la alegría por haberlo impresionado. Soltó un suspiro por la nariz.

—Es fácil —dijo en voz baja con modestia. Cuando le preguntaban cómo sabía hacer esas cosas, nunca podía dar una respuesta. Tampoco podía explicar por qué le gustaba tanto hacerlo. Nunca había sido pintora, escritora o música. Apreciaba esas cosas, pero estaban en otra categoría. Eran arte, significaban algo. Su habilidad en la cocina no era arte, tampoco la de hacer vestidos ni la de limpiar. Eran cosas que se esperaba que las mujeres supieran hacer desde tiempos inmemoriales, desde épocas en las que no se les permitía hacer nada más. En su época, ya lo tenían permitido y hacían cosas hermosas, increíbles, cosas que cambiaban al mundo. Ella hacía lo suyo en silencio porque cuando las personas salían a hacer del mundo un lugar más hermoso, debían tener un lugar seguro en el que pudieran ser ellas mismas. Un buen hogar donde desarrollarse.

El arte de Ella era hacer que todos se sintieran cómodos para que pudieran ser libres de salir a hacer lo mejor posible con sus habilidades especiales.

—Creo que te estás subestimando —repuso Frederick—. ¿Y qué usarás? Será un baile de máscaras, ¿no?

—Es secreto.

—Ah, ya veo. —Se puso serio de pronto y se inclinó con una mirada conspirativa. Ella pudo oler su colonia, un aroma fresco, casi floral, del que deseó estar cerca para siempre—. Entonces, tendré que averiguarlo.

Le sonrió mirándola a los ojos. El corazón le dio un vuelco cuando se dio cuenta. ¿Estaba *coqueteando* con ella? No tenía idea de qué decir, por lo que abrió y cerró la boca una y otra vez como una tonta.

—Lo siento… Yo… —Se esforzó, pero, al parecer, las palabras eran escurridizas.

—Te quedaste sin palabras ante mi presencia, ¿eh? Tengo ese efecto en las personas. Suele ser porque digo cosas muy estúpidas, pero me quedaré con la parte que me sirve. —Por Dios. *Sí*, estaba coqueteando con ella. Estaba casi setenta y cinco por ciento segura—. Entonces tampoco te diré cuál será mi máscara —afirmó él—. Es lo justo.

—Bueno, soy muy buena investigadora —respondió y se arrepintió de inmediato de haberlo dicho de una forma tan estúpida.

—Quien lo descubra primero se gana un baile —agregó Frederick.

Se lo quedó mirando.

—¿Acabas de…? ¿Me estás invitando al baile? —preguntó.

—¿Fui demasiado sutil? —Lanzó los brazos al aire, exasperado—. ¿Tendría que haberme arrodillado?

—No puedo creerlo.

—¿Eso es un no?

—¡No! —exclamó Ella, tan fuerte que algunos compañeros voltearon a verla.

—¿No? ¿Qué no irás conmigo o que no fue un no?

—No, acepto. Espera. Sí, fue un sí.

—Estoy tan confundido —dijo el chico.

Ella comenzó a reírse, y él también. Nunca había notado cómo la luz parecía resaltar cada una de las pecas en el rostro de Frederick. Era adorable. Él era adorable.

Las risas se disiparon y terminaron mirándose el uno al otro. Sintió que volvía a sonrojarse.

En ese momento, alguien entró a la clase.

—¿Quién murió? —preguntó Micaeli al verlos a los dos mudos—. Ay, mierda. Lo siento, Ella.

Le tomó un minuto percatarse de que Micaeli se refería a Ari, pero luego cayó en la cuenta. Por un momento, olvidó que su amiga había muerto y allí estaba ella, atontada y sin palabras porque un chico la había invitado al baile.

—Está bien —respondió de forma automática al tiempo que la culpa arrasaba con su felicidad. Micaeli era la última persona con la que quería hablar en ese momento, pero también era quién podía llegar a tener respuestas. No era que no fuera agradable, por el contrario, era animada, divertida y nunca dejaba de hablar de dramas de época.

Pero también era la mayor chismosa de toda la escuela.

—¿Están bien? Los dos pareces estar sin aliento —comentó la chica, dudosa, con los ojos entornados y en busca de una señal de lo que pudiera ser una buena historia. Se echó el cabello castaño atrás y la luz hizo brillar el iluminador en su rostro pálido.

—Estamos bien —contestó Frederick, que se recuperó rápido—. Solo tenía una…

—Un ataque de alergia —concluyó Ella en solidaridad.

Micaeli no pareció compadecerse o creerle en absoluto.

—Bueno, ya hemos cubierto la cuota de muertes —dijo—. Será mejor que no te ahogues con nada.

—Ya se encuentra bien —aseguró Ella mientras le lanzaba una mirada en busca de apoyo.

—Estoy perfectamente bien —reforzó él, con lo que se puso todavía más colorado, casi a tono con su cabello.

Sin embargo, Ella ya no estaba concentrada en él. Parpadeó cuando procesó lo que había dicho la chica.

—Muertes, en plural. Ari no fue la primera. —No podía creer no haberlo pensado antes.

—¿Qué? —Micaeli la miró como preguntándose si la estupidez sería contagiosa.

—Hubo otras muertes —repitió para hacer memoria.

—Ella, me sorprendes. Siempre pensé que eras demasiado amable como para interesarte por algo tan grotesco.

—Es que lo había olvidado —respondió. Sintió que el corazón se le desplomaba, se suponía que recordara algo así. Grimrose era una escuela pupila de élite, nadie debía morir en ella–. ¿Quién fue la última persona que falleció?

La chica inclinó la cabeza como si ella también estuviera intentando acordarse de algo más específico. A Ella se le revolvió el estómago. ¿Y si sucedía lo mismo con Ari? ¿Si todos la dejaban ir y la olvidaban?

–Lo tengo en la punta de la lengua. Era unos años mayor que nosotras, creo. Usaba esa vincha roja horrible como si estuviéramos en el 2007. Hola, ¿qué es eso? –Chasqueó los dedos, embelesada por el chisme, como siempre, y Ella de pronto se alegró de tener un mínimo progreso–. Espera, sé quién puede saberlo. ¡Oye, Molly! –llamó con un gesto a una chica de complexión más pequeña que estaba sentada al fondo del salón–. Molly, ¿cómo demonios se llamaba esa chica? La que falleció, la nieta de la panadera.

Molly parpadeó y entornó los ojos color café mientras intentaba recordar el nombre, ajena al tono insensible de Micaeli.

–¿Flannery?

–¡Sí! –exclamó la otra, emocionada–. ¡Gracias! Sabía que tú lo recordarías. Por Dios, Ella, estuvo en todos los periódicos. Las encontraron a ella y a su abuela muertas, con todas las paredes salpicadas de sangre. Parecía el ataque de un animal, pero no lo era. Debió haber sido el novio.

Lo recordó de pronto. La noticia había invadido Constanz. Flannery O'Brian vivía con su abuela y siempre llevaba dulces de la panadería a la escuela. Nunca se sacaba la vincha roja. No debían haber pasado ni dos años desde entonces. No necesitó revisar la lista de historias para saber que "Caperucita Roja" estaba en ella. Si investigaba, ¿cuántas de las chicas de la lista estarían muertas? Y, si no recordaba a Flannery, ¿cuántas otras habían quedado en las sombras?

—Hubo más muertes —repitió con la lista de Ari en mente.

—Por supuesto —afirmó Micaeli con la cabeza de lado—. Hay toda una lista. Grimrose es un castillo embrujado.

La lista no solo era de chicas. No solo era de estudiantes.

Era de estudiantes *muertas*.

23

RORY

Había pocas cosas que Rory odiaba más que su cumpleaños; una de ellas era el día de la foto. Ese año, por absoluta mala suerte, ambos eventos eran el mismo día.

Se levantó bufando, se puso el uniforme, se cepilló los dientes, pero no el cabello, se ajustó el pendiente que usaba en la oreja derecha y bajó al jardín, en donde ya había una fila de estudiantes.

Su cabeza había estado dando vueltas desde la charla en la biblioteca. Se negaba a creer en una teoría descabellada. Sabía que no había sido un accidente o suicidio, pero ¿eso? Era demasiado fantasioso.

Sin embargo, no tenía dudas de que quien hubiera contactado a Ari también estaba detrás del libro y de lo que contenía. Eso implicaba que esa persona también estaba dispuesta a creer en esa clase de teorías descabelladas. La lista de nombres centelleaba al fondo de su mente, como si no quisiera ser olvidada.

Cuando llegó al césped, a la primera que vio fue a Ella, que corrió hacia ella y la embistió para abrazarla, por lo que se tambaleó hacia atrás.

—¡Feliz cumpleaños! —gritó—. Te traje pastelillos.

—Gracias, Dios. Muero de hambre.

Su amiga le entregó el paquete, los pastelillos tenían un decorado rosa que formaba su nombre en letras dramáticas. Rory tomó la primera R y se la metió en la boca, por lo que la camisa se le llenó de migajas.

—¿Dónde está Yuki? —preguntó con la boca llena.

—Llegó temprano —explicó Ella—. Está mucho más adelante.

Rory miró la extensa fila de estudiantes que la precedía y maldijo por lo bajo. Eso les llevaría horas y luego tendrían que tomar la fotografía grupal, a lo que no le veía sentido. Al menos no estaba lloviendo.

—¿Cómo te sientes?

—Diecisiete no es gran cosa —respondió y se encogió de hombros.

—¿No es gran cosa? ¡Ya casi eres adulta! —afirmó Ella, y algo se hundió en el estómago de Rory al percatarse de que con cada año que pasaba estaba más cerca de volver a casa con sus padres, después de todo lo que le habían negado desde su nacimiento.

Por suerte llegaron más personas y pudo cambiar de tema. Aunque no fue tanta suerte porque esas personas eran Penelope Barone y su compañera de cuarto, Micaeli Newman. No quería hablar con Penelope, todavía le guardaba rencor por haberle robado a Ari, por habérsela robado a todas. Si la chica no existiera, habría podido pasar más tiempo con su mejor amiga.

—Parece que no somos las últimas —comentó.

—Pueden agradecerle a Micaeli —respondió Penelope antes de taparse la boca para bostezar—. Se probó cientos de peinados diferentes.

—Es el día de la foto —agregó su compañera como si eso lo explicara todo, confirmando la teoría de Rory de que era una psicópata—. Me encanta.

Aunque a Rory no le gustaban los chismes, sabía que a Micaeli la habían enviado a esa escuela como castigo por haber entrado a robar a las casas de otras cinco personas ricas. Les había robado zapatos, ropa, bolsos, y se había tomado fotografías en el armario de Timothée Chalamet.

—Sí, mis padres aman ver lo feliz que soy en la escuela —masculló con ironía.

—Yo dejé de hablar con los míos después de que me enviaron de nuevo aquí —agregó Penelope en tono seco.

Por desgracia, podía entenderla muy bien. Aunque no porque hubiera dejado de hablar con sus padres, ya que eso implicaría que alguna vez hubieran hablado para empezar. Era difícil hablar con personas que estaban tan preocupadas por su fragilidad que habían enviado lejos a su única hija para que no estuviera en peligro, hasta el punto en que parecían haberse olvidado de su existencia.

—Llevas dos años aquí —comentó Ella.

—¿Y?

—Cambiemos de tema —propuso Rory para intentar mantener la paz. Le hubiera encantado tener una pelea, en especial con Penelope, pero sabía que no terminaría bien—. Hablemos de otros traumas parentales para variar. Y, Dios me ayude, Ella, si llegas a mencionar *La guerra de las galaxias*, saldrás en la foto con un ojo morado.

Su amiga puso los ojos en blanco, y notó que estaba más inquieta de lo normal. Movía los dedos demasiado rápido sobre la correa de su bolso, se acomodaba el cabello detrás de la oreja, volvía a sacarlo. El hecho de que Penelope pareciera tan pendiente de ellas como ellas de Penelope no ayudaba; el aire era tenso, y Micaeli también parecía notarlo. Entonces, Rory decidió que debía hacer algo rápido.

—Yuki dijo que hablaron sobre Ari. —No fue el comentario más acertado, la chica levantó la vista hacia ella, con los hombros tensos.

—Sí, ¿por?

—Solo intentamos entender qué pasó, eso es todo —agregó Ella en el momento justo.

—¿Por eso preguntaste por las muertes que hubo en la escuela? —intervino Micaeli.

—¿Muertes? —repitió Rory—. ¿Cuáles?

—Nos acordábamos de Flannery, del anteaño —explicó la chica, a lo que su compañera la miró con los ojos entornados—. Pero Ari fue diferente, ya saben. Esperen, ¿no creen que se haya suicidado?

—No dejó una nota. —Rory sintió que se le cerraban los puños de forma involuntaria.

—Bueno, yo ni siquiera estaba en la escuela cuando murió si eso es lo que quieren saber —afirmó Penelope con dureza. Echó los hombros atrás y se paró derecha—. Llegué el domingo por la mañana, pueden preguntárselo a cualquiera.

—No estamos acusándote —replicó Rory, molesta de que lo tomara personal. También se enderezó para estar a su altura.

—Pues eso parece —insistió, mirándola a los ojos azules con sus ojos verdes.

—Oigan, ¿por qué la tensión? —quiso saber Micaeli con una risita nerviosa—. Querer entender qué pasó es parte del duelo.

Rory no quería que se entrometiera más, pero no pudo evitar decir:

—Ella iba a volver.

—¿Se llevó algo? —preguntó la chica con repentina curiosidad.

—Bueno, no. Salió sin nada —respondió molesta.

—Ahí lo tienes —comentó Penelope.

—¿Qué cosa?

—¿Tengo que explicártelo? Si hubiera salido a dar un paseo inocente, ¿crees que no se hubiera llevado su llamativo bolso turquesa con su perfume y labial rojo dentro?

—Es verdad, tiene sentido —coincidió su compañera.

Lo mismo había dicho la policía. Habían encontrado a Ariane sin pertenencias y lo habían tomado como confirmación de que había sido un suicidio. Rory se enfureció más, con la garganta cerrada por la desesperación de que Ari le hubiera estado guardando secretos y por no saber por qué la estaba defendiendo.

—Ustedes no la conocían.

—Yo la conocía bastante bien —afirmó Penelope—. Quizás seas tú la que se rehúsa a reconocer que tu *mejor amiga* ya no quería pasar tiempo contigo.

—Retira eso —exigió, y Ella le colocó una mano delante de forma automática.

—No —negó Penelope—. Yo también la perdí. Tengo tanto derecho a pensar en ella como tú. No eres la única que puede estar enfadada.

Las dos se fulminaron con la mirada, implacables. Mientras tanto, Ella estaba desesperada por cambiar de tema.

—Qué hermoso anillo —le comentó a Penelope y miró a Rory de reojo, rogando que no iniciara otra discusión.

—Sí. —La chica bajó la vista al anillo que brillaba con el sol—. Es único. Mis padres lo mandaron a hacer cuando cumplí quince años.

Con eso, Micaeli comenzó a relatar una historia intrincada acerca de un anillo que tenía cuando era niña, en la que mencionó al pasar al menos a tres celebridades. Rory comió otro pastelillo para intentar tranquilizarse mientras su amiga conversaba con cortesía.

Cuando por fin llegó su turno de tomarse la fotografía, se alegró de haber terminado con eso. Al menos, el día no estaba en su top cinco de los peores cumpleaños de su vida. En su primer cumpleaños habían violado la seguridad del castillo y su familia había tenido que escapar del peligro. Por supuesto que no lo recordaba, pero había escuchado la historia. Por eso sus padres se habían vuelto cada vez más paranoicos y habían decidido enviarla lejos en lugar de tenerla cerca. Porque ella necesitaba *protección*.

Vio a Yuki sentada en una banca del jardín leyendo un libro y le hizo señas. Tampoco se había maquillado para la fotografía, por lo que Rory se alegró. Aunque el rostro de Yuki era hermoso aun sin maquillaje. Mientras se acercaba, se llevó el tercer pastelillo a la boca.

—Tu nueva amiga es todo un personaje —dijo a modo de saludo.

—¿De quién estás hablando? —preguntó Yuki con el ceño fruncido.

—De Penelope. Es encantadora.

—Ah, mira quién habla. Por cierto, feliz cumpleaños.

—¡Vete al diablo!

—¡Oigan! —exclamó Ella—. Descubrí algo sobre la lista.

Rory y Yuki le prestaron atención de inmediato.

—¿Hay una conexión? —preguntó Rory.

—Creo que la estábamos analizando desde el ángulo equivocado —respondió su amiga, lo que hizo que alzara una ceja—. Pienso que Ari encontró el mismo patrón que yo. Hubo más de una muerte, así fue cómo lo supo. Ella no fue la primera.

—¿La primera? —inquirió Rory, confundida—. ¿La primera qué?

—En morir. No fue la primera persona que falleció en Grimrose.

–¿Qué quieres decir con eso? –Yuki frunció cada vez más el ceño.

–¿Recuerdan a Flannery O'Brian? Tenía dos años más que nosotras. Fue asesinada. Préstame tu teléfono.

Rory se lo entregó, entonces Ella escribió a toda velocidad y, segundos después, giró el teléfono para que las dos lo vieran. Rory tomó el dispositivo y Yuki lo miró sobre su hombro.

JOVENCITA Y SU ABUELA MASACRADAS EN UN PUEBLITO

Después de leer la noticia, recordó algunos detalles de Flannery O'Brian. Era estudiante de Grimrose, llevaba el cabello negro recogido en una cola de caballo y siempre usaba una vincha roja. Tenía un novio fuera de la escuela en quien nadie confiaba. Flannery no era lo importante, así que Rory siguió leyendo. Un día, el novio le había pedido que lo llevara a la casa de su abuela en el pueblo y, una vez allí, había hecho pedazos a Flannery y a la anciana. Las había masacrado y las paredes habían quedado cubiertas de sangre.

A Rory se le revolvió el estómago.

–Flannery es Caperucita Roja. La historia está en el libro, están conectadas. Y si indagamos un poco más, si miramos los otros nombres, veremos que todos concuerdan. Todas las chicas murieron igual que en el libro.

–Ella, no creo que… –comenzó a decir Yuki.

–¿No estás convencida de que es más que una coincidencia? –interrumpió la chica. Tenía el rostro colorado, mientras que Yuki estaba tranquila, impasible. Por una vez, Rory deseó no tener que elegir un lado. Siempre era la primera que expresaba su opinión, la primera en saber qué era lo correcto, pero en esa ocasión no quería decidir.

—No —negó Yuki por fin—. Estás sacando conclusiones apresuradas desde que encontraste el libro y tu mente perdió el control.

—Sí, claro. —Ella rio con ironía, por lo que Rory se estremeció—. Yo y mi imaginación. Debe ser que tuve demasiado tiempo libre esta semana y por eso tuve tantas ideas locas.

—Eso no fue lo que dije —respondió Yuki—. Quiero decir que si queremos descubrir qué le pasó a Ari, no podemos centrarnos en magia de cuentos de hadas. Tenemos que concentrarnos en lo que es real.

—Esto *es* real. Ari murió porque creía en ello y porque alguien quería el libro.

—Quizás la persona que asesinó a Ari creía en esas historias y quería hacer realidad las muertes de los cuentos de hadas —intervino Rory cuando por fin tomó partido en la discusión—. Mira, sé que ahora nada tiene sentido, pero lo único que sabemos es que quien asesinó a Ari quería el libro. Nada más.

Ella la miró fijo con el labio inferior tembloroso como si estuviera a punto de llorar.

—Si no creemos en Ari, le estaríamos fallando —dijo con la vista fija en ella—. No podremos descubrir la verdad si no estamos dispuestas a creerle.

A Rory se le revolvió el estómago otra vez mientras veía a Ella caminar a paso firme hacia el castillo. El día todavía no llegaba a estar entre sus peores cinco cumpleaños, pero estaba cerca.

24

NANI

Nani sabía que el mundo llegaba más allá de su comprensión, ¿y acaso no había estado esperando que llegara esa parte toda su vida? Un momento en el que las cosas cambiaran, en el que el mundo se pusiera de cabeza y le mostrara un camino en donde antes no había nada, en el que lo que la hacía diferente, por arte de magia, ya no importara.

Su lugar era entre las cubiertas de los libros que leía, abrazada a las palabras, donde intentaba que la succionaran hacia el olvido. Los libros rara vez la decepcionaban, aunque tuvieran finales terribles, porque podía dejarlos atrás y pasar a otro que le gustara. Los libros siempre habían sido seguros.

Todavía se sentía un poco culpable por esconderles sus verdaderas razones a las otras chicas, pero no la entenderían. Estaban muy concentradas en la muerte de Ariane y no les importaba Nani ni su padre. Querían la verdad igual que ella, así que tenían un objetivo en común. En cuanto descubriera el secreto de Grimrose y supiera dónde estaba su padre, podría irse para nunca volver. Ni siquiera una vez.

Al comienzo de la semana decidió prestar más atención en clase y, al entrar a su primera asignatura, Lengua, vio que Svenja estaba allí, con un lugar vacío a su lado. Entonces enderezó los hombros y se acercó.

—¿Este lugar está ocupado? —preguntó.

Svenja entornó los ojos al levantar la vista del teléfono.

—No lo sé —respondió arrastrando las palabras antes de notar la pierna vendada de Nani—. Santo Dios, ¿qué te pasó?

—Me atacó un demonio —respondió mientras dejaba el bolso sobre la mesa y se sentaba. Los rasguños ya estaban mejor, pero la ducha de esa mañana había sido muy dolorosa. Todavía tenía el cabello húmedo, con rizos en todas direcciones.

—Ah, Mefistófeles, ya veo. —La chica asintió como si supiera—. Con eso cumpliste el ritual para convertirte en una verdadera estudiante de Grimrose.

—Podrías haberme advertido sobre el gato satánico de la biblioteca.

—Creí que ya sabías todo lo necesario sobre la escuela. —Svenja la miró fingiendo horror, por lo que ella se quedó con la boca abierta—. Estoy bromeando.

—¿Hay algo más en la escuela de lo que deba cuidarme?

La chica hizo silencio y se puso seria al evaluarla. Nani mantuvo la vista fija en su rostro, con la misma sensación extraña e inquietante que sentía cada vez que la veía. Como si estuviera observando algo que sus ojos no debían ver, algo demasiado poderoso para ella.

–No creo –respondió al final–. Estoy segura de que ya habrás oído todos los rumores. En especial teniendo en cuenta que…

–¿Que ocupé la cama de la chica que murió?

–Yo lo hubiera dicho de una forma más delicada, pero sí, por eso.

Nani suspiró, pero estaba llevando la conversación hacia donde quería. A pesar de que no podía confiar en Svenja, hablar con ella era mejor que nada. Por lo que sabía, bien podía ser la persona a la que estaba buscando.

–Creo que empezamos con el pie izquierdo –agregó la chica–. Mi mamá siempre dijo que Odilia tenía la mejor personalidad.

–¿Odilia? ¿Tu prima psicópata?

–¿Puedes creerlo?

–Tu madre no sabe nada –respondió con el ceño fruncido. Luego se dio cuenta de que debió haber metido la pata–. Lo siento, no quise decirlo así.

–Igual tienes razón. No me llevo muy bien con ella, en especial desde que empecé la transición. Pensó que era solo una fase, pero cuando se dio cuenta de que no lo era, comenzó el duelo. Pero no perdió un hijo. Yo sigo viva.

Nani no supo qué responder a eso porque nunca había atravesado nada similar. Pensó en lo que sabía sobre ella, que era muy poco, dado que no había estado prestando atención por estar inmersa en sus propios pensamientos. Y Ella no había mencionado nada, aunque, ¿por qué lo haría?

–Debe ser difícil que alguien esté de luto por ti como si hubieras muerto cuando por fin sientes que tu vida acaba de empezar –dijo al final, pensando en lo que sentía respecto a su madre. Nunca había podido tener un comienzo real con ella–. Mi madre falleció cuando era niña.

—No sabía que estábamos comparando nuestros pesares —comentó Svenja, y Nani agradeció que no dijera que lo sentía ni le ofreciera sus condolencias, como si, de alguna manera, supiera que no quería la lástima de nadie—. Yo sigo, déjame pensar. Es difícil quejarse cuando vives en un castillo. Pone las cosas en otra perspectiva. —Nani se rio y el momento oscuro pasó como el sol que se asoma detrás de las nubes. Como si la sonrisa de la chica hubiera borrado todo—. Fui un poco grosera en la biblioteca al provocarte, pero no te pediré disculpas. De todas formas, no tienes por qué enfrentarte a este castillo tú sola. Acabas de mudarte desde el otro lado del mundo, por amor de Dios.

—Me gusta hacer las cosas por mi cuenta —respondió, a pesar de que ya no estaba tan segura de que eso fuera verdad.

—Esta vez comenzaré con el pie derecho. ¿Cómo estuvieron tus primeras semanas aquí?

Nani dudó antes de responder. *Quería* la ayuda de Svenja, necesitaba a alguien que perteneciera a ese lugar, que conociera el castillo de punta a punta, que conociera a los estudiantes y que estuviera atento. Svenja iba a darle lo que quería.

—Han sido… complicadas. Creo que es extraño que me hayan asignado el lugar de una chica que falleció y que nadie quiera hablar al respecto.

—Muchos piensan que fue suicidio —remarcó Svenja en tono casual—. Además, la escuela no quiere que hablemos sobre eso. Es malo para su reputación.

—¿Y si no fue un accidente?

La chica la analizó con la mirada.

—No sé qué esperas descubrir. Grimrose tiene más de cien años de antigüedad y tantos secretos como escaleras. La muerte de Ariane fue extraña, pero no fue algo nuevo.

–¿A qué te refieres?

–El año pasado algunos tuvimos que hacer una tarea para Historia –explicó con un suspiro–. Para tener créditos extra. Teníamos que elaborar un informe sobre algún aspecto del pasado de Grimrose. La mayoría se centró en la arquitectura o en los jardines, pero yo hice el mío sobre los estudiantes.

Rory había mencionado lo mismo acerca del trabajo de Ariane. Era llamativo que ambas hubieran elegido un tema similar y que ambas hubieran notado algo en lo que nadie más había pensado.

–¿Y? –preguntó, intentando que su curiosidad no quedara en evidencia.

–Hubo otras –respondió Svenja sin más.

–¿Y eso no te llama la atención?

–Ariane era popular, tenía amigas y todo lo que una chica puede querer en este lugar. –Señaló alrededor para referirse a Grimrose en general–. Así que sí, fue raro, pero es algo que sucede. Sin embargo, estoy segura de que no descansarás hasta no saber cuál es la verdad, ¿no?

–¿Cómo lo sabes? –quiso saber mientras se acomodaba las gafas.

–Pareces ser curiosa. ¿Quieres respuestas? Te llevaré al archivo de estudiantes.

–¿Me ayudarás?

–¿Por qué no lo haría?

–Nadie lo ha hecho antes.

–Bueno. Yo no soy como todos los demás –afirmó Svenja, con una de sus sonrisas relucientes y compradoras.

25

ELLA

Ella iba caminando sola cuando Nani la encontró.

—Svenja me dijo que me haría entrar en el archivo —anunció a modo de saludo mientras apuraba el paso para alcanzarla—. Así podremos encontrar los nombres que faltan en la lista.

Alzó una ceja por la sorpresa. Había memorizado la lista y podía recitarla de punta a punta. Había cambiado el hábito de repetir números por el de repetir nombres, como una oración mental. No había averiguado mucho sobre las otras chicas a pesar de haber pasado el horario del almuerzo en la biblioteca escribiendo en la búsqueda todas las combinaciones posibles entre Grimrose, Constanz y los nombres que no conocía. Había conseguido algunos resultados, pero nada que le sirviera.

—¿Crees que son todas estudiantes? –preguntó.

—Es probable –respondió Nani. Ella estaba tan acostumbrada a caminar detrás de Yuki y de Rory que le resultó extraño ir a la par de la chica, que era más alta, más corpulenta y que nunca tenía que apartarse del camino de nadie. Era impresionante cómo todos se aseguraban de no cruzarse en el camino de ella, pero no parecía notarlo–. Tienen que tener algo que ver con la escuela si Ariane encontró sus nombres mientras hacía el informe.

—Sí, puede ser –coincidió Ella. Algo le hizo ruido–. Sabes que los estudiantes no deben entrar a los archivos sin permiso, ¿no?

—Creí que querías investigar esto. –La miró desde arriba a través de las gafas, con la mandíbula rígida.

—Quiero que tengas cuidado. No sé en quién podemos confiar. Svenja es agradable, pero no sabemos si tuvo algo que ver con esto.

Ella odiaba esa situación. Siempre estaba dispuesta a tenderle una mano a alguien que lo necesitara, a intentar, porque sabía que podía hacerlo cuando los demás no. Podía ser amable y confiable, pero después de la muerte de Ari sentía que la escuela también intentaba arrebatarle eso.

—No necesito que me protejas –replicó Nani, irritada–. Sé lo que hago. Yo me ofrecí a ayudar.

La miró; tenía la vista fija hacia el frente, en la que podía notar que ansiaba encontrar respuestas tanto como ellas, solo que no entendía por qué. A pesar de que había aceptado su ayuda y la había integrado, se hacía difícil si se cerraba en sí misma, como si los muros de Grimrose la rodearan. Notaba algo más: la curiosidad de Nani, sus ansias de llegar más lejos, su habilidad de desentrañar las cosas. En cierto modo, le recordaba a Yuki cuando la había conocido y quería ofrecerle un lugar en donde se sintiera cómoda siendo ella misma.

–¿Qué hay de las demás? –continuó la chica.

–¿Qué pasa?

–¿Les preguntaste acerca de la lista?

–Lo hice –respondió, intentando ignorar el nudo que se le estaba formando en la garganta–. No están muy convencidas respecto al libro.

Más allá de la negativa de Yuki y del escepticismo de Rory, Ella sabía que estaba pasando algo extraño en Grimrose y que no había comenzado con la muerte de Ari.

–*Es* un poco raro –admitió Nani al tiempo que llegaban a la clase–. No esperas que las personas crean en la magia tan fácil, ¿o sí?

–¿Quién cree en la magia? –preguntó Rhiannon desde la primera fila mientras se giraba para verlas.

Ella se detuvo en la puerta cuando un grupo de estudiantes se dio vuelta para mirarla. Los conocía a todos, tenía una memoria privilegiada para esa clase de cosas. Precisamente por eso le inquietaba tanto el asunto de la muerte de Flannery. Nunca olvidaba un rostro.

A su lado, Nani se cruzó de brazos en actitud defensiva; al parecer, no le gustaba la atención. Rhiannon era una de las estrellas del equipo de natación. Micaeli estaba sentada en su mesa, frente a Molly, y el resto del grupo estaba integrado por otras dos chicas, Alethea, presidenta del consejo estudiantil, a quien Rory odiaba, y Annmarie, una chica callada con la que nunca había hablado.

–Solo estábamos hablando sobre la historia de Grimrose –respondió Ella, inhibida por las miradas.

–Ah, ¿ahora crees en la escuela embrujada? –preguntó Micaeli con las cejas en alto, que se había decolorado para que contrastaran con el cabello oscuro–. Te lo dije.

–Yo vi un fantasma –comentó Molly.

—Mentira —sentenció Micaeli—. Viste a Sabina envuelta en una toalla. Es blanca como un papel.

Las demás se echaron a reír, y Nani pasó de largo para sentarse en su lugar. Ella ocupó el asiento detrás de Rhiannon, las chicas giraron para mirarla.

—No me digas que has visto el fantasma de Ari —dijo Rhiannon con actitud conspirativa—. Micaeli me dijo que estuviste hablando de ella el otro día. Y de Flannery. —La chica en cuestión le dio un codazo, pero Ella lo ignoró.

—Es que fue extraño —afirmó—. Es decir, nunca hablamos de eso siquiera. Y Flannery debía tener amigas, ¿no?

—Yo le compraba pasteles a su abuela de vez en cuando —señaló Molly.

—¿Y nadie la extrañó cuando se fue?

Molly se mordió el labio inferior, y Ella notó la preocupación en sus ojos a pesar de que era difusa. Era una sensación de agravio, de algo que no tenía explicación, algo que todas debían saber, pero habían olvidado.

—Bueno, un poco —respondió la chica por fin—. Pero, no sé, Ian y yo nos concentramos en otras cosas. Una vez que se fue, solo desapareció.

—Bingo —agregó Micaeli.

A Ella no le gustaba nada eso. Giró hacia Nani, quien fingía leer un libro, pero no había pasado una sola página desde que se había sentado.

El problema no era Flannery.

Era que temía olvidarse de Ari.

No quería olvidar. Ari la había hecho reír, no se había burlado de ella cuando hablaba del modo en que manejaba las cosas. Nunca la había hecho sentir culpable por no tener la fuerza suficiente, por no defenderse lo suficiente. Nunca la había hecho sentirse culpable por ser quién era.

Primero Flannery, luego Ari. Podía seguir cualquiera de esas chicas, a quienes conocía desde que tenía doce años. No quería que ninguna de ellas corriera con la misma suerte.

—No olvidamos a Ari —afirmó Rhiannon como si le hubiera leído los pensamientos y le apretó la mano—. No se ha ido.

—Anímate —agregó Alethea, que intentó apelar al lado práctico—. Puedes creer lo que tú quieras. Yo lo hago.

—Aquí va de nuevo —balbuceó Micaeli—. Alethea, no queremos saber sobre tu viaje a ver a la psíquica del pueblo. Te leyó la mano una vez y ya crees que eres la reencarnación de Cleopatra o algo así.

—Disculpa, pero eso no fue lo que dijo —replicó ofendida.

—¿De quién estamos hablando? —preguntó Annmarie, despistada.

—Fue solo una aventura de fin de semana. No me creí *todo* lo que dijo —explicó Alethea de forma evasiva.

—Creíste lo suficiente —agregó Rhiannon con una risita.

—Como si necesitara que la alienten —bromeó Micaeli—. Puede que el castillo esté embrujado, pero lo que es en verdad aterrador es tu ego inconmensurable.

—Cierra la boca. ¡Eres mala! No te invitaré a la fiesta de Halloween.

—Ni sueñes con dejarme afuera. Me amas, me odias. Como sea, ¿Annmarie no estaba contigo ese día?

Todas miraron a la chica, que estaba haciendo garabatos en su cuaderno. Entonces, ella alzó la vista con sus ojos oscuros.

—No era yo. No creo en todas esas cosas hippies.

Micaeli estalló de la risa.

—En realidad. —Alethea miró a Ella con el ceño fruncido—. Fui con Ariane. Fue ella quien sugirió que fuéramos a ver a la señora Vāduva.

—¿Qué buscaba Ariane con una psíquica? ¿De qué sirvió si ni siquiera le pateó el trasero a Edric? —bufó Micaeli.

—No lo sé. Ari tenía sus secretos —respondió Ella justo cuando llegó la profesora.

26

YUKI

Yuki no había hablado con Ella desde el desacuerdo del día de la foto. Solo la había visto en clases o en los pasillos, riendo alegremente con Frederick. Odiaba eso, pero no permitía que nadie más lo notara.

Nadie excepto Penelope. De alguna manera, siempre sabía qué la inquietaba y no la juzgaba. De todas las chicas del castillo, Penelope era la única que sabía por lo que estaba pasando y lo que la muerte de Ari significaba.

Yuki quería creer que su amiga había muerto por un libro estúpido y no por culpa suya. Así sería mucho más fácil, mucho mejor. No cambiaría nada.

Solo que ella había cambiado y sentía que se rompía en mil

pedazos cada vez que iniciaba una nueva conversación en la que se veía obligada a ser comprensiva. Ella lo hacía con tanta facilidad; hablaba con todas las demás, comprendía sus pérdidas y reconocía su dolor. Yuki lo intentaba, pero fallaba una y otra vez.

No es que entiendas cómo es amar a alguien, ¿o sí?

Seguía reprimiendo las palabras de Ari, cada vez las enterraba más profundo. Estaban en el centro de su ser, en su interior, y no podía deshacerse de ellas por mucho que lo intentara.

El sábado llamó a la puerta de Reyna, feliz de tener una distracción. Su madrastra vivía en una de las torres más alejadas del castillo, en una habitación privada independiente de la oficina de la dirección. Como no abrió de inmediato, Yuki entró.

A Reyna le gustaban las vistas despejadas y el estilo minimalista, casi todo lo que había en su residencia era de metal o de vidrio. No había jarrones tallados ni portarretratos, el lugar no se sentía sobrecargado. La única decoración era un espejo enorme con un marco metálico con forma de ramas entrelazadas. Yuki observó su reflejo por un momento, preguntándose si quienes la miraban podrían ver más allá de su piel color marfil, del cabello negro y sedoso, de los labios rojos.

El único objeto personal que había en toda la habitación era una fotografía sobre un estante de vidrio: una imagen de Reyna con Yuki a los ocho años. No se estaban tocando, pero Reyna estaba lo más cerca que podía llegar. No se parecían en nada, detalle que siempre salía a relucir cuando pasaban por la seguridad de un aeropuerto y que a Yuki le hacía sentir una repentina desconexión cada vez que Reyna tenía que explicar que ella era su hija. Como si no tuviera derecho a serlo por ser tan diferente.

—Bienvenida —dijo Reyna al encontrarla en la sala mirando la fotografía. Tenía el cabello oscuro mojado por la ducha, a Yuki siempre la sorprendía ver lo joven que seguía pareciendo–. Bueno, creo que quemé nuestro almuerzo.

Llegaba un aroma exquisito desde la cocina, por lo que Yuki tenía sus dudas. A Reyna siempre le preocupaba su habilidad en la cocina y pensaba que todo iba a salir mal hasta que la comida estaba servida.

—Deberías cerrar la puerta con llave.

—Cualquier ladrón tendría que subir ocho pisos por escalera para llegar hasta aquí, estoy segura de que lo escucharía jadear a un kilómetro de distancia. –La chica le ofreció el rastro de una sonrisa. Reyna no era descuidada, más bien era asertiva, como si el mundo entero fuera a adecuarse a lo que ella quería–. ¿Cómo estuvo tu semana? –preguntó mientras regresaba de prisa a la cocina para terminar el almuerzo. Esa era su tradición desde que habían llegado a Grimrose: Reyna preparaba el almuerzo en su apartamento los sábados y pasaban el día juntas, a veces leyendo y otras haciendo nada más que acompañarse–. ¿Algún problema en clases?

—No. Todo va bien.

—¿Y las chicas? –Yuki no respondió, solo se apoyó contra el marco de la puerta, por lo que Reyna giró a mirarla con un rastro de preocupación en los ojos–. ¿Pelearon? –insistió.

Yuki odió que, a pesar de esforzarse por ocultarlo, fuera tan evidente. No peleaba con sus amigas porque eso significaría que no era *perfecta*. En cambio, Ella no peleaba con sus amigas porque creía en lo que tuvieran para decir incluso cuando no estuviera de acuerdo. Siempre estaba dispuesta a ayudar, seguía creyendo, seguía siendo amable, hasta cuando Yuki no lo merecía. Y Yuki estaba cansada de intentar ser alguien que no era.

—Tuvimos un pequeño desacuerdo –respondió–. Es solo que,

desde que Ariane no está… –Se quedó sin voz, incapaz de terminar la oración.

–Llevará tiempo –afirmó su madrastra con amabilidad mientras, por fin, sacaba el cordero del horno. La carne parecía derretirse en el plato, con ajo asado y un fuerte aroma a vino. Por un momento, Yuki se preguntó si debía hablarle sobre las teorías de Ella, solo para que alguien coincidiera con ella, pero no estaba segura–. No será fácil –continuó Reyna–. Siempre sentirán que hay algo que está vacío por mucho que quieran evitarlo.

Vacío era una buena palabra para definir cómo se sentía Yuki. Estaba vacía, intentando llenarse de palabras y gestos que no le pertenecían. Vacía porque, por mucho que se esforzara, no podía tener nada propio. Por un minuto pensó en lo que pasaría si dejara caer la máscara, si permitiera que los demás vieran cómo era detrás, que percibieran el color de su anhelo, la forma de su deseo.

El problema era que ella misma no sabía lo que anhelaba.

Lo que quería.

A qué le temía.

–Hoy llegó una carta de Cambridge –comentó Reyna para cambiar de tema cuando se sentaron a la mesa–. Es por la entrevista. Proponen que sea en mayo.

A la chica se le heló la sangre. La cercanía de la fecha la golpeó más fuerte de lo que esperaba.

–Es muy pronto –dijo. Había enviado las solicitudes, pero no había tenido una verdadera idea en mente. Lo había hecho porque era lo que tenía que hacer, lo que se esperaba de ella.

–Nunca es muy pronto para pensar en tu futuro, Yuki.

–Pero todos enviaron las cartas, ¿no? Ahora es momento de esperar y de pensar.

–¿Estás segura de que quieres esto? –Su madrastra la miró con los ojos entornados–. Pueden cambiar muchas cosas antes de la entrevista.

–Estaré bien –balbuceó mientras se acomodaba en el asiento.

Siguieron comiendo en silencio, solo que Yuki apenas pinchó la comida con el tenedor porque había perdido el apetito. Pensó en cómo sería el año siguiente, por más que quisiera ignorarlo, era real. Se iría el año próximo, o todos los demás lo harían.

Los ojos oscuros de Reyna estaban fijos en ella, como si pudiera leer lo que había en su mente. Yuki tenía sus dudas al respecto ya que siempre bailaban una danza cuidadosa entre las dos. Eran cercanas, pero no tanto. A pesar de que a Yuki le agradaba Reyna, nunca sintió que la conociera en realidad. Como si la mujer siempre se guardara una parte de sí misma, como si nunca se hubiera permitido sentir más que las palabras que se esperaba que dijera.

Y Reyna tampoco la conocía a ella en verdad.

–Tengo una sorpresa para ti –anunció de pronto. Fue a la cocina otra vez y volvió con un pastel de manzana que olía delicioso–. Te prometo que no quemé este. ¿Te sientes bien? Luces pálida.

Yuki se percató de que tenía la vista fija en el pastel. Si el libro de cuentos de hadas tenía una conexión real con ellas, no tenía dudas de cuál era el suyo. Pero era ridículo.

–Sí –logró decir después de lo que sintió como una eternidad. Reyna le sirvió una porción de pastel. La cubierta crocante se desmoronó y los trozos de manzana, rojos como los labios de Yuki, se deslizaron por el plato–. Quiero preguntarte algo –continuó con voz débil. Intentó hacerla más fuerte antes de continuar–. Es sobre Nani. Sé que hay otros dormitorios disponibles, ¿por qué le asignaste el nuestro después de lo que ocurrió?

Su madrastra apretó los labios y sus ojos reflejaron inseguridad.

—No quería que se sintiera sola. Su padre trabajaba aquí, pero renunció antes de que llegara. Le prometí que cuidaría a su hija y pensé que sería bueno que tuviera un hogar.

—¿Por qué es tan importante que encaje? —preguntó, aunque sintió que era autorreferencial—. No veo qué diferencia hará que tenga amigas.

Reyna dudó, con la expresión casi triste. Luego le ofreció una sonrisa amable y comió un bocado de pastel.

—No sabes lo que dices.

27

RORY

El sábado Rory intentó limpiar su habitación. *Intentó*. Nunca había sido muy buena con la organización, pero con Ari y con las visitas de Ella lograba controlar un poco el desorden. Dada la ausencia de Ari y la distracción de Ella, no había nadie que la impulsara a limpiar y era notorio.

Con un suspiro, se recogió el cabello y comenzó a revisar la pila de camisetas y de uniformes para separarlos. Debajo de la cama encontró el bolso de Ari, pero no tenía ganas de revisarlo y, además, ¿a quién iba a dárselo? Así que allí se quedó.

El sábado era el día que solía pasar con Ari. Salía a correr por la mañana y luego se sentaban juntas frente al lago o en el jardín, o Ari organizaba la colección de perfumes por milésima vez mientras Rory la escuchaba hablar. Eso era lo que más amaba de su amiga: que hablara. También le gustaba esa característica de Ella, a pesar de que la molestara al respecto. Con ellas nunca se sentía fuera de lugar por no tener qué agregar a la conversación. Cuando estaba con Ari, no tenía que pensar respuestas, con escucharla era suficiente. Extrañaba eso.

Justo en ese momento, Yuki entró a la habitación y retrocedió al verla estirando ropa.

—¿Qué está pasando aquí?

—Estoy limpiando —respondió Rory al levantar un poco la vista de la cama.

—¿Necesitas que te lleve a la enfermería? —Su amiga frunció el ceño, a lo que ella le mostró el dedo medio. Yuki sonrió, entretenida, y se sentó en su cama. Ya estaba oscureciendo, por las ventanas se veía que el cielo se estaba volviendo rosado a medida que el sol se deslizaba detrás de las montañas. La luz se filtraba hacia ambos extremos de la cama—. ¿Dónde está Nani?

—No lo sé. No la vi en todo el día —contestó. Se quedaron en silencio y Rory notó que Yuki observaba la cama de Nani con tal intensidad que, si seguía así, prendería fuego el colchón—. ¿No confías en ella?

La chica parpadeó antes de mirarla. Cuando se había enterado de que compartiría el dormitorio con la hija de la directora, Rory había pensado que su vida en Grimrose sería un infierno y que Yuki sería exigente, pero a la única que le exigía era a sí misma. Era agotador verla trabajar siempre hasta tarde y organizar su vida segundo a segundo.

Las dos chicas eran muy diferentes, pero ambas tenían algo en común: sentían el peso de las expectativas.

—¿En Nani? No lo sé.

–Yo tampoco.

Se hizo silencio otra vez, así era entre ellas. A diferencia de cómo era con Ari, con Yuki Rory sentía que siempre era ella la que tenía que decir algo, persuadirla para que saliera de su cascarón, pero no sabía cómo hacer esa clase de trabajos minuciosos. Incluso después de cuatro años, aún había cosas que no entendía de Yuki.

–¿Qué hay de la teoría de Ella?

–¿Qué con eso? –Yuki apretó la mandíbula.

–¿Crees que haya una posibilidad de que sea cierta?

La chica dudó y entrelazó los dedos. Muchas de sus conversaciones eran así. Cada una en su cama a metros de distancia, sin mirarse, pero sin necesidad de hacerlo tampoco.

–No lo sé –repitió, y Rory percibió la irritación en su voz.

–No tienes por qué comportarte como una perra por eso.

–Lo sé, ¿de acuerdo? –Yuki se quedó sin aliento–. Lo siento. Es solo que… ¿Y si seguimos ese camino y algo sale mal? ¿Y si no encontramos ninguna respuesta? ¿No piensas en eso?

–¿Y tú?

–Todo el tiempo.

Rory se enderezó para apoyarse sobre los codos y poder ver a Yuki, que seguía con la mirada fija en la cama de Nani. A pesar de que tenía un cobertor y libros nuevos, seguía siendo el lugar de Ari, Nani nunca podría cambiarlo. Yuki retorció los dedos sobre su regazo y negó despacio con la cabeza.

–No quiero que Ella y tú se decepcionen.

–No tienes que protegernos.

–Sí, debo hacerlo –afirmó Yuki y la miró con determinación, con un fuego y un dolor que Rory casi nunca veía en los ojos fríos de su amiga–. Debo hacerlo.

En ese momento, Rory se dio cuenta de a lo que en verdad le temía. A que, con la ausencia de Ari, dejara de tener un lugar entre sus amigas. Yuki y Ella eran quienes eran, estaban allí antes que ella, que era la intrusa. Rory desentonaba y, tarde o temprano, se darían cuenta de eso. Entonces se quedaría sola, sin amigas.

Pero no era así. Yuki era un pilar que no se iría a ningún lado. Al igual que las piedras de Grimrose, era inamovible, y Rory no tenía que preocuparse de que se fuera.

—Somos grandes —respondió por fin—. Podremos con eso.

—¿Y si las respuestas son dolorosas?

—Si eso pasa, estarás ahí para nosotras.

—Sí, ahí estaré —afirmó Yuki.

28

ELLA

Ella estaba acostumbrada a caminar sola por Constanz, pero no a llamar a la puerta de extraños. Sintió electricidad en el aire mientras estaba parada en el jardín de césped largo, con árboles cuyas hojas comenzaban a ponerse amarillas por la llegada inminente del invierno. Ansiaba la llegada de la primavera, no solo porque era la época de su cumpleaños.

Llamó a la puerta otra vez mientras se contenía a sí misma, encogiéndose dentro del vestido viejo de *La guerra de las galaxias*. Ya le quedaba muy corto. Su padre se lo había regalado en su cumpleaños número doce, unos meses antes de morir, y era de las pocas cosas que le quedaban como recuerdo del amor que compartían por la saga espacial. Comenzó a contar las máscaras de Darth Vader de la falda y llegó a catorce antes de que una mujer por fin le abriera la puerta. Tenía canas naturales en el cabello negro y arrugas alrededor de los ojos oscuros. Por sobre todas las cosas, lucía cansada, y miró a Ella con sospechas.

—¿Qué quieres?

—¿Es la señora Vāduva?

—Depende de quién lo pregunte —respondió la mujer mientras seguía analizándola.

—Soy Ella Ashworth. Estudio en Grimrose. —Ante la mención de la escuela, la mujer abrió los ojos como platos y se dispuso a cerrar la puerta, pero Ella puso el pie en el marco—. No le quitaré mucho tiempo. Necesito su ayuda —agregó y se le quebró la voz.

La mujer la miró de arriba abajo, analizó el estado del vestido raído, el cabello bien peinado, el rostro cubierto con una capa gruesa de corrector y base. Lo único nuevo que tenía eran los zapatos; un par de zapatillas de ballet rosadas que Rory le había dado. Abrió la puerta un poco más y la hizo entrar de prisa.

A Ella le había resultado fácil encontrarla. En el pueblo se susurraba la palabra "bruja", los pueblos nunca han sido muy receptivos para mujeres viejas y solitarias. De todas formas, ella era una psíquica, una palabra un poco más amable que bruja.

—No significa eso —balbuceó.

—¿Dijiste algo? —preguntó Vāduva, mirándola sobre su hombro.

—No —respondió con la mirada en el techo mientras la seguía a la sala.

La casa estaba más limpia que en el exterior, ordenada de una forma rudimentaria. Había sillas de mimbre, una mesa de café en el centro, una vela débil encendida y luz de día que entraba por la ventana vieja.

—¿Quieres té? —ofreció la psíquica.

—No se moleste —dijo Ella. Siguió analizando la sala hasta que vio una fotografía de alguien a quien reconocía de la escuela, del año en que había ingresado.

—No es molestia. —La señora Vāduva fue a la cocina y regresó con dos tazas de té humeante. Tenía un aroma especiado, como a canela y pimienta, y Ella lo inhaló con gusto. A la distancia, el imponente reloj de Grimrose marcó las tres de la tarde. Sus campanadas resonaron por todo el pueblo—. Toma asiento —indicó la mujer señalando el sofá.

Ella obedeció y se sentó con las rodillas pegadas mientras sus nervios iban en aumento. No había creído tener el valor para ir allí sola, pero después de hacerlo, no sabía qué decir.

—Estoy aquí para hablar sobre una amiga. —Bebió un trago de té para tranquilizarse—. Tenía el cabello teñido y grandes ojos verdes. Creo que debe recordarla.

—Ve al grano, niña. —Vāduva frunció el ceño y se sentó en una silla de mimbre en la esquina más oscura de la sala.

—Sé que vienen muchas chicas a verla.

—A las jovencitas les gusta entretenerse intentando conocer su futuro. Pero tú no estás aquí por eso, ¿cierto?

—No. —Ella negó con la cabeza—. Vine a hablar sobre otra cosa, no para pedirle una lectura. Vine a preguntarle qué sabe sobre lo que está pasando en Grimrose.

La expresión de la mujer se volvió amarga de pronto, sus ojos se desviaron hacia la puerta, luego al portarretratos sobre la chimenea y regresaron a Ella.

—No sé qué has oído, pero hay cosas que es mejor no saber —aseguró.

—Tiene miedo. —No titubeó, ya había llegado demasiado lejos.

—La muerte persigue a las chicas de la Academia. No me involucraré en eso —respondió en tono sombrío.

La chica no se echó atrás. Mantuvo la vista firme en la señora Vāduva y dejó la taza sobre la mesa.

—Ella vino a verla. Ariane, mi amiga. Creo que buscaba respuestas sobre lo que descubrió.

—No conozco las respuestas que buscas.

—Pero sabe algo —insistió en tono más firme—. Su hija también fue una víctima, ¿no es así? —El silencio se extendió entre ellas mientras la psíquica observaba la fotografía. Siguió la mirada de la señora. ¿De qué otra cosa se hablaba en el pueblo además de la bruja? De la hija de la bruja, la que había fallecido—. Es ella, ¿no? —presionó.

—Sí. Mi Camelia. Era una chica hermosa y brillante, y esa escuela le arrebató todo.

—¿Qué le sucedió?

—Se ahorcó —respondió sin más, sin ocultar el dolor en su voz—. Yo la encontré. Me maldije por haber dejado nuestro hogar para venir aquí. Fue idea de mi esposo que trabajáramos en los jardines de la escuela y que Camelia estudiara allí. —Le temblaron los labios. Luego apartó la vista de la imagen y volvió a mirar a Ella—. Si sabes lo que te conviene, toma a tus amigas y vete.

—No puedo irme. Ariane murió —reveló. El rostro de la mujer demostró el impacto de la noticia. No lo sabía. Grimrose lo había ocultado muy bien—. Por favor —continuó la chica con la voz quebrada—. No sé qué es lo que está pasando. Creí que usted podría tener respuestas. Dejó una lista, mi amiga, pero muchas de las chicas en ella están muertas. Su hija está en ella. Necesito… Necesito hablar con Ariane.

No se había permitido pensar mucho en eso. Eran cosas para chicas tontas que no podían aceptar la verdad. No creía en fantasmas, pero, al mismo tiempo, deseaba mucho hacerlo. Quería preguntarle a Ari qué le había pasado, qué había averiguado.

—No sabes lo que estás pidiendo. Ni siquiera crees en esas cosas —respondió la señora Văduva sin hostilidad.

—Creo en *ella*. Creo que descubrió algo importante que no podía decirnos. Y creo que tenemos que terminar lo que inició.

La mujer se humedeció los labios. No sabía si podía seguir insistiendo. Solo quería respuestas, quería cerrar esa historia. Necesitaba algo significativo.

—Tu amiga estuvo aquí —afirmó por fin—. Fue hace unos meses. Trajo un libro con ella; no pude decirle qué significaba, pero sentí cierto poder en él. Me dijo que las chicas estaban en el libro y quería respuestas que no podía darle. No soy una bruja. Solo tengo mi fe y las creencias que me transmitieron mis ancestros. No pude ayudarla porque yo no soy parte de esa historia.

—Pero yo sí lo soy —comprendió Ella.

—Puede que lo seas —coincidió la mujer—. Las respuestas están en Grimrose, no en el mundo exterior. Tal vez también estén en el libro.

—¿Cree que pueda hablar con ella? —repitió con la voz temblorosa. Odiaba sonar así, un poco esperanzada, un poco rota, intentando encontrar respuestas más allá de este mundo. Pero si creía en Ariane, solo así podía obtenerlas; en otro costado de la historia, en un lugar en el que las reglas normales no aplicaban. Un lugar en el que la magia era muy, muy real.

Văduva se levantó y revisó uno de los cajones. Giró, llevando cuatro cristales de diferentes colores y cuatro velas blancas gruesas, y se los entregó.

—Ten. Tendrás que reunirte con amigas. Cuatro es el número ideal.

—Creí que las cosas mágicas eran siempre en tríos. Tres hermanos, tres anillos, esa clase de cosas.

—Eso es lo que las historias te hacen creer. —La mujer reveló una sonrisita—. Tres es un buen número, pero los puntos cardinales son cuatro. Cuatro elementos, cuatro estaciones, cuatro formas de guiarte a casa. Durante la próxima luna llena forma un círculo con tus amigas y enciende las velas. Intenta buscar un modo de encontrarle sentido.

Ella tomó los cristales, que pesaban más de lo que había imaginado.

—¿Eso es todo? —preguntó.

—Esta clase de cosas no son como una receta de cocina, niña. Se basan en los sentimientos, en el alma. Solo tu alma conoce el camino que quiere seguir.

Guardó todos los elementos en su bolso mientras intentaba recordar por qué estaba haciendo eso. Lo hacía para honrar a Ariane, porque creía que había muerto por una razón, no solo para buscar al culpable. A Ella le importaba la verdad, pero, más allá de eso, creía que honrar a alguien significaba seguir adelante con el trabajo de esa persona más allá de su muerte, sin importar cuál fuera la misión.

Ariane había muerto intentando descubrir la verdad. Si quería honrarla, debía descubrirla.

—Gracias —dijo con sinceridad. Se dirigió a la puerta, la abrió y dejó entrar la luz—. ¿De verdad cree que puedo cambiar algo?

—¿Quién sabe? Lo que importa es que lo intentas. Encuentra tu final feliz. Hazlo por mi Camelia también —respondió Vāduva desde la silla.

—Lo haré. —Ella sonrió.

29

RORY

Cuando despertó el lunes, Rory cayó en la cuenta de que había pasado más de un mes de la muerte de Ari. Sintió una punzada de culpa de que su vida siguiera adelante. También por ya no saber en qué creer.

No había dormido bien las últimas semanas. Su cuerpo se estaba revelando, intentando cruzar los límites. Sentía dolor de los pies a la cabeza y estaba segura de que no podría levantarse, pero se apoyó en la cama, respiró con dificultad y el dolor se disparó hasta que todo lo que pudo ver fueron estrellas en la oscuridad.

Se levantó de todas formas.

No pensaba permitir que el cuerpo la obligara a rendirse. No lo haría sin dar pelea.

A pesar de que el dolor persistió durante todo el día, estaba emocionada por ir a entrenar, por hacer que el cuerpo trabajara para ella otra vez. Las prácticas de esgrima siempre eran los lunes y los miércoles por la tarde, pero sus enfrentamientos con Pippa solo sucedían los viernes. Deseaba que fuera ese día porque le haría bien la distracción.

Durante el almuerzo sus amigas parecían seguir en guardia. Cruzó una mirada con Yuki a través de la mesa, pero se limitaron a hablar sobre temas seguros. Ella había hecho lo que debía, lo que sabía. Incluso había encontrado el ensayo de Ari sobre la escuela, pero solo era un compendio de información inútil sobre los terrenos de la Academia, nada sobre los estudiantes. Lo que fuera que haya descubierto en el libro, lo había dejado fuera del informe.

Cuando por fin llegó al gimnasio, el equipo ya estaba allí con el instructor. Solo que, en lugar de tener las espadas desenvainadas, él les estaba dando una charla. Rory miró a Pippa a los ojos desde el otro lado de la habitación. Era como una visión con el traje blanco, como un caballero de postura erguida y piel oscura, el cabello trenzado fuera del rostro.

—¿Qué está pasando? —le preguntó cuando estuvo cerca.

—¿No has estado prestando atención este último mes? —preguntó la chica con una ceja en alto—. Tenemos que practicar para el torneo.

Rory se había olvidado por completo del torneo y de cualquier cosa que no tuviera que ver con la muerte de Ari.

—Muy bien, formen duplas —anunció el instructor con unas palmadas.

El equipo no era muy grande, pero incluía a las doce personas a las que solía mangonear, algo que disfrutaba. Se acomodó el uniforme de pantalones blancos ajustados y la armadura que la mantenía en una pieza.

Una vez que pisaba el gimnasio, todo lo demás desaparecía, quién era, sus responsabilidades, todo lo que la había llevado hasta allí. Solo era en lo que se había convertido: rápida, brutal, letal.

El equipo se dispersó por el lugar, que tenía ventanales amplios con vista a las montañas. La luz que se filtraba sobre el suelo de mosaicos blancos y negros lo hacía parecer casi como una pista de baile.

Rory se bajó la máscara y ajustó el agarre de su sable sobre la empuñadura belga que le resultaba familiar y reconfortante. Pippa prefería la espada, pero todos entrenaban en las diferentes modalidades, en especial ellas dos, que habían comenzado a practicar desde su llegada a Grimrose. Rory se tronó el cuello para liberar la tensión del peso de la chaqueta de protección, y luego comenzaron. Olvidó todo más allá de ese duelo, del aquí y ahora. La muerte de Ari, el libro, sus amigas, todo quedaba de lado cuando el mundo se limitaba al sable en su mano, a la danza blanca de lanzas cruzadas, fintas, bloqueos, ataques y giros. Todas las sombras del mundo se teñían de blanco y negro y las veía a través de los agujeros de la máscara.

Enfrentó a todos sus compañeros y los venció blandiendo el sable a izquierda y derecha mientras el instructor gritaba correcciones, la hacía intentar otra finta, otro contraataque, una nueva postura en la que necesitaba trabajar. Llegado el final, cuando todos los demás estaban agotados por la práctica, Rory siguió adelante hasta que no pudo aguantar ni un segundo más. Se sacó la máscara y devolvió el sable y el resto del equipo a su lugar. En el vestuario, ella y Pippa se desvistieron dándose la espalda. Mientras tanto, Rory echaba vistazos ocasionales a través del espejo; el hombro desnudo de Pippa, la curva de su espalda, destellos de piel descubierta que intentaba sacarse de la cabeza para concentrarse en vestirse.

Había anuncios sobre el torneo intercolegial europeo en las paredes, que Pippa se quedó observando un momento cuando salieron del vestuario.

—¿Te inscribirás? —preguntó.

—¿Al torneo? No —respondió Rory—. Sabes que no viajo por ahí.

—Rory, eres una de las mejores del equipo.

—¿Qué, no quieres decir que soy la mejor?

—Podrías serlo si compitieras.

—Los torneos son una pérdida de tiempo. Puedes quedarte con mis medallas, te las regalo.

Pippa no se lo tomó a broma, sino que la empujó contra el pilar de mármol del salón de baile vacío, le colocó un brazo debajo del mentón y, con la otra mano, le sostuvo el brazo. Rory sintió que el contacto la quemaba mientras miraba a la chica a los ojos, sintió que la habían rociado con agua caliente que le quemaba hasta los músculos y huesos. No podía apartar la vista y se le aceleró el corazón al tiempo que la rabia aumentaba, pero acompañada de algo más que intentaba reprimir.

—Suéltame —exigió en voz baja.

—No gano porque tú no participas. Gano porque lo *merezco*. Porque me esfuerzo. Porque no pierdo el tiempo en el que estoy aquí, porque *quiero* que sirva de algo. ¿Y tú?

Rory sintió que se le ruborizaban las mejillas. Notaba el color de las pestañas de Pippa, un poco más claras que el castaño de sus cejas y más todavía que el de su cabello. Desde tan cerca no tenía ni una imperfección en la piel suave, en cambio ella todavía luchaba con las espinillas que no dejaban de aparecerle en el mentón. Pippa, cuyos músculos eran como armas entrenadas, era refinada y poderosa, y Rory quería derretirse en sus manos.

Finalmente, la chica la soltó, por lo que se puso de pie e intentó tomar aire sin jadear de forma ridícula mientras se masajeaba la nuca.

—Rory, no puedes seguir escondiéndote —dijo luego—. Algún día tendrás que luchar por algo.

Se dio vuelta y la dejó allí parada, mirándole la trenza desaparecer por la puerta.

30

NANI

Pasó casi todo el fin de semana en la biblioteca. Svenja le había dicho que irían al archivo el lunes, así que se dedicó a leer el sábado y el domingo para encontrarle algún sentido al libro que sostenía con las dos manos. Tûtû le había enseñado a sostener los libros de ese modo para que dejara de masticarse las cutículas y de lastimarse los dedos al mantener las manos ocupadas. Varios de sus libros tenían manchas de sangre en los bordes de las ocasiones en las que se había distraído y había vuelto a masticarse las uñas.

En lugar de hacerse más preguntas sobre la muerte de Ari o sobre dónde estaba su padre, investigó las muertes del libro. Leyó los cuentos de hadas, a la mayoría los conocía de memoria. No eran sus historias preferidas. Desde el principio, los que más le habían gustado habían sido los más singulares: "Un ojo, dos ojos, tres ojos", "Los tres pelos de oro del diablo" y, su favorito, "Barba Azul". Nunca olvidaría la primera vez que lo había leído; tras ver a las tres esposas muertas, la princesa supo que era la siguiente, pero estaba determinada a sobrevivir sin importar el precio.

Las muertes que concluían cada historia eran grotescas. De todas formas, a Nani no le gustaban los finales felices de los cuentos de hadas convencionales, no llegaban a transmitir lo que para ella era importante: el camino, la oscuridad que los protagonistas habían atravesado. Los "felices por siempre" nunca mencionaban lo que sucedía a continuación, el hecho de que la mitad de los héroes debían tener marcas de por vida. Eran conceptos falsos, difundidos para que las niñitas soñaran con algo inexistente.

A pesar de todo, el libro seguía siendo extraño. Ninguna historia tenía algo bueno que mantuviera el equilibrio y era escalofriante lo desesperanzadoras que eran.

No creía en la teoría de Ella de que el libro, de alguna manera, predecía la muerte, pero tampoco podía ignorar que las coincidencias de los hechos eran demasiadas como para estar tranquila. Aunque no creía en la magia, debía admitir que sucedían cosas extrañas en la Academia. Tûtû le diría que mantuviera la mente abierta como ella, pero su abuela era una anciana cuya afición a las viejas supersticiones superaba lo saludable. Nani había crecido escuchando historias sobre la isla, sobre volcanes y batallas, dioses pez y hombres tiburón. Pero la magia no afectaba su realidad, no cambiaba quienes eran, el color de su piel, la lengua que les habían arrebatado a sus ancestros prohibiéndoles que la transmitieran, la que ahora Nani intentaba aprender. Una barrera para su pueblo.

De pronto, quiso cerrar el libro de un golpe y arrojarlo al otro extremo de la habitación. Quizás no ofreciera respuestas reales. Las historias seguían siendo las mismas, con sus secretos ocultos, y Nani estaba cansada de los secretos, incluidos los suyos.

Aunque tal vez esa fuera su verdadera magia: la capacidad de hacer que todo el que lo tocara se alterara muchísimo.

Lo cerró con fuerza, lo que sorprendió a otra persona que estaba en la mesa. No había visto entrar a la chica, a quien había visto antes, pero no podía recordar el nombre. Era la misma que había estado hablando sobre las muertes con total liviandad en clase hacía unos días mientras Nani fingía no prestar atención.

—¿Y ese libro? —preguntó la chica.

Nani se maldijo a sí misma por haber sido tan descuidada.

—Es mío, lo traje desde mi casa —respondió.

—Ya lo había visto. —La otra entornó un poco los ojos.

En ese momento, Nani recordó cómo se llamaba, Michaella, Mickaylee o algo parecido con una cantidad de letras innecesaria. Resistió el impulso de responderle con rudeza porque, si había visto el libro antes, quizás supiera algo. La dejó ver la cubierta, a lo que la chica frunció el ceño.

—Ah, no importa. Creí que era el mismo —dijo.

—Es solo un libro. Aquí está lleno de ellos —comentó Nani mientras señalaba alrededor de la biblioteca. Guardó el volumen con cuidado y miró a su compañera de reojo, preguntándose si sabría más de lo que decía.

El lunes Svenja la guio hasta el archivo.

No era como lo había imaginado, pero le alegraba que Ella la acompañara después del almuerzo.

—¿Estás segura de que no hay riesgos al venir un día de semana? —le preguntó Ella a Svenja mientras subían por las escaleras. Nani había estado pensando lo mismo.

—Los profesores están demasiado ocupados con las clases. ¿Ya se están arrepintiendo? —dijo Svenja sin mirar atrás.

Ella no respondió, se limitó a resoplar. Nani iba detrás de Svenja, con la vista fija en la curvatura elegante de su cuello, en el equilibrio perfecto de sus hombros y en el hoyuelo del lado derecho de su nuca. La chica se dio vuelta, como si hubiera percibido la mirada, y sus ojos se encontraron, pero Nani bajó la vista de inmediato y fingió estar muy interesada en el suelo. No sabía si podía confiar en ella. Corrección: no podía confiar en Svenja. Al igual que todos los demás estudiantes de la escuela, podría haber tenido algo que ver con la muerte de Ariane. Todos eran sospechosos.

Se deslizaron hacia las entrañas del castillo para esquivar a la señora Blumstein, que salió enojada e infeliz de la sala de maestros. Svenja lo hizo con tanta facilidad que Nani no pudo evitar preguntarse cuántas veces lo había hecho antes. Pero cuando llegaron a la puerta, la chica giró hacia ellas.

—Aquí estamos. Este sería el momento ideal para que me dijeran qué es lo que buscan.

—Primero tenemos que lograr entrar —respondió Nani. Svenja puso los ojos en blanco, giró la manija y la puerta se abrió con un crujido—. ¿Está abierto?

—Es el archivo, no un salón de máxima seguridad —replicó con un dejo de desdén.

—Pero… —Nani dudó.

—Los estudiantes tienen prohibida la entrada, pero es más que nada por una cuestión de privacidad. No hay cadáveres adentro, lo prometo.

Svenja tomó la delantera, y Nani miró a Ella, que seguía dudando.

—Si no quieres romper las reglas, no hace falta que entres —le aseguró.

—Esto es más importante que las reglas —respondió con los puños cerrados y se abrió paso antes de que pudiera detenerla.

Era sorprendente lo ordinario y aburrido que era el archivo. Nani pensó que le provocaría una descarga de adrenalina, la sensación de que encontraría respuestas, pero, en su lugar, se encontró con decenas de gabinetes con legajos en papel acomodados en filas prolijas y con buena iluminación. Era la imagen más sosa que había visto en todo Grimrose hasta ese momento.

—Los legajos de estudiantes están al fondo —señaló Svenja mientras se abría paso en esa dirección. Pasó por dos filas de gabinetes hasta que por fin llegó a la última y señaló una única línea de archivos—. Esos son los de este año. Si sigues aquí el año próximo, tu archivo se mueve; si te gradúas o abandonas la escuela, se queda en donde está, así que tienen que comenzar desde el final.

—Empezaré por la parte trasera —anunció Ella, señalando la otra punta de la habitación—. Será difícil porque deben figurar por apellido y no los tenemos.

Svenja miró a Nani con una ceja en alto, pero esta no dijo nada mientras Ella desaparecía de la vista. En cambio, probó uno de los cajones, que se abrió con facilidad y reveló decenas de carpetas con nombres de estudiantes.

—¿Cómo sabes todo esto? —quiso saber.

—Estuve aquí antes —respondió Svenja, luego hizo una pausa, dudosa; algo extraño en ella—. Mi legajo tenía mi nombre anterior.

–Ah. Espero que lo hayas hecho pedazos.

–No podía incendiar todo el lugar, así que tuve que conformarme con eso. Sé que lo hacen por motivos de organización, pero ese no es mi nombre. Nunca lo fue, así que no era yo de quien tenían el legajo aquí abajo.

Quizás sería buena idea que no estuviera allí cuando todo lo que esperaban encontrar era una lista de chicas muertas.

–¿Cómo escogiste tu nombre? –preguntó Nani mientras abría el gabinete para ver si algún nombre coincidía con la lista de Ariane.

–Se sentía bien. Significa cisne y pensé que sería como la historia, ¿sabes? La del patito feo que, al final, descubre quién era en realidad.

Un escalofrío recorrió la columna de Nani. ¿Un patito feo? Imposible. Solo que esa palabra ya no tenía sentido en su vocabulario.

–Sí –chilló porque no confiaba en su propia voz–. Te queda bien.

–*Es* mi nombre, a fin de cuentas –dijo Svenja con una sonrisa. Nani abrió más cajones, revisó legajos y los fue descartando tan pronto como veía que no tenían los nombres que buscaba. Había nombres de personas fallecidas, pero todas las muertes parecían normales; no había nada misterioso al menos. Encontró el archivo de Flannery, la chica que Ella había mencionado, pero el resto de los nombres no coincidían–. ¿Estás segura de que no puedo ayudar? No me malinterpretes, la vista desde aquí es muy buena, pero creo que sería de más utilidad si hiciera más que estar aquí parada –sugirió su acompañante.

Nani levantó la vista justo cuando Svenja daba un paso hacia ella. Le acomodó los rizos detrás de la oreja, el contacto de sus dedos largos sobre la piel sensible del cuello hizo que Nani se quedara congelada. Se olvidó que tenía que responder algo y balbuceó mientras se aclaraba la garganta.

—Como dije antes, solo estamos investigando las muertes en la escuela por curiosidad —murmuró.

—Ah, así que están investigando la muerte de Ariane. ¿No saben que es peligroso hacer esas cosas?

—Eso suena como una amenaza. —Nani se puso tensa al escucharla.

—¿Qué? ¿Crees que tuve algo que ver? —replicó con una risita.

—No lo sé. Recién llegué a la escuela, ¿recuerdas?

—Y, aun así, ya estás involucrada en esto. Para ser una chica sin secretos, eres demasiado misteriosa.

Nani la ignoró y volvió la atención a los archivos. Solo necesitaban confirmar los nombres de la lista y asegurarse de que la conexión con el libro fuera real. Siguió retrocediendo, hasta que encontró un nombre: Camelia Vāduva.

Luego encontró más.

Bianca, Siofra, Kiara, Alice, Lila, Neva, Diane, Irena, Liesel y Willow.

Chicas ahogadas, perdidas en el bosque, atacadas por un oso salvaje, caídas de una de las torres, envenenadas. Accidentes extraños que no se suponía que sucedieran más de una vez en la vida, pero que coincidían de forma escalofriante con las historias, una y otra vez, remontándose muchos años atrás. La historia de la escuela, atravesada por muertes que habían quedado olvidadas.

Ella apareció por una esquina, pálida y preocupada, con la lista en las manos.

—¿También encontraste nombres? —le preguntó Nani.

—Desde un primer momento.

—¿Alguna me dirá de qué se trata esto en realidad? —intervino Svenja mirándolas con curiosidad.

—Créeme, es mejor que no sepas nada de esto —respondió Ella.

31

ELLA

Mantuvo los cristales y las velas escondidos debajo de la tabla floja que estaba debajo de su cama en el ático. El espacio no era grande, pero era el único en toda la casa que le pertenecía a ella y a nadie más. Había conservado pocas cosas después de la mudanza; algunas estatuillas que coleccionaba su padre, vestidos y abrigos de invierno que no combinaban, todos viejos y reparados más veces de las que recordaba. También la máquina de costura de su madre, que había escondido entre las cosas de cocina para que Sharon no se diera cuenta.

Debajo de la cama, escondidos en el suelo, se encontraban sus bienes más preciados. Dinero, la mínima cantidad que había logrado ganar haciendo remiendos u horneando galletas cuando no había nadie en casa. También tenía la colección de botones de su madre, en la que había unos blancos muy grandes, verdes pequeños con forma de fresas, otros con escudos de armas, todos diferentes. Tenía regalos que había recibido de Rory, Ari y Yuki a lo largo de los años, todos ocultos fuera de la vista porque esa era la única forma en la que podía conservar algo en la vida: guardado en donde ni siquiera ella pudiera verlo.

El lunes pasó todo el día contando las sillas a su alrededor, los escalones que subía y bajaba para ir de un lado al otro, las ventanas a ambos lados de los corredores. Contar la mantenía tranquila porque, a pesar de que había números que no le gustaba, con los que se topaba en los ataques de ansiedad, eran infinitos. Se extendían para siempre y si seguía contando, todo estaría bien.

Pero luego Nani le había preguntado si quería ir al archivo, a lo que no había podido negarse. No podía negarse a confirmar algo que ya sabía que era verdad. La lista interminable de chicas fallecidas daba vueltas por su mente mientras iban a la biblioteca para encontrarse con Yuki y con Rory. Si se quedaba en la escuela por más tiempo, llegaría tarde a casa, y temía las consecuencias de que eso pasara, pero ese asunto era más importante.

Nani no esperó a que estuvieran sentadas alrededor de la mesa de siempre antes de soltar la noticia.

—Todas las chicas de la lista están muertas —anunció al tiempo que arrojaba su anotador sobre la mesa en dirección a sus amigas—. Acabamos de revisar el archivo.

Los ojos de Ella se dirigieron a Yuki. No habían hablado desde la última discusión excepto para intercambiar notas en clases. Se sentía extraño estar peleada con ella.

—¿Y? —replicó la chica con la voz fría como el hielo.

—Son demasiadas coincidencias —agregó Nani.

—Varias chicas se ahogaron, eso no es nuevo. ¿O quieren decir que hay más de una historia en la que eso sucede? Si quisiéramos, podríamos hacer que cualquier cosa encaje en la teoría.

—Entonces, tú quieres decir que las muertes son meras coincidencias —comentó Ella.

—Lo que quiero decir es que, en cien años de historia los accidentes ocurren. ¿Sugieres que lo que le pasó a Ari es alguna clase de teoría conspirativa que el libro predijo? ¿Que las muertes conectan a las estudiantes con algún cuento de hadas mágico?

Sabía que parecía estar esforzándose demasiado por creer en algo, en lo que Ari había dejado atrás, pero eso no significaba que sus teorías estuvieran equivocadas. Miró a Nani en busca de apoyo, pero no consiguió nada.

—Sé que es difícil de creer —insistió—. Aunque haya un asesino que lo use como inspiración, se remonta a años atrás. Y nadie parece recordar a las chicas fallecidas.

—Es solo que… —Yuki hizo una pausa—. Tenemos que pensar en esto al revés. Primero se encuentran las pruebas y *después* se plantean las teorías. Puede que las muertes estén conectadas, pero ¿qué significa eso?

Ella respiró hondo. Esa era una buena pregunta. ¿Qué significaba? La señora Vāduva le había hecho la misma pregunta cuando habían hablado. Hasta donde sabía, significaba que algo andaba mal en Grimrose, solo tenía que convencer a todos de eso.

—¿Tú descubriste algo? —preguntó al final para abordar el tema desde otro ángulo—. ¿Intentaste averiguar dónde encontró el libro Ari?

—No, pero eso no nos llevará a ningún lado de todas formas. Ariane era nuestra mejor amiga, pero ahora sabemos que le gustaba guardar secretos.

—Deben haberla visto con el libro en algún momento —sugirió Nani—. Teniendo en cuenta la cantidad de anotaciones que hizo, debió haber pasado mucho tiempo trabajando en eso.

Era una conclusión lógica, que implicaba que Ari debía haber trabajado en eso cuando todavía salía con Edric. Recordaba lo devastada que parecía cuando terminaron y lo mucho que había llorado, aunque ella misma nunca hubiera entendido qué le había visto a Edric en primer lugar, qué le atraía a uno del otro, cómo funcionaban. Rara vez tenía sentimientos románticos hacia nadie y, cuando los tenía, era hacia personas a las que primero quería como amigas, con quienes pudiera hablar o admirar, sin importar su género. El romance y la atracción eran experiencias muy diferentes para cada persona y ya era difícil comprenderlas sin los prejuicios agregados, por eso nunca se lo había mencionado a Ari.

—Pasaba mucho tiempo fuera del dormitorio —recordó Rory y comenzó a reflexionar en voz alta—. Pasábamos horas sin verla. Recorría los recovecos inexplorados del castillo. Tenía una lista de las habitaciones y pasadizos secretos que su madre había conocido.

—¿Pasadizos? ¿Los conocen? —Nani estaba anonadada.

—Nunca se los mostraba a nadie —respondió Yuki. Creyó notar una pizca de amargura en su voz, pero quizás fuera su imaginación—. Si descubres un pasadizo de Grimrose, es tu secreto y debes dejar que los demás lo descubran por sí mismos.

—¿Es una regla? —continuó Nani con incertidumbre—. Lo siento, estoy intentando entenderlo. ¿Es una costumbre de la gente rica?

—¿Cómo voy a saberlo? —sentenció Yuki.

—Ustedes estudian aquí. Si algo deben saber es cómo es la vida en una escuela de niños ricos y privilegiados en la que todos viven en un castillo.

—No sabes nada sobre nosotras. Estudio aquí porque mi madrastra es la directora. Ella porque obtuvo una beca.

Se sonrojó ante el comentario, pero a Nani no le importó y se dirigió a Rory:

—¿Y qué hay de ti?

—Yo sí soy una niña rica y privilegiada. —Rory se encogió de hombros, puso los pies sobre la mesa y se reclinó en la silla con una sonrisa.

—No puedo ayudarlas si no quieren ayudarse a sí mismas. —La chica suspiró, en parte enojada, en parte cansada.

—Bueno, hay otro modo —afirmó Ella. Todas las cabezas giraron hacia ella, por lo que sintió que se estaba hundiendo en la silla—. Hablé con la señora Vāduva. Es la psíquica de Constanz, Ari fue a verla. Su hija también está en la lista.

Yuki parpadeó con sus ojos grandes como los de un cuervo fijos en ella. Por primera vez, Ella vio algo que no reconocía en ellos, algo que hacía que Yuki luciera diferente, extraña, como si no la conociera en absoluto.

—¿Le contaste a una psíquica lo que está pasando aquí? ¿En qué estabas pensando, Ella?

—La mujer perdió una hija. Y Ari fue a verla primero.

—¿Y? ¿Qué te dijo? —preguntó Rory con las cejas en alto.

—Que lo que sea que está pasando tiene que ver con Grimrose, eso es seguro, y con el libro. Lo mismo que prueba la lista.

—Eso fue lo que descubrimos —balbuceó Nani con descontento.

—Es mucho más grande que lo que le sucedió a Ari —insistió Ella—. No se trata solo de dos o tres chicas que fallecieron, es sobre todas nosotras.

—Nosotras estamos vivas —afirmó Rory.

—Pero Ari nos agregó a su lista. Debió haber descubierto algo —agregó, sorprendida ante su propia insistencia. Sus últimas palabras se fueron silenciando y luego respiró hondo, con lo que sintió el nudo en la garganta otra vez. Era como gritarle a una pared—. Le dije a la psíquica que quería hablar con Ari —dijo al final—. Me dio algunas cosas para que podamos hacer un ritual durante la próxima luna llena.

El silencio que se produjo fue ensordecedor. Se rompió cuando Yuki se empezó a reír.

—Tienes que estar bromeando —dijo con desprecio en la voz. Su mirada era aguda, enfadada, irreconocible—. Quieres que hablemos con el fantasma de Ari.

—No exactamente, pero… —replicó un poco sonrojada.

—Esto ha llegado demasiado lejos —sentenció Yuki y se puso de pie—. Sé que estamos sufriendo y que la extrañamos, pero no podemos seguir con esto. ¿Un ritual, Ella? ¿De verdad?

—¡Tenemos que intentarlo! —Sentía que le quemaban las mejillas, un poco por la vergüenza, otro por la indignación—. No podemos fallarle.

—¡Despierta! —exclamó su amiga, señalando a la nada de forma desenfrenada—. ¡Ya le fallamos! ¡Está muerta!

Sus palabras hicieron eco en el silencio de la biblioteca y resonaron por los recovecos y espacios entre los libros, y en lo único en lo que Ella pudo pensar fue: *Lo hicimos, le fallamos. Yuki tiene razón. Ya no hay nada que podamos hacer.*

—Esto tiene que terminar. Basta de conversaciones sobre cuentos de hadas. Hagamos el duelo como personas normales. Aunque alguien haya venido por ella, no seremos nosotras quienes lo descubramos. Esto se acabó —sentenció Yuki. Luego tomó su bolso, se lo colgó al hombro y pasó como una tromba junto a Ella, que todavía tenía cosas que decir.

—Esperaba más de ti —le dijo en voz baja. Su amiga la oyó, se detuvo y giró para mirarla a los ojos.

—Entonces te equivocaste.

Cuando Ella llegó a la parada del autobús, ya era tarde. No dejaba de mirar el reloj para evitar que las lágrimas volvieran a brotar. No sabía cómo ayudar, y eso era en lo único en lo que siempre había sido buena.

Se había lastimado el interior de la mejilla por tanto morderse y sentía el sabor de la sangre. Se merecía eso. Se merecía todo eso. Era lo que había conseguido por creer que podía encontrar una solución cuando nadie más era capaz de hacerlo. Era lo que había conseguido por creer.

Y, para echar más leña al fuego, el autobús no llegaba. Si hubiera corrido más rápido, si hubiera salido cinco minutos antes, si no se hubiera quedado discutiendo, si hubiera sido *mejor*, nada de eso estaría pasando.

Cuando levantó la vista del reloj, vio que un caballo la estaba mirando a los ojos. Se alejó de un salto y el animal también retrocedió. Sin embargo, el jinete seguía mirándola con una sonrisa entretenida.

—¿Le temes a los caballos? —preguntó la voz de Frederick, que interrumpió sus pensamientos y la espiral de ansiedad que se estaba formando en su mente. Se esforzó para recuperar la voz y responder.

—Le temo a los caballos que no me dejan ver si viene el autobús.

—Ah, ya veo. —Frederick movió al animal para que se hiciera

a un lado y despejara el camino. Ver el movimiento del caballo hizo que Ella se mareara; además, comenzaba a dolerle la cabeza por contener las lágrimas de preocupación e inquietud–. ¿Para qué esperas el autobús?

—Para ir a casa.

—Olvidé que vivías en el pueblo —respondió con una sonrisa.

—¿Y tú qué haces?

—Ejercitando al caballo. Es lunes, eso significa que podemos elegir un pasatiempo estúpido, que solo les interesa a las personas ricas, y practicarlo dos veces a la semana.

Se rio ante el comentario y recordó que Rory había dicho lo mismo respecto a la esgrima. Grimrose tenía un equipo de esgrima, uno de equitación, uno de gimnasia y un grupo de ballet. Ella evitaba todo lo que implicara un ejercicio real porque correr estaba fuera de discusión, así que nunca le había prestado atención a la lista de actividades que ofrecía Grimrose.

—No sabía que te gustara montar —comentó.

—Hay muchas cosas que no sabes sobre mí, Eleanor Ashworth. —Le ofreció una sonrisa engreída, pero con el rostro lleno de pecas lo único que logró fue hacerla reír–. Está bien, dejaré de fingir ser el extraño misterioso, alto y oscuro.

—Solo eres alto.

—¿Esa es mi única cualidad? —preguntó con un suspiro dramático–. Eso demuestra lo mucho que sé sobre lo que les gusta a las chicas.

—Los chicos oscuros e inquietantes están sobrevalorados. Y, para ser honesta, el misterio es un poco aterrador. ¿Saldrías con una chica de la que no supieras nada?

—Ni con una chica ni con un chico —respondió Frederick, haciéndola sonreír otra vez–. ¿Te encuentras bien? Luces preocupada.

—¿Yo? Así es mi rostro.

Él rio, y Ella volvió a mirar el camino, preguntándose cuándo llegaría el autobús y cuánto más podría contenerse frente a otra persona.

—¿Estás muy ansiosa por llegar a casa?

—Tengo un horario límite para llegar —asintió tras volver la vista hacia él.

—Puedo llevarte.

La oferta la tomó por sorpresa. Con la mirada en el suelo, sintió un nudo en la garganta. No tenía miedo de subir al caballo detrás de él; sabía montar, tenía a Carrots en casa. Pero le tenía miedo a las consecuencias.

Estaba allí con Frederick, que debía creer que era una persona totalmente distinta. Una chica que iba a la escuela a estudiar como todos los demás, cuya vida no era una farsa, que no era parte de una actuación. Y, claro, la había invitado al baile, pero solo porque eran amigos. Porque eran compañeros de clases y porque él era el chico más lindo que Ella hubiera conocido, pero no había nada más. Al permitir que pensara que lo había, lo estaba traicionando a cada paso.

—Vamos —insistió—. ¿De verdad le tienes miedo al caballo?

—Le temo al chico que lo controla.

Frederick parpadeó, pero extendió el brazo de todas formas, con la mano abierta para que pudiera tomarla.

Se había enfrentado a cosas peores, así que le tomó la mano, y él la impulsó a subir. Con un movimiento ágil, se sentó detrás de él. Las rodillas debajo de su falda rozaron las piernas del chico y apartó la vista con el rostro acalorado. Apoyada contra la espalda de él, se le aceleró el corazón.

—¿Te encuentras bien?

Asintió con la cabeza, que le daba vueltas otra vez. No confiaba en su voz para responder. Al instante siguiente partieron. El caballo galopó debajo de ella al tiempo que sus cascos impactaban contra el suelo. Mientras se sujetaba con fuerza, sentía el viento en el rostro. En poco tiempo, muy poco, se aproximaron a su zona del pueblo, y Frederick redujo la marcha del caballo.

—Creo que será mejor que me dejes aquí —aseguró Ella tocándole el brazo. Frederick giró un poco la cabeza, de modo que sus rostros quedaron tan cerca que la chica podía sentir el aliento cálido de él.

—¿No quieres que vea dónde vives?

—Una chica debe guardar sus secretos —respondió con ligereza. Sintió que él iba a insistir, así que negó con la cabeza. No quería que lo arruinara, quería vivir ese sueño al menos por un tiempo. *Déjame tener esto*, pensó con egoísmo. *Déjame tener esta pequeña porción del paraíso.*

—¿Estás segura de que está bien que te deje aquí? —preguntó el chico, con lo que los músculos de Ella se relajaron.

—Sí. Muchas gracias, de verdad.

—Cuando lo necesites, Eleanor.

Ella le sonrió y le tomó la mano para bajar. Los dedos de él estaban sudorosos por haber sujetado las riendas, pero eran suaves, no como los suyos. Tenía pequeñas cicatrices que le cubrían casi la totalidad de las manos por fregar pisos, lavar cortinas o limpiar los establos. Eran más de las que podía contar; aparecían de la nada, enrojecidas y con sangre seca en los nudillos. Él le miró las manos, pero no dijo nada.

—Gracias por ser el caballero andante —dijo mirándolo desde abajo mientras escondía las manos detrás de la espada por temor a lo que pudiera pensar.

Frederick asintió con la cabeza, y ella esperó a que el caballo diera la vuelta antes de correr el resto del camino a casa.

32

YUKI

Yuki perdió los estribos. No lo había pensado, no se había dado cuenta de que se aproximaba. Solo se había quedado parada durante un minuto, escuchando a Ella hablar sobre Ari, sobre un maldito *ritual*, como si todo eso debiera tener sentido y fuera absolutamente normal. Pero, de repente, ya no pudo soportarlo. No pudo seguir adelante, no logró contenerse y explotó.

Y lo peor fue que lo disfrutó.

Había imaginado dejarse llevar antes, pero no de esa manera. En sus sueños siempre se veía ahogándose, tragándose todo hasta que los pulmones pesaran tanto como si se hubiera hundido hasta el fondo del océano y allí, en su último momento de lucidez, estallaba. Explotaba dentro del agua, creaba olas y remolinos y se liberaba sin control, con dicha, hasta que bañaba todo lo que tenía a su alcance.

Pero ni siquiera en su imaginación se sentía tan bien.

Se quedó parada en las escaleras, con las manos temblorosas y respirando con dificultad mientras intentaba recuperar el control. Intentaba pararse derecha, acomodarse el cabello, poner un rostro amable y volver a ser todo lo que se suponía que fuera, lo que había anhelado ser, porque, cuando miraba a Ella, lo deseaba con desesperación. Para Ella era tan sencillo ser buena, estaba en su naturaleza, en su corazón, y Yuki la amaba por eso con cada fibra de su ser y deseaba *muchísimo* ser igual. Se paró frente al espejo para controlar sus impulsos, para olvidar su oscuridad interior, para ser desinteresada y estar dispuesta a hacer lo que fuera por otra persona, a llegar a los confines del universo por ser amable hasta el punto de hacer cualquier cosa.

De ese modo, había pulido cada una de sus espinas para volverlas suaves y utilizarlas para combatir su naturaleza interior, la voz de su corazón, a punto tal que no estaba segura de lo que iba a encontrar si dejaba que recobraran su forma.

—¿Yuki? —dijo alguien, y cerró los ojos por temor a que fuera Rory, Nani o, peor, Ella.

Deseaba dejar de temblar, volver a tener la imagen compuesta de siempre, la de la chica plena y no la de una persona delineada por puntas afiladas.

Penelope apareció detrás de ella, con los ojos verdes brillantes como los de un gato en la oscuridad. Yuki tomó aire otra vez, desesperada por apaciguar el cuerpo que todavía anhelaba ser liberado y obtener más de lo que le había generado esa explosión.

—¿Estás bien? —preguntó la chica con la voz cargada de

preocupación–. Te vi bajar las escaleras corriendo y quise saber cómo estabas.

–Estoy bien –respondió de forma automática, con tal control en la voz que casi se echa a reír. Por dentro tenía un caos, pero allí estaba, fingiendo ser normal. Nunca decepcionaba a nadie. Nunca dejaba caer su máscara.

–Está bien no estar bien. Y más después de lo que has pasado –afirmó Penelope.

–Deja de compadecerte de mí. No lo necesito –sentenció. Otra explosión. Después de la primera vez, era más sencillo. Se había vuelto más fácil ser un elemento dañino y afilado que pinchaba a los demás para no tener que pensar en lo que se estaba haciendo a sí misma.

–Genial, porque odio compadecerme de los demás. Solo estaba siendo sincera.

La respuesta de la chica tomó a Yuki por sorpresa. Relajó los hombros y respiró hondo otra vez mientras intentaba desenredar el nudo de la rabia.

–Nadie te lo pidió.

–De acuerdo, la próxima vez, no diré nada –respondió con una sonrisita.

Yuki negó con la cabeza. Tenía la nuca húmeda por el sudor. Había perdido el control, pero ya estaba recompuesta. Ya podía arrepentirse de las cosas que había dicho y reunir fuerzas para obligarse a sí misma a hacerlo, a sentir la culpa sobrecogedora que debía llegar a continuación.

Penelope se sentó en las escaleras, y la chica la imitó. El temblor de sus rodillas se aplacó.

–¿Le sucedió algo a Ella? Acabo de verla yéndose con Frederick en el caballo de él.

—¿En su *caballo*? —reaccionó Yuki. Luego negó con la cabeza, no debía enojarse por eso, a pesar de que era una de las cosas que estaban comenzando a pesarle.

—Sí. Sé que son cercanas. Debe ser difícil verla con otra persona.

Vaya, eso es lo que cree, comprendió Yuki. Penelope pensaba que estaba enamorada de Ella.

—Nuestra relación no es así.

—Qué bueno —aseguró la chica y alzó una ceja–. Porque sabes que puedes conquistar a la persona que quieras en la escuela, ¿no? A cualquiera. ¿Te has visto en el espejo? —La mano de Yuki se elevó de inmediato hasta su rostro porque sí, lo sabía. Sabía lo que el espejo le decía por las mañanas a pesar de que no le importara mucho–. Eres la chica más linda de la escuela —agregó su compañera con una sonrisa sincera y, por primera vez, Yuki no deseó poner excusas para su belleza, disculparse por ocupar mucho espacio o por lucir como lucía. Por ser quien era, en realidad–. Cualquiera sería afortunado de estar contigo.

—No estoy interesada en esas cosas. Yo… —Batalló con las palabras, que le pesaban entre los pulmones como un secreto. Decirlas era revelar demasiado sobre sí misma y no quería decir nada en absoluto–. Soy asexual. Y arromántica.

—Vaya. —La chica asintió con la cabeza–. Así es más fácil, evitas los dramas.

Rio porque esa era la respuesta más natural. Todos asumían que así era más fácil, que no tendría que sufrir las dificultades del amor. Incluso sus amigas pensaban lo mismo, pero, al final, se volvía en su contra.

No es que entiendas cómo es amar a alguien, ¿o sí?

Al final, todos tendrían a alguien, a sus compañeros, sus parejas, y ella estaría sola. Ese era el monstruo que le susurraba al oído cuando veía a Ella y a Frederick. Su amiga se enamoraría, se iría a otro sitio a experimentar cosas nuevas, amaría a alguien que también la amaría, pero Yuki permanecería allí, sin nadie a quien amar ni que la elija a ella.

Apretó los dientes para guardar todo en su interior y encerrar a la bestia de la soledad que quería escapar. Ella no merecía que la atacara, y si seguía explotando de ese modo, ninguna de sus amigas la querría tener cerca. No tendrían ningún motivo para estar con ella ni para quererla si apenas llegaba a corresponderlas.

—En realidad, no hubo mucho drama —respondió al final. Hablar ayudaba, al menos con Penelope. No tenía que mantenerla cerca y, por lo tanto, podía ser honesta. Sin expectativas no había decepciones ni responsabilidades—. Es solo que se nos está haciendo difícil adaptarnos a la ausencia de Ari.

—Apenas pasaron dos meses.

—Y se siente como toda una vida —confesó—. Además, Ella y Rory quieren encontrar algo, una explicación, algo que le dé sentido. Pero Ari murió y nosotras le fallamos.

—No fue culpa de ustedes —afirmó Penelope y extendió la mano para tocarle el hombro con amabilidad. Yuki sintió el consuelo del contacto y tomó una bocanada de aire. Los dedos de la chica eran ligeros y reafirmantes, no se había dado cuenta de lo mucho que necesitaba esa conexión, como una peregrina deshidratada en medio del desierto.

—Sí fue mi culpa. Tuvimos una pelea el día que regresó —admitió por fin. Los ojos de Penelope se ampliaron por la sorpresa—. Habíamos discutido antes porque había muchas cosas en las que no coincidíamos. Empeoró cuando Edric rompió con ella porque le dije que no entendía por qué estaba tan alterada. Me respondió que nunca podría entenderla porque ni siquiera sabía lo que era el amor.

—Lo siento. —La chica le presionó el hombro con compasión—. Se suponía que actuara como una amiga.

—Sí, pero no fue así.

Yuki respiró hondo, sus hombros se hundieron y se relajó con el contacto de Penelope, que la mantenía en su lugar, como si fuera lo único que la mantenía unida al resto del mundo. Sabía que no tenía que revelar el resto de la historia. Se habían culpado una a la otra por todo, Ari se había enfadado cada vez más y luego Yuki había dado la puñalada final con sus últimas palabras al calor de la discusión.

Si tanto quieres que todos sufran por ti, quizás sea más fácil si te quitaras la vida.

En pocas palabras, le había dicho a Ari que estaría mejor muerta que siendo desdichada, y precisamente eso había hecho.

Y todas estaban sufriendo por su amiga.

Yuki estaba invadida por la culpa. Era como si hubiera asesinado a Ariane. Su amiga estaba muerta y era su culpa.

—Ella intenta conectar los puntos —comentó en lugar de admitir la culpa porque no tenía la fuerza suficiente para admitir sus propios errores—. Cree que las otras muertes que hubo en la escuela están relacionadas.

—¿Otras muertes? —Penelope la miró desconcertada.

—La de Flannery el año pasado. Y otras anteriores.

—No suena a que vayan a darle un cierre de esa manera. Eso es lo que necesitan.

—¿Un cierre?

—Sí. Como un ritual o algo así. Algo que deben hacer todas para dejar atrás los malos recuerdos y poder seguir adelante.

—¿Cómo qué? —Yuki rio para tomarlo a la ligera.

—Mi familia tenía una costumbre cuando alguien fallecía. Todos se reunían en círculo y decían las cosas que les hubiera gustado decir cuando la persona seguía con vida. —Hizo una pausa—. Sonará extraño, pero ayudaba. Quizás a ustedes también les sirva.

—Pensé que ya no hablabas con tu familia.

—No lo hago. —Algo brilló en los ojos de Penelope.

—Sigues enfadada con ellos. —Yuki la miró a los ojos.

—Por supuesto. Tú también.

—No, no lo estoy.

La chica se echó a reír y su risa hizo eco por las escaleras y por el corredor.

—Puedes estar enojada y sentirte herida. Puedes sentir todas esas cosas.

—Soy mejor que eso.

—¿Crees que eres mejor que yo? —De pronto, el agarre sobre el hombro de Yuki se hizo más fuerte, tanto que debía estar dejándole marcas en la piel. Pero el dolor se sentía bien—. Estás engañándote a ti misma. Nadie es mejor por no enfadarse o por no lastimar a los demás. Es lo que necesitas hacer para seguir adelante. Haces lo que sea necesario para sobrevivir. —A Yuki le tembló el labio inferior. No le gustaba que estuviera tan cerca ni lo extraño que era escuchar las palabras que había pensado tantas veces, pero que había ignorado como a una llamada no deseada—. Si quieres seguir adelante, debes decir las cosas que te detienen. Es la única forma de dejar el pasado atrás —continuó—. Si no lo haces, seguirá acechándote. No querrás que tu relación con las demás se arruine porque ninguna de ustedes puede dejarlo ir. Ya no pueden ayudar a Ariane. Se ha ido y es hora de que lo acepten.

Las palabras de Penelope se volvieron amables al final y despertaron algo dentro de Yuki. Quizás esa fuera la única forma de que olvidaran eso de una vez y para siempre. De que olvidaran el libro, las historias, el misterio. De que se despidieran.

De una vez por todas.

33

NANI

Había una razón por la que Nani no confiaba en los demás y era porque peleaban demasiado.

La explosión de Yuki en la biblioteca no había ayudado en nada, sino que las había hecho retroceder. Nani ya no podía beneficiarse del conocimiento de las demás porque la lista solo había arrojado nombres de chicas muertas. Podría haber dejado de lado la idea de descubrir lo que le había sucedido a Ariane, pero todavía tenía preguntas sobre Grimrose y pensaba encontrar respuestas.

Entonces, el sábado siguiente llamó a la puerta de Svenja. La chica abrió después de un momento, bostezando y con expresión confundida.

—¿Por qué tienes puesto el uniforme? Es sábado.

—Es el único abrigo que tengo —respondió Nani. No había ido preparada para el invierno en absoluto, pero era una preocupación para el futuro—. ¿Estabas durmiendo? Son las cuatro de la tarde.

—¿Quién eres, mi madre? —replicó al tiempo que la invitaba a pasar, pero Nani dudó en el umbral—. Ya pasa —insistió la chica y la empujó hacia adentro. Su dormitorio era abrumador. No solo por el hecho de que había una pila de ropa sobre una de las sillas, por los libros y papeles desparramados de forma descuidada sobre el escritorio ni por las botas y zapatos tirados por todas partes, sino por las fotografías. Había imágenes pegadas por las paredes, fotografías de conciertos, de fiestas y de Svenja cuando era más chica. Solo que no se le veía el rostro en ninguna de ellas porque en todas lo tenía tachado con un marcador o rayado con... algo.

A donde mirara se encontraba con Svenjas decapitadas.

La chica la descubrió mirándolas, así que apartó la vista, culpable de estar buscando rastros de cómo era antes.

—¿Tienes un dormitorio todo para ti?

—Así es. ¡Grimrose reconoce los derechos trans! ¡Sí! —vitoreó Svenja, y Nani alzó una ceja—. Es más fácil no tener que lidiar con padres molestos —explicó—. La letanía habitual. Pero no me quejo, odiaría tener que compartir el baño.

Había una cortina alrededor de la cama y una colección de discos de vinilo de música clásica. También había una fotografía de Svenja con su vestido de ballet parada frente a una fuente en medio de una plaza.

—¿En dónde tomaron esta fotografía? —preguntó Nani.

—En mi hogar, en Budapest —contestó la chica, mirando la imagen sobre su hombro—. Fue mi primera presentación. —Debía tener alrededor de trece años en la imagen, con un rostro aún infantil y el cabello tan aplastado hacia atrás que resaltaba sus mejillas redondeadas–. ¿A qué debo tu visita? –preguntó, apoyada contra el escritorio.

Nani giró hacia ella, intentando reprimir la parte de sí misma que insistía en sentirse extraña con la situación. Svenja era una chica más de la escuela y no tenía por qué sentirse culpable al hablarle. Excepto porque tenía un interés al hacerlo; quería averiguar lo que Svenja sabía.

–¿Acaso no puedo visitarte?

–Ya conozco tu juego, Nani, no quieras engañarme.

–Soy curiosa por naturaleza.

–Te quedas corta –bufó la chica.

–Creí que tú también sentías curiosidad por todo esto. –Nani decidió dejar de jugar. Una sombra oscura atravesó el rostro de Svenja, como una nube que cubría el sol.

–Creo que tengo suficientes preocupaciones sin tener que pensar en una pobre chica que se quitó la vida.

–¿Crees que fue así?

–Sí –afirmó–. Somos adolescentes ricos en una escuela pupila. Todos somos desdichados.

–Yo no –negó Nani, y la otra se limitó a apretar los labios.

–No tiene sentido que preguntes, nadie te dirá nada que no sepas. Tampoco es que les interese. Todos siguen adelante.

Por lo que había visto hasta entonces, eso era verdad. Era como si la mayoría de los estudiantes ya se hubieran olvidado de Ari.

–En realidad, vine a preguntarte otra cosa. ¿Qué sabes sobre los pasadizos secretos de Grimrose?

–¿Por qué? –Una sonrisa traviesa encendió el rostro de Svenja y luego le tomó la mano–. ¿Buscas un buen lugar para besarte con alguien?

—¿Qué? —Nani dio un salto de pronto y apartó la mano lo más rápido posible—. ¡No!

—Ah —expresó la chica, casi pudo oír la decepción en su voz—. Estás en una escuela pupila, Nani, tendrás que aprender a divertirte.

—Para eso leo libros.

—Creo que tenemos ideas muy distintas de diversión. —Svenja no parecía muy impresionada. A continuación, Nani se le acercó mirándola a los ojos.

—Entonces tal vez puedas enseñarme.

—¡Mierda! —La chica derribó la silla que tenía detrás, que hizo mucho ruido al caer.

—No sabía que los pasadizos te pusieran tan nerviosa —dijo Nani por lo bajo, sonriente por haber sacado ventaja en el intercambio.

—Cierra la boca. *Sabes* cómo sonó eso.

Nani rio y el momento de liviandad le pareció irreal, algo de lo que solo había leído en libros; era como imaginaba que sería la amistad, conversaciones fluidas, bromas, risas, dos personas que podían contarse todo. Solo que ella no podía contarle todo.

—Te mostraré un lugar que conozco —continuó Svenja—. Pero tendremos que comportarnos como damas, ¿entendido?

—Sí, señora.

—Odio tu acento.

—¿Por qué? —Nani se quedó perpleja porque no sabía que tuviera acento. Pero lo tenía; todos los estudiantes de Grimrose eran de diferentes países y lugares, así que todos hablaban con tonadas diferentes.

—Porque es adorable. Vamos.

Svenja salió, y Nani la siguió. El viento había tenido un cambio inesperado esa tarde, anticipo de lo que llegaría después, sin dudas; era la primera aparición del invierno que esperaba detrás de las montañas. Su compañera la guio hasta el patio central, en el que había una rosa de los vientos pintada en la piedra, y se paró justo en el centro, de espaldas al reloj gigante en el muro de Grimrose, cuyo tictac estaba siempre presente como ruido de fondo en sus clases.

—Este es todo el secreto. Primero, tienes que saber dónde pararte —explicó y le hizo señas para que se acercara. Sus hombros se rozaron y Nani bajó la vista hacia el dibujo que debía tener doscientos años de antigüedad. Hacia el norte estaban las montañas, hacia el sureste, Constanz.

—¿Y luego qué?

—Luego tienes que aprender a contar. Vamos.

Nani la siguió mientras la chica balbuceaba. Dieron un paso tras otro, volvieron a entrar al castillo, subieron una escalera cerca de la cocina y giraron a la derecha en dirección al gimnasio y la piscina cubierta. Antes de que llegaran allí, Svenja volvió a girar hacia un corredor extenso de salones de clases y llegaron a otra escalera casi corriendo. Recorrieron otro pasillo, pero Nani tropezó y se detuvo para recuperar el aliento.

—¿Estamos cerca?

—¿De verdad te creíste lo de contar y seguir direcciones? —Svenja la miró y no pudo contener la risa.

—Me hiciste correr hasta aquí por nada? —Nani frunció el ceño.

—El cardio es bueno para la salud.

—Te mataré. —Seguía jadeando, pero tenía ganas de reírse también.

—En realidad, ya casi llegamos. —Svenja siguió avanzando con pasos controlados y, en el espacio entre dos guardias de piedra con armadura que vigilaban como centinelas vitalicios, empujó una roca de la pared. Nani oyó que algo encajaba y, luego, se abrió una puerta en la pared opuesta, oculta casi en su totalidad por un tapiz. Fue como ver un pase mágico; un toque y el muro se abrió para revelar sus secretos. La otra chica apartó el tapiz y señaló la oscuridad del otro lado.

—Vaya —expresó Nani, hipnotizada por el trabajo en la piedra y la forma en la que se había abierto la puerta para revelar una abertura entre ellas. Era un mundo dentro de otro mundo. Se preguntó cuántos lugares secretos como ese se esconderían en las profundidades del castillo. Tomó aire mientras acariciaba la piedra.

—Adelante —instó Svenja—. Este pasadizo es bastante simple. Hay escaleras al final, pero es casi todo en línea recta. —Sacó su teléfono móvil para iluminar el camino—. Antes era mucho más difícil, tenían que traer velas. —Nani se adentró en el pasadizo con cuidado. Estaba sorprendentemente limpio. Había algunas telas de araña en el techo, pero, más allá de eso, la piedra estaba limpia y el aire se sentía fresco. Svenja se adelantó con la linterna, así que ella fue detrás—. ¿Qué te parece? —le preguntó mirando hacia atrás.

—Por fin logras impresionarme.

—¿Por fin? ¿Qué quieres decir con eso? ¿Mi increíble apariencia y mi castillo no fueron suficientes?

—El castillo no es tuyo.

—Claro que sí. Vivo en él —afirmó. Nani se rio otra vez mientras negaba con la cabeza y se preguntaba cuántos túneles habría escondidos detrás de los muros del castillo—. La mayoría de estas paredes fueron construidas por los sirvientes. En el pasado tenían que moverse por el castillo como si fueran invisibles para que los nobles no los vieran. Ahora los estudiantes los usamos cuando no queremos que nadie nos vea besando a chicos feos a cielo abierto.

—¿Besaste a muchos?

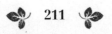

—A una cantidad lamentable. Los chicos mejoran en la oscuridad.

—¿Y las chicas? —preguntó Nani. El corazón se le detuvo por una fracción de segundo porque no quería darles rienda suelta a sus fantasías.

—Dejaré que descubras eso por ti misma. —Svenja le ofreció una sonrisa cómplice y alzó una ceja, con lo que Nani se alegró de que estuvieran a oscuras porque debía estar muy sonrojada.

—¿Hasta dónde llega este camino? —inquirió para cambiar de tema.

—A los dormitorios de los profesores.

—Debes estar bromeando.

—Es el único que mantenemos en secreto de verdad. Creo que la señora Blumstein está intentando rastrearlo, por eso no lo usamos mucho. La puerta solía estar asegurada.

—¿Y qué pasó?

—Micaeli violó la cerradura. Solía meterse en las casas de personas ricas, al estilo de *Adoro la fama*. Comía su comida, se probaba sus zapatos y dormía en sus camas cuando no estaban. Comparada con otras, la cerradura de aquí era muy sencilla —explicó la chica. Nani no podía ni imaginarse cómo era esa experiencia tan distante de su realidad—. Se acercaba un examen de biología muy difícil, así que se metió por el pasadizo para espiar las respuestas y contárnoslas a todos. —Nani negó con la cabeza, no podía creer cómo era la vida en un mundo tan diferente—. Ya casi llegamos, nos queda una esquina más. —En cuanto dieron la vuelta, un olor nauseabundo las golpeó de frente—. Dios, ese olor —bufó Svenja—. Debe haber un nido de mapaches.

Nani también lo sintió, un hedor metálico que le invadió el olfato.

—¿Qué es eso? —exclamó al tiempo que se tapaba la nariz con la manga del uniforme. Por primera vez se alegró de estar usando esa cosa.

Su compañera frunció el ceño y levantó el teléfono para ver mejor. Lo primero que percibieron fue una figura en los últimos escalones de piedra, con las extremidades despatarradas como las de un maniquí y un charco de líquido negro debajo. Les tomó un momento darse cuenta de que era una persona y de que el líquido, origen del olor acre, era sangre.

Lo último que Nani distinguió fue el rostro de Micaeli, su cabeza estallada, la sangre que fluía despacio por las escaleras, un tazón de avena dado vuelta junto a ella y parte de su masa encefálica mezclada con la pasta amarillenta.

Entonces, soltó un alarido.

34

ELLA

Las noticias sobre la muerte de Micaeli se esparcieron como un incendio forestal a través de la escuela. La policía suiza inundó el castillo y selló la entrada del pasadizo secreto, que había quedado expuesto a la vista de todo el mundo. Ella observó cómo acordonaban secciones de la escuela, montaban guardia en la entrada y entraban y salían en medio de la investigación.

Estaba casi segura de cuál iba a ser la conclusión.

Micaeli debía haber tropezado al bajar la escalera y haberse golpeado la cabeza. Otro accidente.

Pero sabía que esa no era la verdad. Había visto los registros de la escuela, que se remontaban muchos años y chicas atrás. Micaeli no estaba en la lista, pero quizás se debía a que Ari no había llegado tan lejos con las conexiones entre las estudiantes de la actualidad y los cuentos. Ari no había sido la primera y tampoco iba a ser la última. No hasta que aprendieran cómo detener todo eso, fuera lo que fuera. Y la única forma de que eso pasara era que hicieran el ritual, que creyeran en lo que Ari intentaba contarles.

Esa mañana logró llegar a la escuela más temprano, así que fue a llamar a la puerta de sus amigas. Rory fue quien abrió, con el cabello cobrizo enmarañado y los ojos azules brillantes como si no hubiera dormido.

–¿Dónde está Nani? –preguntó al entrar.

–Sigue en la enfermería –respondió su amiga en medio de un bostezo–. Creí que hoy ya estaría bien para volver, pero están controlándola de cerca.

–No debió ser fácil –afirmó al tiempo que el corazón se le estrujaba de solo pensar que Nani había encontrado el cuerpo en ese estado.

–No –coincidió Rory–. Svenja dijo que ni siquiera parecía humana. Solo unas extremidades con media cabeza reventada.

–Suena horrible. Espero que haya sido rápido.

–Es todo lo que podemos esperar.

Sabía que estaban pensando lo mismo. La muerte de Ari no había sido rápida. Se había ahogado, se le habían llenado los pulmones de líquido y debieron haber pasado varios minutos hasta que sucumbió ante el peso del agua. Había soñado con eso algunas veces, pero en sus sueños era ella la que estaba atrapada en el lago, quien agitaba los brazos, pero no podía salir a la superficie a ver la luz.

–Es aterrador –balbuceó y comenzó a levantar ropa del suelo y a apilarla en el cesto de ropa sucia.

–Sabes que no es necesario que hagas eso –comentó Rory.

–Sí, pero odio ver que vivas en un chiquero. ¿Y todas estas

botellas de agua vacías? Con ellas matas al menos a diez tortugas al año.

—Que mueran esas arpías viejas y arrugadas.

Mientras Ella la fulminaba con la mirada, Yuki salió de la ducha. La tensión fue inmediata, pero Yuki lucía cansada. Se sentó en la cama con un suspiro, envuelta en la toalla, y la miró. Ella no sabía por dónde empezar.

—No puede ser una coincidencia —fue lo único que logró decir.

—¿Cómo estás tan segura? —replicó Yuki, pero sonó desanimada, como si estuviera demasiado cansada para discutir.

Tomó el libro que estaba sobre el escritorio de Nani y se sentó en la cama junto a ella, dejando un espacio entre las dos, como su amiga lo prefería. Al principio había sido muy cariñosa, la abrazaba o le tomaba la mano, pero Yuki siempre daba un salto como si estuviera asustada, así que había dejado de hacerlo. Había entrenado a sus manos para que se quedaran quietas, forzándolas a no ir a su encuentro. Había notado que Reyna se comportaba de la misma manera, nunca tocaba a su hijastra en realidad.

—Aquí —anunció al abrir el libro en la historia correcta—. Ricitos de oro muere al caer por una ventana mientras intentaba escapar. Su cabeza estalla contra el suelo.

—Debe ser una broma perversa. —Rory palideció mientras observaba el libro sobre los hombros de las dos.

—Somos las únicas que lo sabemos, además de Ariane. Nosotras y quienquiera que esté detrás del libro desde un principio.

—Es un mensaje —afirmó Yuki, y las demás la miraron en silencio—. Para ver si sabemos algo —agregó por lo bajo—. Para ver si lo descubrimos. No tiene por qué ser magia. Quien esté haciendo esto quiere asustarnos.

—Entonces démosle el libro. No lo quiero si tenerlo hará que esto siga adelante —dijo Rory.

—Puede que no se detenga aunque lo entreguemos —respondió Ella—. Quizás siga así y nunca sabremos cómo detenerlo a menos que descubramos quién está detrás de todo esto. Esto lleva mucho tiempo y tal vez Ari estaba cerca de descubrir la verdad. —Rory cerró el libro y se lo regresó—. Saben lo que tenemos que hacer —agregó Ella en voz baja y tono amable.

—Ella, nosotras…

—Quizás tenga razón —interrumpió Yuki, tomándolas por sorpresa—. Creo que lo necesitamos. Aunque no nos lleve a nada, creo que sería bueno que nos despidamos.

—¿Cómo se supone que hagamos eso? —replicó Rory con el ceño fruncido.

—Durante la luna llena. Podemos ir a la torre del aviario abandonado. Ya nadie va allí.

—Pero no tiene techo —señaló Rory.

—¿Y? Estaremos seguras, nadie irá a buscarnos.

—¿Y tú podrás evitar tu horario límite? —insistió la chica.

—Sí —respondió Ella. No quería pensar en las consecuencias, ese sería un problema para después y solo si la descubrían. Tenía que confiar en que funcionaría—. El próximo viernes es Halloween y todos estarán ocupados en la fiesta de Alethea. No nos verán.

—¿Qué necesitamos?

—Puedo ocuparme de todo. Solo tenemos que ser cuatro personas. Nosotras tres y podemos decirle a…

—A Penelope —intervino Yuki.

—¿Qué? —Ella se detuvo a mitad de la oración y la miró extrañada.

—Tiene sentido, era amiga de Ari.

—Durante los últimos meses —añadió Rory—. Y el otro día fue bastante grosera con nosotras. Además, tampoco sabe sobre el libro.

—Podría hablar con ella. También la está pasando mal.

Rory se cruzó de brazos. Ella no pudo enumerar ninguna razón por la que no pudiera ser Penelope más que la sensación de que era la persona equivocada.

—¿Y Nani? No estaba aquí cuando Ari murió, eso podría ser bueno —propuso con cuidado.

—¿Qué dices? —Los ojos de Yuki echaron chispas—. ¿Crees que Penelope tuvo algo que ver con esto? Tú querías que hablara con ella y averiguara si sabía algo. No sabe nada. Y perdió a una amiga igual que tú. También merece despedirse.

—¡Eso no fue lo que dije! —exclamó—. Pero Nani ya sabe sobre el libro y nos está ayudando. Es una persona neutral.

—Ah, así que el ritual inventado ahora tiene que ser neutral —replicó su amiga con sarcasmo—. Tú tienes a tu candidata, yo a la mía. Penelope puede ayudarnos. Quiere hacerlo.

—Es que no creo que… —Ella apretó los labios.

—¿Es porque estoy pasando tiempo con ella? Rory tiene a Pippa.

—Yo no *tengo* a Pippa —negó Rory en voz alta—. Solo practico con ella. Es mi rival.

—Y tú estás con Frederick todo el tiempo —agregó Yuki, ignorando la queja.

—No se trata de eso. —Ella sintió que sus mejillas se sonrojaban.

—Penelope no te agrada —afirmó Yuki.

—Por supuesto que me agrada —protestó—. Me agrada todo el mundo.

—Pero no ella.

La chica soltó un suspiro porque no quería admitir que, en

cierta medida, la chica no le agradaba. No creía que de verdad estuviera sufriendo igual que ellas. Parecía haber seguido con su vida sin problemas.

—Lo único que quiero decir es que Nani ya está al tanto de todo —continuó mientras intentaba ignorar los celos crecientes—. Nani ha leído el libro. Debemos darle una oportunidad.

—Te das cuenta de que solo nos ayuda porque tiene su propio misterio por resolver, ¿verdad? —señaló Rory, todavía de brazos cruzados.

—Es posible. —Ella se mordió el interior de la mejilla para controlar la ansiedad—. Pero si confiamos en ella, quizás nos diga la verdad. Tal vez podamos ayudarla tanto como ella a nosotras.

El ceño de Yuki se frunció aún más. Al verla, sintió que podía volver a estallar en cualquier momento. Sin embargo, el gesto desapareció en un parpadeo, reemplazado por el mismo control de siempre, por lo que Ella se preguntó si se lo había imaginado.

—Bien, como quieras. Lo haremos a tu manera —concedió al final.

35

YUKI

Se encontraron afuera de la torre del aviario, con un viento intenso que atravesaba los árboles y las montañas. Yuki no tenía frío, pero disfrutaba del aire helado del otoño que anticipaba la nieve que se acercaba. Rory iba detrás de ella con Nani, que iba envuelta en un abrigo de invierno que le habían prestado, castañeteando los dientes con fuerza.

Durante esa noche de Halloween, Grimrose había estado muy animada, y todos los estudiantes iban riéndose con alegría mientras se preparaban para la infame fiesta de Alethea, de la que los profesores fingían no estar enterados. Yuki siempre estaba invitada, pero nunca asistía. El año anterior Rory había vuelto a casa ebria, cargando a una Ariane risueña en brazos como si fuera una novia. Ambas se habían desplomado en un montículo de risas intensas en cuanto habían atravesado la puerta.

Esa noche, mientras Yuki, Rory y Nani esperaban a Ella en la puerta de la torre abandonada, ese recuerdo parecía lejano, casi tanto como el apogeo del aviario. Esa torre había quedado abandonada hacía mucho tiempo y estaba prohibida para los estudiantes desde hace años.

Yuki se metió las manos en los bolsillos del abrigo y levantó la vista justo a tiempo para ver a Ella acercándose por el camino, una figura solitaria delineada por la luz de la luna. El reloj de Grimrose resonó al otro lado del jardín, un recordatorio del paso del tiempo.

—Andando —anunció Rory como si guiara al equipo de esgrima a un enfrentamiento en lugar de dirigirse a una estúpida sesión de espiritismo.

—Está cerrada con llave —dijo Ella, mirándolas sorprendida tras intentar abrir la puerta.

—Hazte a un lado. Mientras tú estabas ocupada siendo heterosexual, yo estudiaba el arte de la espada —exclamó Rory. A continuación, sacó una de sus espadas de entrenamiento más pequeña de la mochila y la blandió contra la cerradura hasta destruir la mitad de la puerta—. Adelante.

—Ninguna de nosotras es heterosexual —la contradijo Ella, a lo que Rory giró para mirar a Nani con una ceja en alto.

—No me miren a mí —bufó la chica.

—Gracias por destruir la puerta —agregó Yuki.

—Por amor de Dios, ya estaba destruida.

Ella fue la primera en entrar, seguida de cerca por Yuki. La puerta daba paso a una escalera en espiral, que todas comenzaron a subir en silencio una tras otra. Al final de la escalera, la torre se abría hacia una habitación vieja con la mitad del techo podrida y derrumbada hacia las montañas y los escombros iluminados por la luz de la luna. Ella jadeó apenas entró, deslizó un dedo sobre uno de los estantes abandonados y arrugó el rostro con disgusto al verlo negro por el polvo. Parecía horrorizada.

—¿Y ahora qué hacemos? ¿Cantamos en latín? —Rory se paró en medio de la habitación y miró alrededor. Por su parte, Nani soltó un suspiro.

—Esperen un minuto, tengo que hacer los preparativos —dijo Ella, mirando alrededor desde el centro de la habitación.

A través del techo podrido y una de las paredes desmoronadas se podía ver el lago y las torres de Grimrose. Mientras sacaba cosas de su bolso, comenzó a murmurar. Sacó cuatro cuencos pequeños, cuatro velas y cuatro cristales. Dispuso los cuencos en forma de círculo con precisión para que estuvieran a la misma distancia unos de otros. Dentro de cada uno de ellos colocó una vela y un cristal. Y, a continuación, todo comenzó a volverse más extraño. En uno colocó rocas y tierra. En otro vertió agua de una botella. En el tercero algo que parecía alcohol, que encendió con una vela de modo que el cuenco ardió en llamas con el cristal dentro. En el último puso una pluma.

Luego chasqueó los dedos, señaló a Rory y le indicó que se sentara frente al cuenco de la pluma, y a Nani que se ubicara frente al de la tierra. Ella ocupó el lugar frente al que tenía agua, a Yuki le quedó el cuenco de fuego.

—Enciendan sus velas —les ordenó, y cada una de ellas se extendió para acercar la vela que tenía delante a la llama. Yuki se sentía como una tonta. Respetaba a las personas que hacían cosas como esa, conectarse con su naturaleza interior y demás, pero nunca había creído en nada, en especial si tenía que ver con una anciana que entregaba velas y cristales y decía que creyeran en su fuerza interior–. Trajiste el libro, ¿no? –le preguntó Ella.

Yuki asintió y lo sacó de su bolso para colocarlo en medio del círculo. Sus rodillas estaban en contacto con las de Rory y las de Nani, y Ella estaba frente a ella. El cabello rubio le caía lacio hasta los hombros, y la luz de las llamas le iluminaba las pecas y los ojos castaños claros.

–De acuerdo. –La chica tomó aire, insegura de sí misma–. Tomémonos de las manos.

Yuki dudó un momento antes de extender su palma pálida para tomar las manos de Rory y de Nani. No sucedió nada.

–¿Debemos decir algo? ¿Cerrar los ojos? Así funciona, ¿no? –preguntó Rory.

–No lo sé.

–Tienen que hablar desde el corazón –dijo Nani al final–. Eso era lo que Tūtū siempre decía cuando hacíamos ofrendas. Decía que ofreciéramos nuestro amor.

Ella suspiró y tomó aire. Yuki se quedó callada, parte de ella no quería participar en eso y se rehusaba a reconocer lo que estaba pasando.

–Bien. –Ella volvió a tomar la palabra tras otra inhalación profunda–. Como el invierno muere y da paso a la primavera, como el calor del verano se hace más suave hasta que el otoño lo reemplaza, como el mundo da un giro y después otro, estamos aquí con nuestros corazones abiertos y nos gustaría… eh, hablar con Ariane. –Cuando miró a Yuki, sus ojos se encontraron a través del fuego y casi parecía estar conteniendo la risa. Yuki apretó los labios porque no quería ser la primera en quebrarse.

—Sí —siguió Rory con vehemencia—. Ari, háblanos. ¿Qué demonios pasa con el libro?

—Así no es como se les habla a los muertos. —Nani abrió los ojos y la fulminó con la mirada.

—Hazlo tú, entonces.

—Ari no era mi amiga, no me escuchará.

—Chicas —advirtió Ella, por lo que Yuki suspiró y bajó la vista hacia las llamas, que seguían ardiendo con el cristal rojo intacto en el interior. Eran anaranjadas y brillantes, y la chica sentía el calor creciente.

—Tendríamos que haber traído una tabla o algo así. Así es como lo hacen en las películas —sugirió Rory.

—Así es como empiezan las *muertes* en las películas —remarcó Nani.

—Ari no nos matará. O eso creo.

Yuki sintió presión en las manos de las dos chicas, que apretaban con fuerza y sudaban a pesar de que hacía frío.

—Solo necesitamos respuestas. Necesito saber algo sobre el libro —continuó Ella mirando el volumen.

De pronto, una brisa arremolinada sopló dentro de la torre y abrió el libro sobre el suelo. Los ojos de Rory se desorbitaron. *Solo fue el viento*, quiso decirle Yuki. Las páginas se sacudieron cada vez más rápido con la brisa, en dirección al principio, hasta que se detuvieron de forma abrupta. Las cuatro chicas se inclinaron hacia adelante para mirar el libro. Estaba abierto en la primera historia: "Cenicienta".

Al final, Yuki sintió que el aire frío le erizó la piel, al tiempo que el cielo despejado y la luz suave de la luna eran arrasados por las nubes que se avecinaban desde las montañas como un mal presagio. Levantó la vista justo cuando un rayo resonó por el horizonte y sacudió la torre hasta los cimientos. Ella levantó la vista para mirarla y, del otro lado, los dedos de Nani le apretaron la mano.

—Necesitamos respuestas —continuó Ella en voz baja, pero poderosa como para que resonara por todo el lugar, por las escaleras y entre los muros de piedra—. Dinos por qué alguien quiere el libro. Qué significan las muertes.

Surgió otro estallido de truenos, seguido por rayos que atravesaron el cielo, y los rostros de las chicas se tiñeron de azul a medida que la oscuridad ahogaba la luz de la luna. El viento volvió a soplar a través del muro abierto y Yuki sintió una descarga de energía repentina antes de que las páginas del libro se movieran otra vez para abrirse en otro cuento.

—Esto no está funcionando —apuntó en voz alta.

—Tenemos que encontrar las palabras correctas —insistió Ella mirándola desde el otro extremo del círculo. Rory las miró a ambas, como si quisiera descubrir algo, pero fue Nani quien habló a continuación.

—Esto es mejor que nada. Tú no viste a Micaeli, Yuki. No la *viste*. —Se le quebró la voz al final, se detuvo y tragó saliva, pero nadie pudo interrumpirla—. No fue un accidente. Nunca había visto algo así. —La mano que sostenía la de Yuki estaba temblando, pero no flaqueó. Nani no se acobardaba ante nada, así que continuó—: Puede que no se trate del libro, pero alguien murió y no fue la primera. Quizás sabía algo y por eso su historia terminó. No estoy interesada en que se ponga mal para *mí*, y creo que ustedes tampoco.

—Se dan cuenta de lo que están sugiriendo, ¿no? —preguntó Yuki tras humedecerse los labios—. La magia no es real.

—Viví casi toda mi vida en una casa pequeña con mi abuela. Nada más allá de eso era real, pero ahora estoy aquí y esta es la nueva realidad.

Ella la miró con expresión suplicante y los labios en una línea delgada, pero Yuki se negaba a ceder y a creer, a pesar de que estaba sucediendo algo en el mundo exterior; el cielo se estaba abriendo y se percibía algo salvaje y desconocido en el aire. También había algo creciendo dentro de ella, algo que quería escapar de su prisión. Rory le apretó la mano de forma insegura y alentadora a la vez.

Se levantó viento una vez más, las páginas cambiaron de historia para detenerse en "Blancanieves". Ella entornó los ojos.

—Érase una vez, una reina… —comenzó a relatar.

—¿Qué haces? —exclamó Yuki al tiempo que la electricidad del aire las rodeaba mientras luchaba consigo misma.

—Improviso. Quizás nos diga algo —explicó su amiga.

La chica entró en pánico y el corazón comenzó a galopar dentro de su pecho, pero Ella volvió a empezar. Su voz, firme e inquebrantable, ahogaba el ruido de la tormenta que se gestaba afuera; en poco tiempo, Rory y Nani se unieron al relato, con las cabezas inclinadas para leer las palabras, hasta que las voces se unieron en una canción poderosa a medida que el libro las atraía. Mientras tanto, Yuki solo podía pensar en que sabía que era una maldición, tenía que serlo, y no iba a escapar de ella.

Las voces ascendieron, pero mantuvo los labios sellados porque no quería ceder ante esa locura, a lo que fuera que creían estar haciendo, porque, para ellas, no había nada más allá de ese mundo. No había fantasmas, magia, salvación, nada más que las vidas que tenían por delante. Yuki no podía aceptar cómo continuaba la historia, cómo Blancanieves huía, mordía la manzana y caía en un sueño eterno.

Ella terminó de leer la historia justo cuando se desató una lluvia torrencial y las comenzó a empapar. Las velas seguían centelleando de milagro. Luego, de un momento a otro, el mundo entero se silenció.

Las chicas se miraron unas a otras a la espera de una respuesta, de que algo hubiera cambiado. Esperaban descubrir si había magia en el aire después de todo, si sus suposiciones habían sido correctas, si estaban en el camino correcto.

No sucedió nada.

—Esto es una estupidez —soltó Yuki. Antes de que pudiera pensarlo dos veces, dejó ir las manos de sus acompañantes, tomó el libro y lo arrojó al fuego, que seguía llameando a pesar de la lluvia. Estalló un trueno en el cielo, seguido de un rayo. Las llamas acariciaron el libro, sobre el que colocó las manos para sentir el calor y esperar a que ardiera. Solo que no lo hizo. En cambio, las llamas fueron por ella, se le enterraron debajo de sus uñas, le recorrieron la sangre y la quemaron por dentro, afilaron cada una de sus esquinas y la hicieron consciente de cada una de las células de su cuerpo a medida que le recorrían los brazos y piernas y se adentraban más con cada parpadeo.

A medida que se apoderaban de su coraza y la rompían para acceder a lo que había enterrado en su interior.

—¡Yuki! —gritó Ella, luego rompió lo que quedaba del círculo y corrió hacia ella con su cuenco para rociar el fuego con el agua. Yuki apenas pudo ver a las otras acercándose y gritando incoherencias.

Soltó el libro, que cayó al suelo inmune a las llamas, pero su cuerpo seguía quemándose por dentro. Rugieron truenos en el cielo y, de repente, ya no sentía el fuego, sino que era hielo, frío y abrasador de un modo diferente por completo. Ascendió por sus venas, le congeló los brazos, las manos, los dedos, hasta que se quedó dura, sólida como una estatua y, al final, le alcanzó el corazón y los pulmones para endurecerlos también.

Yuki dejó de respirar y, con Ella por encima, perdió el conocimiento.

36

RORY

Rory cargó a Yuki de regreso al dormitorio. Por suerte su amiga era muy liviana. Ella pensó en quedarse por la preocupación, pero, al final, Rory la había enviado a casa, asegurándole que su amiga iba a despertar. No se había quemado las manos al tocar el fuego, y el libro tampoco había ardido. No había ni una sola marca en ninguno.

Cuando logró escabullirse dentro del castillo con Nani, Rory dejó a Yuki en la cama con la cabeza sobre la almohada y le revisó la temperatura. Estaba fría como el hielo, pero así era ella. Sintió que los músculos de su espalda protestaban, que le dolían los brazos y que le pesaban tanto que quería arrancárselos. Ya estaba acostumbrada a eso, así que solo se frotó las sienes, preguntándose cuándo se había vuelto normal vivir adolorida y no poder imaginar cómo era no sentir dolor.

Se deslizó de la cama de Yuki, apoyó las manos en las rodillas y la cabeza en el bastidor de la cama.

—Está intacto —declaró Nani mientras examinaba el libro—. Es como si el fuego no lo hubiera tocado.

Afuera los truenos habían terminado y la lluvia se había detenido con la misma velocidad.

—¿Eso significa que fracasamos con el ritual? ¿O que tuvimos éxito? ¿En qué situación estamos?

Nani suspiró mientras se deslizaba hasta el suelo frente a Rory. Notaba que la chica guardaba distancia; ya era parte de su grupo, pero se mantenía al margen.

—No lo sé. Fue extraño, ¿no? No fue… normal.

—Define "normal".

—No se desata una tormenta solo por encender unas velas —respondió con voz tranquila. Luego abrió el libro otra vez y pasó algunas páginas—. ¿Tienes un fósforo?

—¿Lo intentarás otra vez?

Cuando asintió, Rory suspiró antes de buscar un encendedor que había recibido como obsequio hacía algunos años. Tenía unas iniciales grabadas.

—¿A. D.? —preguntó su compañera con el ceño fruncido.

—Las iniciales de mi padre —mintió Rory, quería ponerle fin a la conversación.

Nani se encogió de hombros, se acomodó las gafas y encendió la llama, que era de un anaranjado brillante. Luego la acercó al libro. Rory admiró las agallas de la chica al intentar arruinar un libro a pesar de que los amaba tanto.

La llama centelleó, pero no hizo nada.

—¿Estás segura de que calienta? —preguntó al tiempo que colocaba la mano sobre el fuego. Dio un salto de inmediato.

—Sí —afirmó Nani, aunque ya no era necesario—. Pero no afecta al libro en absoluto. —A continuación, fue al baño, colocó el tapón en el lavabo para llenarlo de agua y luego sumergió el libro dentro para que se mojara. Solo que no sucedió. Cuando volvió a sacarlo, estaba seco. Se sentó en el suelo otra vez, abrió el volumen y lo levantó sujeto de una sola página, de la que tiró con fuerza para arrancarla. Mientras tanto, Rory observaba todo con horror: la página no cedió—. Es indestructible. Los libros son una de las cosas más frágiles del mundo —comentó Nani, alicaída—. Tienen páginas delgadas, son inflamables, cuando se mojan, el papel se pone baboso e ilegible. Pero a este no le pasa nada.

Rory seguía mirando la cubierta, que seguía intacta, perfecta.

—Es magia —afirmó Nani en medio de la noche, y esa palabra lo cambió todo.

Rory no sabía qué sentir al respecto, así que apoyó la cabeza en la cama en la que Yuki seguía inconsciente, con la respiración estable.

—Qué grandísima mierda —expresó, a lo que su compañera soltó una risotada. La miró y, por primera vez, no sintió que la chica intentaba reemplazar a Ariane.

—Creo que es una buena forma de decirlo —coincidió con una risita—. Una enorme mierda.

Rory cerró los ojos. Todo su cuerpo estaba irritado porque todavía no estaba en la cama. Aunque no era que el sueño llegara con facilidad ni durara mucho tiempo cuando lo hacía.

—Lamento haberte tratado mal —le dijo sin abrir los ojos—. No era… Es que extraño a Ari.

Nani tardó tanto tiempo en responder que comenzó a pensar que no lo haría. O quizás ya estuviera durmiendo, pero no tenía energías para abrir los ojos y comprobarlo.

—Lo sé —respondió por fin—. No quiero reemplazarla. No soy ella y ni siquiera soy amiga de ustedes.

—Bien. Solo eres la chica con la que hacemos rituales mágicos.

—Supongo que lo soy —bufó Nani.

Yuki se retorció en la cama y gimió por lo bajo, así que Rory giró hacia ella.

—Aquí estoy —le dijo.

—Bien —respondió su amiga con voz débil. Iba a estar bien, solo estaba dormida. Lo que hubiera pasado en el aviario no la había lastimado ni había cambiado nada.

—Duerme —le aconsejó mientras la arropaba con cuidado, luego volvió a desplomarse junto a la cama.

Mientras tanto, Nani miraba a Yuki con los ojos entornados.

—¿Por qué no quiere ayudar? —preguntó en voz baja con la mirada fija en la chica que dormía.

Rory se había estado preguntando lo mismo una y otra vez, pero la respuesta no era simple. Solo podía decir que así eran las cosas.

—Ella nos cuida, pero Yuki… Yuki siempre nos protegió. Sin importar lo que pasara.

—Pero no protegió a Ariane.

—Sí. —Le temblaron los labios como si estuviera a punto de llorar, pero contuvo las lágrimas. Volvió a cerrar los ojos porque eso ya no tenía importancia. No importaba si Ella las cuidaba, si Yuki las protegía o si Rory se aseguraba de que enfrentaran lo que les esperaba, Ariane ya no estaba y había sido ella quien las mantenía unidas—. ¿Y qué haces tú aquí, Nani? —preguntó con esperanzas de que, en ese momento, en la oscuridad, la chica le diera una respuesta honesta. Ari, el libro, Grimrose y todas ellas se conectaban en una red indescifrable. Nani ya era parte de esa red, le gustara o no.

—No lo sé —respondió finalmente, y Rory supo que decía la verdad—. Pero lo descubriré.

37

ELLA

Rory le envió un mensaje a Ella en medio de la noche para avisarle que Yuki había despertado y que estaba bien. De todas formas, no pudo dormir; dio vueltas sin parar hasta que, cuando el sol se asomó entre las nubes, renunció a la idea por completo y pasó el resto de la madrugada confeccionando los vestidos para el baile de invierno. Conocía las medidas de sus amigas, pero Nani era nueva, así que esperaba hacer una aproximación correcta. No le había dicho que también le haría un vestido, quería que fuera una sorpresa.

Llegado el lunes, había pasado todo el fin de semana sin dormir de verdad, dando puntada tras puntada hasta que le sangraron los dedos.

Durante el primer periodo de la mañana no vio a Yuki, tampoco en la segunda clase. Rory le había asegurado que se encontraba bien, que no tenía de qué preocuparse, pero algo respecto al ritual no dejaba de inquietarla. Era importante haber descubierto que el libro era indestructible, pero no habían conseguido las respuestas que buscaban. No sabía cómo aceptarlo.

Iba de prisa a su tercera clase del día, con esperanzas de ver a alguna de sus amigas, cuando Frederick la tomó del brazo de pronto.

—Oye —dijo, y Ella giró tan rápido que casi se choca de nariz contra el pecho del chico—. No te vi el viernes en la fiesta de Halloween.

—Ya sabes cómo es, tengo que quedarme en casa —se excusó con una sonrisa que no llegaba a reflejarse en sus ojos.

—Stacie y Silla sí asistieron.

—Así son las cosas —respondió con un suspiro.

—Bueno. —Freddie frunció más el ceño, con lo que sus cejas rojizas se arrugaron de forma tierna—. Quería preguntarte… La semana que viene habrá un festival de helados en Constanz antes de que las tiendas cierren por el invierno. ¿Quieres ir?

—Yo… —Dudó un poco con el corazón comprimido—. No puedo.

—Será un fin de semana. Estarás de vuelta antes de las cinco, lo prometo. Yo mismo te llevaré.

—Freddie, no lo entiendes. De verdad no puedo.

—¿Ni siquiera si tus hermanastras tuvieran entradas para un festival en Múnich para el sábado y no estuvieran en casa?

—No me dijeron nada sobre eso.

—Bueno… —La voz del chico se fue debilitando—. Piénsalo, ¿de acuerdo? —Antes de que Ella pudiera responder, desapareció. Cuando la chica se dio vuelta, casi se choca con otra estudiante que subía las escaleras. Penelope la sujetó antes de que se cayera hacia atrás y la estabilizó con una mano firme.

—Perdón, no estaba prestando atención —balbuceó.

—Ya veo por qué. —La chica torció el cuello para ver el cabello colorado de Frederick a la distancia.

—Yo no… —Sintió cómo se sonrojaba.

—No debes darme explicaciones, Eleanor —aseguró la otra, y Ella arrastró los pies para evitar sus ojos verdes y penetrantes—. ¿Crees que soy una chismosa como Micaeli? —Ante la mención de Micaeli, los ánimos se caldearon—. Mierda —maldijo Penelope con expresión devastada. A ella también le había quedado una cama vacía en el dormitorio—. Es más fácil hacer chistes. Es tan horrible.

—Sí, lo es.

—Sé que nuestra última conversación no terminó bien. Creí que era mejor mantenerme alejada porque no dejaba de pensar que me culparían por haberme robado a su amiga.

—Nos comportamos como idiotas —afirmó Ella después de un momento, sorprendida por la sinceridad de su compañera, que se echó a reír al escucharla.

—Hablé con Yuki al respecto, claro, pero… —Dudó un momento—. No fue lo mismo. Quería que tú supieras que lo siento, y que tener que pasar por esto otra vez está mal.

—Sí. También sé por lo que estás pasando —concedió Ella—. ¿Ari habló contigo?

—¿Sobre qué? —preguntó la chica con el ceño fruncido.

Ella no sabía cómo seguir. Sabía que Yuki ya había preguntado al respecto, pero no dejaba de tener la sensación de que faltaba algo en la historia. ¿Y le creería a Penelope si le decía que sí? Quería hacerle preguntas, pero no sabía si podría con las respuestas.

—Perdón, estoy divagando —dijo en cambio—. Sé que eras importante para Ari, para Micaeli también.

—Sí. —Penelope le ofreció una sonrisa con los labios apretados—. No quiero que nadie más pierda a una amiga.

—Tienes razón. —Se sintió culpable de pronto—. Sé que le agradas mucho a Yuki. Eres buena para ella.

—Me alegra. —Los ojos de su compañera centellearon—. Creo que es bueno que sepa que tiene otras amigas si lo necesita.

—¿Qué? —La miró con el ceño fruncido, por lo que Penelope dudó, retorció las manos y se mordió el labio inferior.

—Mira, seré honesta contigo. Ninguna de nosotras la está pasando bien con todas las muertes, pero creo que Yuki está… Creo que está preocupada por Freddie y tú, y que necesita un poco de espacio para procesarlo.

—No me dijo nada de eso. —Retrocedió, esas palabras la habían tomado por sorpresa por completo.

—No quería que pensaras que estaba celosa.

—¿De Frederick y de mí? —repitió al tiempo que una sensación familiar le revolvía el estómago—. Es absurdo.

—Creo que necesita tiempo para procesar que puedes tener algo que sea solo tuyo. Todos lo merecemos.

No supo qué pensar sobre eso, solo deseaba subir corriendo a preguntarle a Yuki qué le estaba pasando, si por eso había estado actuando de forma tan extraña el último tiempo o si, en cambio, otra vez era su propia ansiedad la que potenciaba sus inseguridades. Podía tener pocas cosas para ella, a las que amaba con todo su corazón y nunca dejaba ir. Pero conocía a Yuki, que era silenciosa, reservada y nunca compartía lo que le pasaba y que, a su vez, era muy protectora. Yuki, por quién moriría, su mejor amiga. Y si su amiga no entendía que era una prioridad, no lo haría sin importar cuántas veces se lo repitiera.

—No debe ser nada —agregó Penelope al tiempo que le daba un apretón en el hombro—. Han pasado por mucho, encontrarán la forma de seguir adelante.

Tomó la mano de su compañera sin pensarlo y le sorprendió lo callosa que era, al igual que las suyas. No eran suave como había imaginado por ser una chica que no había trabajado ni un solo día de su vida, cuyos padres eran propietarios de las mejores granjas de Europa. Le dio un apretón, con el que sintió el anillo afilado que llevaba.

—Gracias por todo. También por cuidar de Yuki.

—No tienes que agradecerme, es un placer —respondió con una sonrisa.

38

NANI

A Nani le estaba resultando muy difícil hacerse a la idea de lo que había pasado. Cada vez que cerraba los ojos, veía el cuerpo masacrado de Micaeli en las escaleras, con la mitad de la cabeza estallada, la sangre mezclada con avena, y el *olor*. Hedor a sangre y avena; intenso, ácido, desagradable. Se le revolvía el estómago cada vez que lo recordaba, y no podía evitar revivirlo cuando comía. En su mente se reproducían los gritos, el salir corriendo para llamar a los profesores, estar con Svenja en la enfermería, pero solo podía decir que estaba bien a pesar de que no fuera así.

Tûtû la había llamado y también le había mentido a ella porque no podía decir nada acerca de lo que de verdad había ocurrido en la escuela. De lo que seguía pasando con todas las chicas, cuyos destinos estaban entretejidos como un arbusto espinoso que las mantenía unidas. Habían llamado muchos padres a la escuela, e incluso algunos alumnos se habían marchado, pero eso había sido todo. La muerte fue considerada otro accidente fatal. Y los accidentes ocurren.

Sabía que solo iba a encontrar respuestas dentro del propio Grimrose. Así que fue a buscar a Svenja por los corredores, esforzándose por no parecer muy desesperada. Le resultaba extraño caminar sola por los pasillos, en especial dado que la última vez había estado con Svenja. La última vez habían encontrado el pasadizo secreto… y a una chica sin vida.

Cuando la encontró, la chica estaba saliendo por la puerta principal, luego bajó las escaleras hacia el patio.

—¡Svenja! —llamó. Su compañera giró para mirar hacia arriba, y ella se apresuró para alcanzarla—. Solo quería saber cómo sigues.

—Mejor que la semana pasada. ¿Y tú?

Nani asintió con la cabeza. Svenja miró detrás de ella y frunció el ceño un instante antes de volver a mirarla.

—¿Vas a algún lado?

—Sí, a Constanz. Necesito un poco de aire fresco. Estoy cansada de este lugar. ¿Quieres venir?

—Creo que necesitaría pedir autorización para eso —respondió Nani mirando hacia arriba, consciente de que algún profesor podía verla.

—Tonterías. Vamos, necesito respirar.

Caminaron hasta Constanz en silencio, una junto a la otra, ambas con las manos en los bolsillos. Nani nunca había ido al pueblo, que era como lo había imaginado, en mayor medida. Lo había visto a la distancia desde las ventanas de una de las torres; las casas tenían techos color café y paredes blancas, y componían un singular pueblo provinciano que parecía salido de un libro de cuentos. Svenja no dejaba de mirar atrás de vez en cuando, con actitud sombría, mientras recorrían las calles principales. Nani se tomaba el tiempo para admirar las tiendas pintorescas. A pesar de que ninguna de las dos hablaba, sabía que ambas estaban pensando en la muerte de Micaeli.

Svenja suspiró; lucía tan cansada como ella se sentía, con ojeras oscuras debajo de los ojos. Era sorprendente la cantidad de sueño que le faltaba a la gente de la Academia Grimrose.

—Eh… —La chica se detuvo y lanzó una mirada fugaz hacia atrás—. No mires ahora. Actúa normal. —Con eso, Nani giró la cabeza de inmediato y vio a Odilia, que estaba vestida de negro y fingía estar interesada en una tienda—. ¿Qué te dije? —espetó Svenja con las manos en la cintura.

—Eso nunca funciona. ¿Hace cuánto que nos está siguiendo?

—Desde que salimos de la escuela.

Nani no lo había notado. Las dos siguieron caminando por la acera, hombro con hombro. Iba mirando las vidrieras de las tiendas de forma inconsciente, en las que veía a Odilia detrás de ellas, siguiéndolas sin cansancio.

—¿Qué es lo que quiere?

—Nada. Debe creer que es una buena broma o algo así. Es como tener una sombra. —Siguieron adelante, dieron la vuelta a otra esquina y, unos minutos después, Odilia apareció otra vez—. Por eso quería salir a caminar —confesó Svenja—. No puedo… —Se le quebró la voz; sonaba cansada y desesperada. Nani se le acercó.

—¿Confías en mí? —preguntó.

—No —respondió la chica.

Nani le tomó la mano y comenzó a correr. Giró en la primera

esquina, luego cruzó la calle y dio vuelta a la izquierda. Oía pasos detrás de ellas, pero no se detuvo. El viento le azotaba el rostro y le alborotaba el cabello en una maraña de rizos. Svenja corría a su lado con una sonrisa en el rostro a pesar de la carrera desenfrenada. Un automóvil les tocó bocina, pero ella pasó corriendo tan rápido que ni siquiera alcanzó a verlo. La otra chica soltó una maldición, demasiado agitada como para terminar una oración completa. Luego tropezó con los adoquines de la calle y cayó en cuatro patas. Nani la ayudó a levantarse y siguieron corriendo. Cuando por fin se detuvieron, según sus cálculos, ya debían haber corrido doce o trece calles. Miró hacia atrás: habían perdido a Odilia. Svenja se apoyó contra la pared para estabilizarse mientras recuperaba el aliento de a poco.

—Es la venganza por lo del pasadizo.

—¿Perdiste la cabeza? Podrían habernos atropellado —protestó la chica entre jadeos.

—Ah, vamos, nadie en todo Suiza conduce a más de veinte kilómetros por hora. No estamos en Estados Unidos —la desestimó Nani.

—Gracias a Dios.

El comentario hizo que se echara a reír, haciendo que se le sacudiera todo el cuerpo con espasmos mientras se doblaba en dos y se sentaba en el borde de la acera. Svenja por fin dejó de jadear y comenzó a reírse con ella. Al final, cuando sintió que podía dejar de reír, Nani la miró. Luego frunció el ceño.

—Creo que estás sangrando.

Svenja bajó la vista a sus piernas y notó la mancha roja que asomaba por los pantalones.

—Mierda —maldijo. Se lo arremangó hasta descubrir un corte inflamado y ensangrentado. Se tocó la herida y soltó un nuevo rosario de improperios en otro idioma.

—No está tan mal —observó.

—Pero no puedo bailar así. —La chica alzó la vista y tomó aire, al tiempo que Nani revisaba el bolso en busca de los elementos que siempre llevaba encima porque, después de todo, era la nieta de Tūtū y no había cambiado a pesar de haber viajado al otro extremo del mundo.

—Esto te va a doler —advirtió antes de aplicar desinfectante en la herida. Svenja ahogó un grito y le enterró los dedos en el hombro. Nani ignoró la presión y siguió limpiándola—. Deja de comportarte como una niña —la regañó.

Su compañera la fulminó con la mirada mientras ella le vendaba la pierna lastimada. No se percató de lo cerca que estaban hasta que alzó la vista y sus ojos se encontraron. En ese momento, se le aceleró el corazón, se le acaloraron las mejillas y se le revolvió el estómago. Había leído decenas de descripciones en libros, lo había visto en la televisión cientos de veces: la chica conoce al chico. La chica se enamora. Son felices para siempre.

Sin embargo, sentada junto a Svenja con el corazón latiendo tan fuerte como las olas que rompen contra las rocas, comenzó a dudar. Nunca le había gustado ningún chico de la escuela y pensaba que había algo malo en ella ya que las otras chicas se reían y chismeaban por lo bajo, pero no le había importado. Pensaba que era demasiado rara y fuera de lugar como para enamorarse. Le había tomado mucho tiempo darse cuenta de que no había nada malo en ella después de todo; sin embargo, nunca había dicho la palabra "lesbiana" en voz alta para describirse a sí misma, aunque lo supiera. Pero junto a Svenja eso era en lo único que podía pensar.

—Gracias —le dijo la chica por lo bajo.

—No me agradezcas. Te lastimaste por mi culpa.

—Tengo la extraña sensación de que no será la última vez que eso pase.

Svenja sonrió, y ella se preguntó qué pasaría si se inclinaba o si tan solo cerraba los ojos, pero luego inhaló profundo y se alejó antes de explorar ese camino. Ya estaba demasiado involucrada con lo que estaba pasando en Grimrose, no iba a permitir ser arrastrada a eso.

—Estarás bien, es un corte superficial. Volverás a correr y a bailar antes de que te des cuenta.

—¿Ahora eres médica?

—No, pero mi padre me enseñó primeros auxilios y RCP.

—Con eso no puedes prometer que estaré bien —contradijo la chica con el ceño fruncido.

—Entonces tendrás que confiar en mí.

—Sí. Eso es lo que me da miedo.

Los ojos de Svenja centellearon, y Nani deseó no haberse alejado tan pronto.

Después de ayudar a Svenja a volver a su dormitorio, Nani se dirigió al suyo intentando no darle vueltas al momento que habían compartido, donde las posibilidades habían sido infinitas, antes de que se alejara. Parte de ella deseaba no ser tan testaruda, pero ya era demasiado tarde.

Cuando llegó a abrir la puerta, se dio cuenta de que no estaba trabada. Rory y Yuki no estaban allí cuando se había ido, ¿se habría olvidado de cerrarla con llave? Tūtū siempre la regañaba por eso.

A simple vista no había nada fuera de lugar. Revisó sus cajones y el sector organizado de Yuki. No tenía caso revisar el de Rory ya que era un desorden y no notaría la diferencia si alguien lo hubiera puesto patas para arriba. Incluso dudaba de que su compañera pudiera hacerlo. Luego regresó a su lado para comprobar si el libro seguía debajo del fondo falso del cajón del armario. Estaba allí, justo donde debía estar.

Tranquila, se desplomó en la cama. No había entrado nadie ni habían descubierto lo que escondían.

Pero entonces vio una nota en la almohada de Yuki. Se acercó y vio que estaba escrita con tinta roja como la sangre:

SÉ QUE LO TIENEN.

39

YUKI

Después del ritual Yuki había tenido un buen descanso, pero aún sentía un fuego extraño que parecía seguir corriéndole por las venas. Sentía que algo estaba por desatarse, aunque no sabía qué era.

Asistió a todas las clases de la semana, distraída y en alerta. El ritual había fallado y el intento de destruir el libro no había dado frutos, no entendía por qué. Tampoco quería reconocer lo que significaba en realidad.

Cuando entró al dormitorio el sábado después de otra tarde con Reyna, Rory acababa de llegar de correr y ambas se quedaron congeladas al ver a Nani parada en medio de la habitación con un papel en la mano. Lucía asustada.

–¿Qué sucedió? –preguntó Yuki.

–Creo que… –A Nani le falló la voz–. Nos dejaron un mensaje.

Extendió el papel, que Yuki le arrancó de la mano. Rory lo leyó moviendo los labios en silencio y palideció.

–¿Dónde lo encontraste? –exigió Yuki.

–Estaba sobre tu almohada –respondió con dedos temblorosos–. Me fui poco después que ustedes y, cuando volví, la puerta estaba sin traba.

–¿La dejaste sin llave? –Rory estaba azorada–. Sabes que así es cómo ocurren los asesinatos, ¿no? Lo vi en el cine.

–*Halloween* no es un documental, ya te lo dije –señaló.

–¡Pero podría serlo!

–Estoy segura de que no la dejé sin llave. ¿Ariane tenía una?

Las dos chicas se miraron entre sí.

–Sí –afirmó Yuki al tiempo que dejaba el papel sobre la cama–. Perdió una a principio de año, así que la escuela le dio una nueva. Esa es la que tienes tú ahora.

–Alguien podría tener la que perdió –concluyó Nani.

–Es posible –concedió.

Rory bufó con las manos en las caderas. Tenía el cuello cubierto de sudor y las observaba apoyada en el respaldo de su cama.

–¿Qué haremos? –preguntó–. Todavía tienes el libro, ¿no? ¿Se llevaron algo?

–Fue lo primero que revisé. Parece estar todo en su lugar.

–¿Entonces no lo buscaron? –insistió Rory con las cejas en alto.

–Quizás no tenían tiempo suficiente –arriesgó Nani–. O no querían correr el riesgo. Pero el libro no puede seguir aquí, es demasiado obvio. Será el primer lugar en donde lo busquen, en especial si tienen una llave.

—Cambiaremos la cerradura —dijo Yuki—. Se lo diré a Reyna. Omitiré los detalles, solo diré que necesitamos una nueva. —Volvió a mirar el mensaje, cuyas letras parecían brillar. *Sé que lo tienen.* Con la misma caligrafía que la nota que habían encontrado en el libro.

Cuanto más se adentraban en esa historia, más sentía que se desmoronaba, que los bordes de su coraza se agrietaban y caían, hasta que, en poco tiempo, ya no quedaría nada más de ella. Quería prender fuego el libro y ni siquiera podía hacerlo.

Lo más extraño sobre aquella noche fue que había sentido el fuego en las manos, pero no tenía quemaduras. Aunque había sentido las llamas sobre la piel, no le habían dejado marca alguna.

Estaba acostumbrada a eso. No tenía cicatrices. Ni de haberse golpeado las rodillas cuando era niña, ni del accidente de tránsito con el chofer de su padre, ni de la otra noche. Era algo que daba casi por hecho: podía pasar por esa clase de cosas y salir ilesa. Como si su cuerpo la compensara desde afuera por el embrollo que tenía por dentro.

—Quizás ya saben que lo tenemos —conjeturó Nani—. O se cansaron de esperar a que le hablemos a alguien al respecto.

—¿Cómo podrían saber que lo encontramos? —inquirió Rory.

—Al menos ahora estamos seguras de que alguien lo quiere.

—Pero no podemos estar seguras de que hayan asesinado a Ari por él. O a Micaeli —les recordó Yuki.

—Sabemos que la nota habla del libro. Y que, según Ari, esto ha sucedido antes. Ha estado ocurriendo hace tiempo y alguien conoce la verdad —reflexionó Rory.

—¿Qué sugieres? ¿Crees que la escuela está maldita? —replicó, a lo que su amiga se encogió de hombros—. No importa lo que pensemos, lo importante es lo que sabemos, que es que alguien quiere el libro y sabe que lo tenemos. Hay que esconderlo. —Yuki respiraba por la nariz para intentar mantener la calma y no volver a entrar en pánico. La nota no dejaba de mirarla, de hacer su magia y corroerle los límites, hasta que estuvo segura de que en cualquier momento se desmoronaría.

—Bueno, ¿qué hacemos? Tenemos que decidir dónde –agregó la otra.

—En la casa de Ella –propuso Nani.

—No podemos arriesgarnos a perderlo. La casa de Ella no es segura –negó Rory–. ¿Otra opción?

—En la biblioteca –dijeron las otras dos chicas al unísono, y ella frunció el ceño.

—Pero así quedaría al descubierto.

—Con otros cinco mil libros –indicó Nani–. Si alguien quiere encontrarlo, tendrá que revisar todo el lugar.

—Es una buena idea. Podemos ir a revisarlo y cambiarlo de lugar si es necesario. ¿Qué dicen? –dijo Yuki. Nani asintió con la cabeza, y Rory la imitó de mala gana–. Bien, así será –concluyó.

—Aún tenemos que averiguar quién lo busca –agregó la chica nueva.

—Buena suerte con eso. Iré a darme un baño –respondió Yuki.

—Oye, acabo de llegar de correr –comenzó a protestar Rory, pero fue más veloz y cerró la puerta para silenciar los golpes que le daba.

Apoyó la espalda contra la madera, con la respiración agitada, y cerró los ojos para no ver su reflejo mientras se tranquilizaba. Cuando los volvió a abrir, se miró al espejo y se vio llena de sangre, que le cubría la mitad del rostro y la ropa y seguía brotando de un corte en su garganta. Intentó retroceder al tiempo que se llevaba una mano a la boca para silenciar un grito. El reflejo no hizo lo mismo, sino que le sonrió y levantó una mano en la que tenía la manzana más roja que Yuki hubiera visto en su vida. Deseaba probarla en ese momento, parecía dulce y jugosa.

Se ahogó, entonces corrió al retrete para vomitar lo que había almorzado. Le temblaban las manos y los dedos y se sentía débil. Llevó una mano al espejo para estabilizarse, pero allí solo vio su propio reflejo devolviéndole la mirada.

—Esto no puede estar pasado —balbuceó—. No puede ser real.

Sin embargo, era como una ola que ya había visto venir desde lejos, inevitable. Había tenido esa sensación abrasadora desde el momento en que había tocado el libro, un hormigueo debajo de la piel. Cuando las manos de todas se habían conectado, había sentido la energía correr con libertad entre ellas. La había sentido *de verdad*; luego se había metido en su interior hasta encontrar sus costados más ocultos y oscuros y había anidado allí.

Se dirigió a la ducha, abrió el agua y dejó que el vapor llenara el cuarto de baño. Se paró debajo del agua caliente para que la limpiara y cerró los ojos con fuerza, deseando olvidar todo. Quería olvidar que había una razón para que la nota la hiciera sentir así.

Lo que sentía era rabia.

Había estado intentando reprimirla desde la muerte de Ari, desde que encontraron el libro y, tal vez, desde que nació. Porque tenía que ser buena, después de todo, era la hija de su padre, un hombre digno que amaba las cosas buenas, ¿y ella no era buena? Amable, gentil, bondadosa. Se había encerrado dentro de ese cascarón, del que nunca se había atrevido a salir, y ahora todo se estaba haciendo más difícil. Cada día era más difícil de esconder, y ni siquiera sabía quién era debajo de todo eso. Quería gritar.

Quería dejar que todo saliera.

Estaba cansada de ser perfecta.

Para liberar un poco de la rabia silenciosa que crecía en su interior, le dio un puñetazo a la pared de mármol del baño. El impacto la recorrió como una descarga eléctrica y, cuando levantó la vista, notó que ya no caía agua. Ya no había gotas, sino una bruma blanquecina que caía desde el techo. Extendió la mano hacia ella: era nieve.

Un copo de nieve se posó en su mano durante una fracción de segundo antes de derretirse.

Yuki había hecho nevar.

Había hecho magia.

PARTE III

AL CAER LA MEDIANOCHE

40

ELLA

Había estado esperando a comprobar si su madrastra y hermanastras de verdad se irían antes de enviarle un mensaje a Frederick. Había terminado la mayoría de sus quehaceres, luego había comenzado a escuchar un audiolibro mientras barría con la compañía del narrador. Al terminar, tomó una ducha y se maquilló un poco, como de costumbre, para cubrir cualquier marca púrpura o verdosa de su rostro. Ya casi habían desaparecido las de la última vez y, en ocasiones, podía pasar semanas sin maquillarse.

Las puertas estaban cerradas, por supuesto, y Ella no tenía llave. Si no tenía tareas en el jardín o en los establos, Sharon la encerraba dentro de la casa y tapiaba las ventanas. Para salir tenía que hacerlo por la ventana del ático, deslizarse por el techo y aterrizar en el jardín.

El primer año en esa casa se había lastimado el tobillo en una caída. Se le había hinchado y causado que rengueara durante tres semanas, pero no había dicho nada para que Sharon no bloqueara la ventana del ático también.

Para atravesar la cerca exterior, trepó al árbol con cuidado de no desgarrar el vestido o el abrigo. Ese muro daba a la calle trasera, así que era la ruta de escape más segura. Después de avanzar por las ramas, saltó al otro lado de la pared, sintiendo una oleada de adrenalina hasta llegar al pavimento.

—Creo que la canción se equivocó. Llueven chicas, no hombres —comentó una voz tras ella.

—¿Qué haces aquí? —Giró sobresaltada y se encontró con Frederick.

—Vine a buscarte. ¿La verja no es conveniente para ti?

—No presenta un desafío —respondió, inquieta al ver al chico tan cerca de la casa—. ¿Cómo supiste dónde vivo?

—Tengo mis métodos —afirmó sonriente.

—Hablo en serio, Freddie —insistió mientras echaba una mirada atrás, como si fuera a ver a Sharon en cualquier momento—. No puedes estar aquí.

—Acorralé a Silla para hacerla hablar —admitió él—. No me atreví a intentarlo con Stacie.

—Ah, a ti también te aterra, ¿no?

—Muchísimo. Por suerte, sé que ambas van de camino a un festival de música en otro país que será cancelado a último momento.

Ella se quedó sin palabras por un instante.

—¿Qué hiciste?

—¿Yo? —preguntó el chico con inocencia—. Nada. Solo les mencioné que era un festival muy exclusivo, que un amigo tenía boletos, pero yo no podía asistir.

—Dime que es mentira.

—Tengo que usar mis habilidades para algo, aunque sea para engañar a dos chicas inocentes para que se vayan de su casa.

Lo miró sin poder creer que hubiera hecho algo así, mucho menos por ella. Intentó evitar pensar en la reacción inevitable de Sharon cuando el espectáculo sea suspendido. Aunque no fuera culpa de las gemelas, conocía muy bien las consecuencias de que su madrastra se enfadara.

—Tengo algo para ti —le dijo y sacó un paquete abultado de su bolso. Él lo observó confundido por un segundo antes de abrirlo y encontrar una bufanda amarilla. Después de sacarla, la observó con los ojos amplios y la boca abierta, por lo que Ella empezó a balbucear—: No es gran cosa, ya tenía la lana en casa, así que solo tejí un poco. —Freddie estaba en silencio con la bufanda entre las manos—. No hace falta que la uses si no te gusta —se apresuró a agregar.

—¡No! —respondió él, como si de pronto hubiera recordado cómo hablar.

—¿No, que no te gusta?

—¿Por qué dices esas cosas?

—De verdad, no es…

El chico se enroscó la bufanda alrededor del cuello con comodidad.

—¿Cómo me veo? —preguntó.

—Como la personificación del otoño.

Freddie observó las hojas secas en tonos rojos y amarillos de los árboles de Constanz y soltó una maldición.

—Es el estúpido cabello colorado —dijo.

—Me agrada —respondió Ella y sintió cómo se sonrojaba.

—Vamos antes de que se acabe el helado. —Cuando el chico le

ofreció el brazo, lo tomó y caminaron juntos por las calles del pueblo. Al principio, Ella no dejaba de mirar hacia atrás, consciente de que alguien que la conociera a ella o a Sharon iba a verlos, pero comenzó a relajarse con el tiempo. No había podido hacerlo desde la noche del ritual. Cuando llegaron al festival, intentó dejar de lado todos los pensamientos relacionados con Grimrose, las muertes y el libro–. La última vez que vine aquí fue con mi madre –comentó él–. Comió un helado repugnante de batata.

—¡Puaj! —reaccionó Ella disgustada—. ¿Viene a visitarte con frecuencia?

—Una vez por semestre. Mi padre también viene a veces, pero sus visitas son más breves, solo cuando está de paso por trabajo.

—¿A qué se dedica?

—Es productor cinematográfico. Trabaja por todas partes, pero cuando está en Europa, intenta venir de visita.

—¿Por eso estudias aquí?

—Sé que suena duro dicho de este modo —reconoció él encogiéndose de hombros—, pero el trabajo toma mucho tiempo, al igual que criar un hijo, así que tuvo que tomar una decisión.

—Vaya.

—No lo culpo —afirmó con un destello en los ojos que Ella hubiera reconocido a kilómetros de distancia.

—Y tú quieres dedicarte a lo mismo.

—Es muy obvio, ¿no? —respondió con una risita—. Solía llevarme a los estudios de grabación cuando era más chico. Es como ver magia en acción. Quiero estudiar cine y hacer mi propia magia. —Mientras caminaban, su mano rozó la de Ella y le provocó escalofríos en todo el cuerpo—. ¿Y qué hay de ti? ¿Tus padres?

De pronto, se abrió un abismo entre los dos.

—Mis padres fallecieron —logró decir. Había pasado mucho tiempo, pero a veces se sentía como si hubiera sido ayer. Si cerraba los ojos, todavía sentía el calor del hogar, la suavidad de los cojines de terciopelo de su madre, sobre los que se recostaba mientras su padre le leía historias.

—Lo lamento. No fue mi intención. —La expresión del chico se desmoronó—. Pensé que…

—Está bien —aseguró con timidez—. No muchos lo saben. Por eso vivo con Sharon. Ella fue la segunda esposa de mi padre. —Él asintió con la cabeza, y Ella deseó que cambiara de tema.

—¿Qué quieres hacer después de graduarte? —preguntó Freddie.

Quiso responder, pero nada se sentiría real hasta que cumpliera dieciocho, pudiera irse de la casa y ser libre. Le resultaba difícil pensar en el futuro.

—No lo sé, todavía hay tiempo —dijo con sinceridad.

Él coincidió, y por fin llegó su turno de ordenar. Pensaba ordenar la taza más pequeña, la que podía pagar, pero, en cambio, Freddie ordenó siete diferentes para que pudieran probar los sabores más extraños. Luego, se sentaron en una mesa a comer y conversar sobre la escuela y sus vidas. Frederick le contó sobre su familia, y ella compartió lo poco que recordaba sobre la suya. Al final, sentía que eran viejos amigos. Como comían de las mismas tazas, sus manos de rozaban en ocasiones, con lo que el corazón de la chica se aceleraba. Cuando comenzó a oscurecer, ambos se levantaron.

—Creo que tendríamos que regresar por una segunda ronda —dijo él—. El de crema de maní con chocolate belga es especial.

—Una segunda ronda podría arruinar las cosas —respondió, a pesar de que ese también había sido su sabor preferido.

—¿Por qué? —exigió.

—¿Nunca escuchaste que algo bueno en exceso puede cansarte?

—Sí, pero creo que merecemos cosas buenas.

Ella le sonrió, pero sus pensamientos ya se habían disparado. Creía que estaba bien que las personas desearan cosas buenas, en especial si podían obtenerlas. A Frederick y a la mayoría de los estudiantes de Grimrose nunca les había faltado nada.

—Es lindo que creas eso.

—¿Y por qué no? Somos afortunados de tener esto… Todo esto. Deberíamos disfrutar cada parte.

—A veces creo que no lo merezco —admitió por lo bajo. Frederick se detuvo de inmediato.

—Ella, mereces el mundo entero. No dejes que nadie te convenza de lo contrario.

La chica lo miró mientras se preguntaba qué había hecho para merecerlo. Quizás solo tenía que ser paciente porque, al final, su felices por siempre la estaría esperando. Y no tendría que cambiar nada.

Freddie se acercó un poco, encorvado hacia ella, que se paró en puntas de pie para estar más cerca. Sintió su calidez y su colonia con aroma a flores y a vainilla; una fragancia dulce como él. Si tenía ese mismo sabor, estaría encantada.

Justo en ese momento, rugió un trueno en el cielo que la hizo saltar. El cielo se abrió en dos y comenzó a llover.

—Tengo que irme —anunció.

—¿Debes llegar antes de la medianoche? —bromeó él con la mirada en sus manos entrelazadas, y Ella se sonrojó.

—Tengo que saltar algunos muros, tú sabes —respondió. Frederick asintió con una sonrisa—. Gracias, la pasé muy bien —agregó, al tiempo que la lluvia se hacía más intensa. Tenía que darse prisa.

—¿Excepto por el helado de maíz?

–No, ese también me encantó –afirmó entre risas. Luego giró para marcharse, pero él la sostuvo con su mano cálida por un momento más antes de dejar que se alejara bajo la lluvia.

Podía esperar un poco más por su final feliz.

Era muy buena esperando.

41
RORY

Escondieron el libro en la biblioteca. Nani lo hizo en medio de la noche, bajo el riesgo de sufrir la ira de Mefistófeles, que también era su única ventaja ya que el gato no dejaría que nadie más entrara sin hacer un escándalo. El libro estaba entre las estanterías, oculto a plena vista, pero Rory seguía inquieta.

Recordar la nota no ayudaba para nada. Aunque Yuki había hablado con Reyna y conseguido que cambiaran la cerradura, Rory seguía imaginando y soñando con que alguien giraba la manija de la puerta en medio de la noche. Su amiga había bufado ante la palabra "maldición", pero ella había comenzado a creerlo. Lo sucedido no podía ser coincidencia y si tenían un libro mágico, bien podía existir una maldición.

Sé que lo tienen.

Alguien sabía lo que hacía el libro o lo que significaba. Tenían la clave, mientras que las chicas no tenían nada.

Era viernes otra vez, una nueva semana de prácticas. Rory se había saltado el último entrenamiento con Pippa y extrañaba el desafío. Además, no quería que la chica pensara que era una cobarde por no aparecer después de una pelea. Esa no era la razón, al menos no toda. Solo que no había tenido tiempo para pensar en eso después del ritual y de la nota amenazante.

Al salir de clases esa tarde, se dirigió al gimnasio. Para su sorpresa, Pippa ya se encontraba allí, aunque no estaba corriendo ni con la ropa de entrenamiento, sino que llevaba el uniforme escolar; la falda desplegada a su alrededor, la camisa abotonada hasta arriba, presionándole el cuello elegante. La camisa de Rory nunca estaba así, siempre dejaba los últimos dos botones abiertos, sin mencionar que solía tener el cuello dado vuelta y las mangas arremangadas. No les encontraba sentido a las mangas largas, impedían que exhibiera los brazos fuertes.

—Estás aquí —comentó.

—Lo sorprendente es que *tú* estés aquí —remarcó Pippa.

—He tenido muchas cosas en mente —se excusó, una enorme sutileza—. ¿Por qué no tienes tu ropa de entrenamiento?

—No sabía si vendrías —respondió de brazos cruzados—. ¿Así que quieres derrotarme con todas las de la ley?

—Sabes que eso no fue lo que quise decir. —Rory sintió una oleada de calor en las mejillas.

—¿Y entonces qué querías decir? —insistió su contrincante.

Se quedó sin palabras, no era propio de Pippa cuestionar lo que hacía. No necesitaban palabras, siempre se habían comunicado por medio del poder de sus músculos y de la danza de la batalla. Incluso el momento en que la había acorralado contra la pared le había resultado más natural. Rory no era buena con las palabras, siempre la llevaban a una decepción.

—Fue un año horrible.

—Sé que sigues sufriendo por Ariane, y estás en tu derecho, pero eso no puede impedir que hagas otras cosas.

—¿Quién dice que eso es lo único que me detiene?

—No lo es, pero es tu excusa más reciente.

Las palabras la golpearon más rápido de lo que esperaba, de lo que le hubiera gustado, y de un modo que no podía ignorar. La verdad era que Pippa tenía razón: era una excusa. Por supuesto que estaba devastada por la muerte de Ariane, no había perdido a nadie antes. Pero incluso antes de eso se había escudado tras la presencia de Ariane, que había estado allí para validar quién era y qué quería. Ni Ella ni Yuki la empujaban a llegar tan lejos, al menos no como Pippa.

El problema era que comenzaba a darse cuenta de que, de cierto modo, Ariane la había estado reteniendo. No había sido más que uno de los tantos pretextos que había puesto a lo largo de los años para no enfrentar sus miedos ni intentar nada en absoluto, porque eso era mejor que la alternativa: intentar y fallar.

—Sé que es horrible y que lo que sea que haya detrás de estas muertes nos afecta a todos. Pero seguimos vivos —continuó Pippa al ponerse de pie. Se paró junto a ella, pero no como un ataque, y tampoco la tocó, pero la miraba con firmeza en los ojos color café, sin retroceder—. No te diré lo que tienes que hacer, pero debes dejar de poner excusas para todo. Tengo que esforzarme muchísimo para estar aquí, no puedes imaginar cuánto, mientras que tú piensas lanzarlo todo por la borda y regresar como si nada hubiera pasado.

—Lo sé…

—No, no lo sabes —interrumpió Pippa—. Hablas de vencerme como si supieras lo que significa. ¿Has notado que soy la única chica de color en el equipo de esgrima, Rory? —Lo había notado, como también había notado que era una de las pocas en toda la escuela—. Y claro, todos somos ricos y da igual, solo que no es igual —agregó con obstinación—. No es igual y es agotador fingir que sí. No esperaba eso de ti. Me da lo mismo si te agrado o no, pero quiero que me respetes. —La chica la miró desconcertada, incapaz de responder—. Tienes que esforzarte más que esto, Rory —afirmó Pippa. Al oír el nombre en sus labios sintió que estaba jalando de un hilo suelto, a punto de destejerla—. Debes dejar de optar por no hacer nada por temor a las consecuencias.

Y con eso se marchó.

Rory volvió a su habitación a escribirles una carta a sus padres.

42

YUKI

Todo comenzó con la nieve y, a partir de allí, fue cuesta abajo. El cuerpo se le volvió frío, las manos, temblorosas. Las mantenía dentro de los bolsillos porque, de lo contrario, comenzaba a congelar todo lo que tocaba, incluso el agua se convertía en hielo. Pero eso no era todo.

Se veía en espejos de tanto en tanto. Algunas veces, era tan rápido que no tenía tiempo de notar nada antes de apartar la vista, pero otras veces, no era ella en el reflejo. Era más pequeña, de ojos y mejillas más redondeados. Otras veces estaba cubierta de cicatrices. Sin embargo, en cada oportunidad, tenía la piel blanca como la nieve; el cabello, negro como el carbón; los labios, rojos como la sangre. En consecuencia, se esforzaba por evitar las superficies reflectantes y los espejos, temía mirar en la dirección equivocada y lo que podía encontrarse. Aun así, sentía un poder fuerte y persistente debajo de la piel, listo para desatarse en cualquier momento.

El ritual la había cambiado.

Lo había iniciado siendo ella misma, pero había salido como un monstruo hecho pedazos al que su cuerpo apenas podía contener, sostenido gracias a la magia. Esa era la verdad, Yuki no tenía otra palabra para describirlo.

Era magia.

Con el libro escondido en la biblioteca al menos podía fingir ignorar que las respuestas estaban, de algún modo, ligadas a él y, lo peor, que Ariane sabía que eso pasaría. La pérdida de Ariane se había convertido en el detonante, en un resentimiento creciente. Las había dejado con ese embrollo, mientras que ella había sido afortunada; les dejó una clave, mientras que ella se fue a un lugar mejor, más tranquilo.

Yuki estaba perdiendo la compostura. Se estaba perdiendo a sí misma poco a poco.

Parada en el jardín no temblaba a pesar del invierno acechante. El verde del césped ya estaba casi del color de la madera, los árboles se habían vuelto rojos, luego amarillos, y habían quedado pelados por completo, con ramas despojadas y enrevesadas en dirección al cielo. Con cada día de diciembre el mundo se volvía más frío y perdía más colores. Al igual que ella.

Mantuvo las manos escondidas mientras veía a los estudiantes de Grimrose elegir decoraciones para el baile de invierno. No dejaban de llevar elementos decorativos a pesar de que la mitad de la escuela ya estaba iluminada para las fiestas. Yuki veía a todos atravesar la entrada principal desde su lugar en el jardín, con las manos temblorosas sobre el regazo.

—¿Estás cómoda sentada afuera con este frío? —preguntó una voz detrás de ella.

Yuki giró y se encontró con Penelope, que ya estaba usando el uniforme de invierno, con medias de lana, un tapado grueso, una bufanda azul ajustada alrededor del cuello y el cabello dorado suelto por encima.

—Me gusta el frío —respondió con los dedos escondidos en los bolsillos.

—Yo lo detesto. No veo la hora de que vuelva el verano —protestó su compañera mientras se acomodaba el abrigo para sentarse, a lo que ella reaccionó resoplando—. No te he visto muchos estos días —señaló Penelope mirándola de reojo—. Luces…

—¿Como si no hubiera dormido en una semana?

—Iba a decir que fatal. —Yuki rio y con eso se le contrajeron los pulmones como si estuviera intentando controlar y contener todo en su interior. Tenía muchos años de experiencia. Si la magia creía que podía emerger de su cuerpo y vivir con libertad, estaba equivocada. Se había colocado una máscara a temprana edad y nunca había aprendido cómo quitársela—. ¿Qué te ocurre?

—Nada, solo que es época de finales.

—Claro. —Fue el turno de Penelope de resoplar—. Puedes decirle eso a todos los demás, pero no a mí.

—¿Crees que miento?

—He pasado el tiempo suficiente contigo como para saberlo.

Sus dedos temblorosos no dejaban de carcomer la coraza, instándola a que hiciera algo, a que liberara los nervios, pero Yuki mantenía el miedo, la rabia y todo dentro, encerrado con fuerza.

—¿Y qué es lo que sabes sobre mí? —demandó con la barbilla en alto.

—Sé todo sobre ti, Yuki —afirmó la chica, entonces ella se echó a reír porque estaba segura de que nadie en el mundo sabría jamás quién era.

—No es así —respondió y se puso de pie, pero su acompañante fue más rápida, le tomó la mano y la mantuvo en su lugar, al igual que había hecho el primer día. Solo que, en esa ocasión, no la soltaba.

—Haces lo que los demás quieren, lo que los demás esperan. Y mueres de miedo de que, si dejas de hacerlo, te harán a un lado —comenzó, y Yuki se quedó perpleja—. Sé cómo se siente fingir ser alguien que no eres. Noto cómo te escondes de los demás y nunca les dices lo que sientes de verdad porque temes que piensen que eres una persona terrible.

—Detente.

—Ni siquiera tus amigas te conocen. Te escondes de ellas al igual que de ti misma.

—Cállate, Penelope.

—¿Alguna vez les contaste lo que le dijiste a Ariane? ¿Les dijiste que quizás hayas sido tú quien la llevó a…?

—¡Basta! —exclamó, y la palabra pendió en el aire como un eco. Yuki vio lo que acababa de hacer, y también Penelope, que miraba alrededor con los ojos llenos de asombro. Flotaban partículas de hielo, como copos de nieve, alrededor de ellas en una burbuja que había emergido desde el interior de Yuki. Copos de nieve espejados, que reflejaron la superficie antes de derretirse al ser tocados.

—Esto es… magia —dijo la chica casi sin aliento. Yuki estaba demasiado impactada para hablar y le temblaban las manos por la descarga que sintió al liberar la rabia. Su corazón se había tranquilizado, como si hubiera estado suplicando por eso, y la magia se asentó sobre ella con la sensación de un abrigo cálido a su alrededor. La misma magia que se liberó tan pronto como demostró cualquier clase de emoción–. ¿Cómo es posible? –dijo su compañera mirándola a los ojos.

Yuki quería decírselo a alguien, pero no a sus amigas, quienes lo tomarían como alguna clase de conspiración. Quería que la verdad fuera solo lo que era.

–No lo sé. Tiene algo que ver con la muerte de Ari, creo.

–Ari estuvo diciéndome cosas extrañas –confesó mordiéndose el labio, con el rostro teñido de preocupación–. Hablaba con acertijos. No dejaba de divagar acerca de… Creerás que es una tontería, pero hablaba sobre…

–¿Cuentos de hadas? –ofreció Yuki, y Penelope asintió con expresión solemne.

–No sé en qué se había metido en realidad. Pensaba que estábamos bajo alguna clase de maldición. Fue una de las últimas cosas que me dijo.

–¿Ariane creía en eso? –preguntó con el estómago revuelto.

–Eso creo –afirmó y extendió la mano para tocar un copo de nieve espejado, mirándolo con los ojos aún llenos de asombro–. Creí que estaba enloqueciendo. Hablaba sobre muertes, maldiciones y magia. Pensé que había perdido la cabeza.

–Pero ya no piensas eso.

–Ahora creo que debió haberse metido en algo –respondió mientras contemplaba los copos de nieve que flotaban alrededor de ambas–. Quizás estamos malditas. Esto no es normal.

–¿Y piensas que creer en maldiciones lo es?

–Tú eres la que está haciendo magia, cariño. –Penelope se encogió de hombros.

–No sé qué es esto –negó con vehemencia, ignorando el

sarcasmo–. No sé qué es, solo sé que no lo quiero. No puedo con esto.

–¿Se los contaste? –La chica volvió a mirarla con amabilidad. El silencio fue respuesta suficiente–. Entiendo. Escondes lo que eres en verdad y quién eres porque temes lo que pasará si lo descubren. Créeme, lo sé. –Su voz sonaba sincera, casi dolida–. Pero no puedes dejar que ese miedo te detenga porque, de ese modo, todo lo que hagas será solo una ilusión.

–Mis amigas me conocen –la contradijo Yuki, con esperanzas de que eso fuera real, de que sus amigas lo supieran a pesar de todo. A pesar del miedo y de su soledad desesperada y devastadora–. Porque yo no...

–Tú no eres Ella –sentenció Penelope con voz dura–. No eres una santurrona aburrida...

–No hables así de mi amiga –rugió Yuki en tono gélido–. No la conoces.

–Bien –concedió mirándola a los ojos–. Pero tú no eres ella y quieres imitarla porque todos la aman, y tú quieres que todos te amen. Pero no eres como ella y nunca lo serás. –Yuki sintió que las lágrimas se acumulaban, pero no las dejó caer, no dejaría que su compañera viera su debilidad–. Podrán amarte, solo que no será real si no saben quién eres.

–No creo que nadie llegue a conocerme de verdad –balbuceó.

–Yo quiero hacerlo. Libérate. Deja salir la rabia y el miedo. Este mundo ya está bastante jodido, creo que podrá soportar el peso de tus sentimientos.

–¿Y si lo hago y lo único que descubro es que soy horrible?

Por dentro siempre lo supo, era lo que veía en el espejo. Esa parte de ella que anhelaba el dolor, que anhelaba cosas que no podía nombrar y por las que siempre sería reprendida. Había intentado moldearse a la imagen de Ella porque, de lo contrario, hubiera cedido ante la oscuridad y no sabía cuánto más podía aguantar.

—¿Quién puede definir lo que es horrible? —replicó Penelope—. Es solo una idea para evitar convertirte en quien debes ser porque el mundo les teme a las chicas que saben lo que quieren. —Le apretó la mano en medio de la magia que seguía rodeándolas en el aire—. Encuentra algo y hazlo propio. Hazlo realidad. Lo mereces. Esa es a la chica que quiero conocer. Y si los demás no pueden amarte por quién eres, entonces no te merecen.

43

ELLA

Dos semanas antes del baile, una mañana fría de diciembre, Ella cargó tres cajas hasta el castillo. Se encontró con Rory en el parque, en donde estaban llenando el árbol de Navidad con decoraciones. Era casi una ceremonia, en la que los estudiantes llenaban el parque y los corredores superiores para admirarlo.

—Dios, hace frío —protestó Rory parada a la intemperie—. ¿Qué traes?

—Es una sorpresa. La verás el día del baile.

Rory puso los ojos en blanco y tomó dos de las cajas para ayudarla con el peso. Ella se quedó con la caja de Nani. Paradas hombro con hombro observaron cómo se alzaba el árbol, sujeto por cuatro cables de metal gruesos en cada esquina del parque. Los miles de ornamentos resonaron a medida que se elevaban en el aire con una melodía escandalosa.

En cuanto el árbol estuvo en alto, se desató una ovación. Entonces, Ella miró hacia la punta y vio que alguien se extendía desde un balcón para alcanzar una rama.

—¿Quién es esa? —preguntó señalando hacia arriba. Rory siguió su dedo con la mirada.

Había una chica asomada a uno de los numerosos balcones con vistas al parque. Estaba inclinada sobre el barandal, intentando alcanzar algo en el árbol, una fruta redondeada, con el cuerpo peligrosamente cerca del cable afilado que sostenía el árbol en su lugar.

—¿Qué está haciendo? —exclamó Rory con el ceño fruncido. Reconoció que se trataba de Annmarie, quien miraba al frente con el brazo extendido.

—Rory, tenemos que detenerla —dijo al tiempo que caía en la cuenta de lo que pasaba y corría en dirección a los peldaños de piedra. Fue como si, de algún modo, ya hubiera visto esa escena. El cuerpo se le llenó de pavor—. ¡Annmarie! ¡Annmarie!

—No creo que pueda escucharnos —reflexionó Rory tras ella—. Hay demasiado ruido.

—Tenemos que subir —concluyó con el corazón retumbando contra las costillas.

Mientras cientos de estudiantes alzaban la vista, los dedos triunfales de Annmarie, de uñas con barniz verde, alcanzaron la fruta. Solo que no se soltó de la rama, por lo que la chica se tambaleó con la boca abierta en un grito silencioso y cayó. En la caída, el cable metálico que sostenía el árbol se deslizó por su suave cuello y le cercenó la cabeza.

Ella se llevó la mano a la boca para contener un grito.

Luego de encargarse del cuerpo de Annmarie, la escuela llamó a todos los estudiantes para una reunión general de emergencia. La sala estaba atestada. En la primera fila Alethea sollozaba de forma audible mientras Rhiannon, de aspecto cansado, la consolaba. Su grupo había quedado reducido a ellas dos.

A Ella se le revolvió el estómago por pena y culpa porque quizás, si el ritual hubiera funcionado, habrían conseguido respuestas de Ari y habrían podido evitar que todo eso sucediera. Yuki y Nani llegaron corriendo; Yuki lucía pálida y descompuesta, con círculos negros debajo de los ojos. Penelope, que la acompañaba, le ofreció una sonrisa de labios apretados a Ella mientras le chocaba el hombro al pasar para sentarse en otro lado.

—Creí que tomaría más tiempo después de Micaeli… Son dos el mismo semestre. Las otras no estuvieron tan cerca.

—¿Estás segura de que no fue un accidente? —Nani preguntó en voz alta lo que todas estaban pensando.

—Lo pareció —respondió Rory sin convicción y por lo bajo—. Pero también está en el libro, ¿o no?

—"El árbol de enebro". Podría haber sido peor —aseguró Nani en tono sombrío.

—¿Cómo podría haber sido peor? —balbuceó Rory.

—¿No leíste el cuento? —inquirió la chica, a lo que ella solo se encogió de hombros, entonces Nani suspiró exasperada—. La madrastra decapita al hijastro y luego lo cocina en una sopa, que le da para cenar a su esposo. Créeme, podría haber sido peor.

—Tenemos que hacer algo —afirmó Ella.

—Ya hicimos suficiente —sentenció Yuki a su lado. Su tono sonó resentido, pero Ella comprendía por qué. La lista no estaba completa; Ari había recopilado los nombres del pasado y los de ellas, pero ninguno más. No podían adelantarse si no sabían quién podía seguir.

En medio de la multitud vio a Frederick, que sobresalía entre los demás y se acercaba a ellas. Antes de que llegara, Ella corrió a su encuentro y se lanzó a abrazarlo. Él la correspondió, con el mentón apoyado en su cabeza y, al menos allí, se sintió a salvo. Sintió calidez con la mejilla contra el abrigo del chico.

—¿Estás bien? —preguntó Freddie en tono gentil.

—No —respondió en un susurro. Él no pudo ofrecerle palabras de consuelo, pero la abrazó más fuerte. Cuando lo soltó, Ella miró hacia atrás y vio que Yuki había apartado la vista y que tenía las manos en los bolsillos.

—Será mejor que se sienten —les dijo con voz dura—. Está por comenzar.

Se sentó junto a su amiga, con la mano de Freddie entre las suyas. El contacto era reconfortante.

La voz de Reyna resonó por los altavoces, diciéndoles a todos que no tuvieran miedo. Mientras tanto, Ella ahogó la mitad del discurso con su propio monólogo interno, en el que intentaba encajar las partes que conocían de la historia. Habían estado falleciendo chicas antes que Ari, hacía muchos, muchos años, algunas con los mismos patrones. El libro predecía los finales infelices, y todo estaba conectado. En cuanto a la lista de Ari, la había descifrado al conectar los nombres del pasado con las historias del libro. Había descubierto qué chicas habían encontrado el final de sus cuentos de hadas. Sin embargo, aún no sabía qué significaba el libro en realidad. ¿Solo predecía las muertes o marcaba los destinos de las chicas?

Freddie le apretó la mano durante todo el discurso, y Ella le sonrió. Por su parte, Yuki observaba sus dedos entrelazados sin decir nada y desviaba la vista hacia su madrastra casi de inmediato.

Cuando la asamblea llegó a su fin, las palabras cálidas de consuelo de Reyna no habían logrado llegar a Ella. Al levantarse, se metió la mano libre en el bolsillo y encontró algo dentro. Debían haberlo dejado allí en medio del alboroto para entrar, así que no lo había notado hasta entonces. Era un trozo de papel arrugado.

Cuando lo extendió, se quedó sin aliento.

UNA DE USTEDES ES LA SIGUIENTE.

44

NANI

La asamblea fue una pérdida de tiempo. Reyna repasó las medidas de seguridad e informó que la mayoría de los balcones quedarían vedados, al igual que los pasadizos secretos dentro de la escuela. También afirmó que, si los estudiantes respetaban esas reglas, no habría más pérdidas.

Nani lo dudaba.

Según el libro y la lista de Ari eso había estado sucediendo hacía cientos de años y todas las víctimas tenían algo en común, algo que las ataba a su destino y a Grimrose. Si se quedaba allí por más tiempo, si indagaba más en todo eso, ¿correría con la misma suerte? Había sentido que una energía extraña las conectaba durante el ritual y, desde entonces, no había sido lo mismo. Sin embargo, la sensación no era mala, solo era algo que no reconocía, que se sentía casi como paz.

Con la llegada del fin de semana, Yuki desapareció como de costumbre. Nani se había acostumbrado a sus compañeras de dormitorio, así que se sentía extraño que no estuvieran allí. La habitación se sentía vacía sin las quejas de Rory, los comentarios punzantes de Yuki o las risas que brotaban con naturalidad entre ellas cuando se sentían en su lugar. Nani las había observado, incluso se había reído con ellas y, por un momento, se había olvidado de que aún no desentrañaba ningún secreto de Grimrose, no descubría por qué su padre la había dejado allí ni dónde estaba en realidad.

Cuando le sonó el teléfono, contestó esforzándose para no estar decepcionada de que fuera su abuela.

—Hola, Tūtū.

—Hola, *mo'o* —respondió la mujer desde el otro lado—. ¿Cómo estás? Me llamaron de tu escuela esta semana.

—¿Qué? —Nani se enderezó de inmediato.

—Querían asegurarme que estabas a salvo allí. Esa pobre chica. Fue un accidente horrible —lamentó la voz familiar.

—Sí, lo fue —coincidió en tono seco. No le había contado a su abuela sobre Micaeli ni sobre Annmarie, tampoco le había dicho que estaba ocupando el lugar de una chica muerta. Tūtū pareció dudar al otro lado de la línea, por lo que Nani se puso tensa—. ¿Llamaste solo por eso? ¿O…?

—No supe nada. Lo siento, *mo'o* —intervino con un suspiro—. Sé que sigues esperando noticias, pero tampoco me ha llamado. Sabes cómo es.

—Ha pasado demasiado tiempo. ¿Por qué me envió aquí si no iba a aparecer?

—No tiene caso que intentes comprender por qué hace las cosas. Va y vuelve a su antojo, esta no es la excepción —reflexionó su abuela, y fue lo más sensato que la oyó decir sobre su padre en todos esos años.

—Pero se marchó —balbuceó.

Él se había ido. Había elegido dejarla otra vez.

Lo mismo que le había hecho a la madre de Nani tantos años atrás; la había dejado mirando el horizonte, preguntándose cuándo volvería a casa. A pesar de todo, ella era igual.

—Sí, tengo otra cosa que decirte —agregó Tūtū—. He estado buscando vuelos y tengo un poco de dinero ahorrado. Así que, si tú quieres, puedes volver a casa en cuanto terminen las clases. Ya hablé con tu antigua escuela y dijeron que puedes terminar el año aquí. —Una oferta para volver a casa. Su abuela continuó—. Estarías aquí antes de Navidad. Ven a casa, mo'o.

Nani se quedó pensando en esas palabras por bastante tiempo mientras oía la respiración de la mujer del otro lado, con la oferta en el aire. Sí, quería dejarlo todo atrás.

—No puedo —respondió, consciente de que era la verdad. No solo porque no podía dejar el asunto inconcluso, sino porque no quería hacerlo. Porque, a fin de cuentas…

Al fin de cuentas, las chicas se habían convertido en sus amigas.

La verdad la impactó como un rayo. No lo había esperado ni sabía cuándo había empezado. No les había contado ningún secreto, no les había prestado sus libros ni les había hablado de la promesa de su padre; sin embargo, había crecido el sentimiento desde sus huesos. Rory le pedía copiarse sus tareas, Ella la guiaba por los corredores, Yuki escabullía chocolates dentro del dormitorio. Eran detalles pequeños, pero habían plantado semillas en su interior que habían echado raíces y habían florecido en algo nuevo, algo singular y hermoso que Nani nunca antes había experimentado.

Ya no era la curiosidad la que la inspiraba, tampoco el deseo de saber por qué su padre la había dejado allí o de conocer el verdadero misterio de Grimrose. Era más que eso, era un compromiso compartido: estaban en eso *juntas*. Ya no era una extraña en Grimrose, se había convertido en parte de su historia. No podía abandonarlas antes de que solucionaran las cosas y descubrieran la verdad.

—No puedo —repitió—. Tengo algo aquí. Aún no sé lo que es, pero quiero quedarme. No puedo dejarlo inconcluso.

Percibió la sonrisa de Tūtū desde el otro lado. Al final, aunque quisiera verla para Navidad, parte de ella estaba orgullosa de que su nieta decidiera quedarse y eligiera comprometerse con algo. Era hora de que dejara las promesas vacías de su padre atrás. Obsesionarse con ellas no resultaría en nada bueno. Si Nani esperaba que las otras personas cumplieran sus promesas, terminaría igual que su madre, sin tomar decisiones propias. No quería ser como ella, tampoco como su padre.

—Está bien. Te enviaré tus obsequios por correo. Quédate allí, *mo'o*.

—Lo haré. Gracias, Tūtū —respondió con una sonrisa reflejada en la voz.

45

RORY

Rory estuvo tan preocupada por la muerte de Annmarie que se olvidó que esperaba una respuesta a la carta que les había enviado a sus padres hasta que llegó. La leyó dos veces para asegurarse de no haberla malinterpretado por la emoción de haberla recibido. Entre ellos la comunicación por carta era mejor porque confería un tono oficial. Además, no estaba segura de que sus padres tuvieran su número telefónico siquiera.

Había leído bien. Irían a verla para discutir la propuesta. La guardó en el último cajón y ocultó el sello de lacre debajo de una pila de tareas olvidadas.

No los veía desde antes de que comenzaran las clases. A pesar de que apenas había salido de la casa en todo el verano, ellos no habían estado mucho allí; estaban ocupados con asuntos de política exterior u otras cosas importantes que no creían que fuera necesario informarle. La única vez que había ido a escondidas a la ciudad la habían devuelto a casa a la fuerza, escoltada por tres guardias. Luego, sus padres le habían dado otro sermón acerca de sus responsabilidades y sobre no ponerse en peligro. Rory los había ignorado, en mayor parte, porque ya estaba acostumbrada. Sin embargo, en esa oportunidad, no los dejaría ganar. Tendrían que escuchar lo que quería decirles.

El sábado emprendió el camino hacia Constanz para verlos. Ellos habían dispuesto la hora y el lugar: un café discreto en la parte rica del pueblo. Durante la noche se había desatado una tormenta invernal, la primera de esa temporada, de modo que las extensiones de césped estaban teñidas de blanco por la nieve. Las botas de Rory dejaban sus huellas a través de los jardines en dirección al pueblo mientras repasaba el plan en su mente. Les hablaría del torneo, diría que deseaba competir, les daría la oportunidad de negarse y negociaría para que le dieran permiso. Aunque tuviera que asumir más responsabilidades, estaba dispuesta a hacer lo que fuera.

No quería decepcionar a Pippa otra vez. Pero, más que nada, no quería decepcionarse a sí misma.

El frío le hacía doler los músculos y le causaba rigidez en las rodillas, por eso había tomado sus píldoras por la mañana para anticiparse, pensaba demostrarles a sus padres que estaba bien. Quería mostrarles que podía competir en el torneo, que era fuerte y podía con eso, a pesar de que su cuerpo hiciera todo lo posible para convertirla en una mentirosa.

Cuando llegó al café, miró por las ventanas en busca de un cabello colorado igual al suyo o de la figura alta de su padre, con gafas porque ya era mayor. Pasó a la ventana siguiente, pero no vio nada.

Revisó la hora en el teléfono. Habían pasado apenas unos minutos de la hora acordada y sus padres nunca llegaban tarde, así que entró y siguió buscando los rostros familiares. En cambio, encontró a alguien más. Sentada dentro se encontraba Éveline Travere, la secretaria de ellos, que se enderezó al verla y la saludó con disimulo. Era más joven que sus padres, de menos de cuarenta años, y llevaba el cabello rubio en una coleta elegante. Le indicó a Rory que se sentara, cosa que hizo de mala gana después de sacarse el abrigo y colgarlo en el respaldo de la silla. Éveline notó la ropa que llevaba puesta y apretó los labios, pero el trato era que ella podía usar lo que quisiera mientras estuviera en la escuela. Eso incluía una camisa a cuadros holgada y pantalones tácticos de color negro.

–¿Qué haces aquí? –preguntó a modo de saludo.

–Cuida tus modales, Aurora –respondió la mujer con una ceja elegante en alto–. Me alegra mucho verte…

–No me llames Aurora, sabes que prefiero Rory. ¿Qué haces aquí? ¿Dónde están mis padres?

Éveline se inquietó en el asiento. En lugar de responder, llamó a un camarero y, con una sonrisa, ordenó un chocolate caliente para cada una.

–Envían sus disculpas, no pudieron asistir. Sabes que tienen muchos compromisos. Su Majestad…

–Sí, sí, lo que sea –interrumpió ella–. Les pedí solo una cosa, y dijeron que estarían aquí. Nunca me visitan y prácticamente somos vecinos. ¿No podían hacer un viaje de dos horas?

–Sabes que no es tan simple. –La sonrisa de la secretaria se volvió rígida.

–Lo es –insistió Rory. Era increíble–. Solo les pedí una cosa y ni eso pudieron concederme.

—Ellos te aman y lamentan mucho no haber podido venir a discutirlo en persona.

—¿Y entonces? ¿Se supone que lo discuta contigo en su lugar? —preguntó y bebió un trago del chocolate caliente.

—No puedes enfadarte con ellos, Rory.

—Por supuesto que puedo. Nunca están aquí. ¿Crees que mi madre aún recordaría el color de mis ojos si no fuera por el retrato ridículo que tiene en la sala?

—Me explicaron la situación, se trata de una especie de torneo de esgrima. —Éveline no reaccionó a las provocaciones—. ¿Quieres que te den permiso para asistir?

—Sí —respondió cruzándose de brazos, de mal humor—. Se suponía que hablaríamos de eso. Es importante para mí.

La mujer también bebió el chocolate y manchó la taza con el labial rojo. Luego respondió con calma:

—Rory, conoces las reglas. No puedes salir de Constanz ni de la escuela. No puedes participar en torneos.

—¿Por qué? —exigió Rory.

—La situación sigue siendo igual que la última vez. Las reglas son las mismas —dijo Éveline dándole un vistazo.

—Entrené para esto. He estado entrenando los últimos tres años y soy *buena*, Éveline. Soy muy buena. Puedo sostenerme y, además, todos usaremos máscaras, nadie sabrá quién soy.

La secretaria dejó la taza, que tintineó contra el plato.

—Tus padres querían que te diera la noticia en persona porque sabían que la tomarías de este modo. Están preocupados por tu seguridad y por tu futuro. No quieren que te lastimes. Eres tan frágil que…

—¿Frágil? —exclamó, de modo que las demás personas del café

giraron a mirarla–. ¿Eso es lo que piensan de mí? ¿Qué estoy hecha de cristal?

–No es así. Por favor, Aurora, no hagas una escena.

–No me llames Aurora. Y haré una escena si se me antoja –sentenció.

–Alguien podría reconocerte –chistó Éveline desde el otro lado de la mesa–. Y entonces…

–¿Quién me reconocerá? –replicó entre risas–. No aparezco en ninguna fotografía. Gracias a esta obsesión por mi seguridad, nadie sabe quién soy, porque tienen la idea estúpida de que soy *frágil*. –La mujer frunció la nariz al oírla maldecir, pero Rory no se echó atrás–. Puedes informarles que dije eso. Diles que participaré del torneo porque estoy harta de esconderme por una obsesión paranoica que tienen desde el día en que nací.

–Tu nacimiento…

–No terminé –rugió Rory en un tono tan majestuoso que sintió que sus padres hubieran estado orgullosos–. Lo que están haciendo no me hace sentir a salvo ni protegida. Lo único que hice durante toda mi vida fue cambiarme de escuela y esconder mi rostro y mi nombre hasta el punto en que ya no soy su hija. ¿Y adivina en qué me convirtió eso?

No soy su hija, repitió por dentro. Sus padres la habían encerrado en el palacio y en diferentes escuelas sin dejarla hacer nada en absoluto porque querían que estuviera a salvo. Porque no querían que su hija, quien padecía un dolor crónico que ni se molestaban en comprender, sintiera que podía ser algo más que lo que ellos querían que fuera. Pero no estaba a salvo. Su mejor amiga había sido asesinada. Estaban muriendo más chicas en la escuela. No existía tal cosa como la seguridad.

—No soy frágil —reiteró—. No soy una *cosa* para que me guarden en una caja fuerte. Soy una persona. Quiero una vida y la tendré. —Se levantó y se puso el abrigo, lista para volver al frío. Le dolían los músculos, pero los ignoró porque no pensaba doblegarse. Según sus padres y Éveline, Rory no tenía derecho a su vida, a su rostro, a nada en absoluto. Lo único que le pertenecía de verdad era su cuerpo, así que no pensaba dejar que sirviera a la voluntad de sus padres—. Cuando gane la medalla, se las enviaré a casa. Feliz Navidad, Éveline.

46

ELLA

Tuvo la nota en mente durante el resto de la semana. Y, cuando no era la nota, era la muerte de Annmarie; los ojos muertos mirando al frente, el cuerpo destrozado, sin rastros de sangre a causa del trauma. Era una advertencia sobre el destino que les esperaba a todas si no descubrían qué sucedía.

Sacó sus cosas del escondite secreto en el ático para contemplar una de las fotografías más viejas que tenía de Ari, de cuando habían comenzado a estudiar en Grimrose. Todas tenían trece años, delgadas y con extremidades demasiado largas para sus cuerpos aún en crecimiento. Todas a excepción de Yuki, quien siempre fue hermosa, sin importar su edad. En la imagen Ariane tenía a Rory de un brazo y a Penelope del otro, antes de que la chica se cambiara de escuela.

Penelope tenía los dientes separados y una espinilla debajo del ojo derecho; ya no lucía así para nada, era toda una mujer.

Una de ustedes es la siguiente.

Una semana antes del baile, llegó a la escuela tan distraída que no notó la trufa de chocolate en el suelo hasta que estuvo a punto de pisarla. Luego vio más dulces del otro lado del salón, que formaban un camino igual que en la historia.

Se le heló la sangre al pensarlo.

Sentía los latidos de su corazón en los oídos, pero no podía detenerse aunque había una voz en su mente que le advertía que no avanzara, que no siguiera los dulces uno a uno. El camino la llevó hasta el corredor, luego a una escalera y, por último, hasta la puerta de uno de los viejos salones de clases en el ala norte del castillo.

Sabía lo que tenía que hacer.

La puerta crujió cuando la abrió, y lo que vio adentro la llenó de pavor. Le temblaban las manos mientras tropezaba hacia atrás. A pesar de haber pensado que estaba lista, no fue así.

Dentro del salón había dos cuerpos tomados de las manos, duros por el *rigor mortis*. Se trataba de Molly y de su hermano menor, Ian. Los cabellos color castaño claro de ambos les llovían frente a sus rostros pálidos, sus ojos vacíos miraban al techo. Tenían cobertura de chocolate en las bocas y azúcar en la ropa, el aroma dulce llenaba el ambiente.

Dentro de un envoltorio de dulce había un mensaje solo para Ella. No quería adentrarse más en la habitación, acercarse a los cuerpos ni tener nada más que ver con todo eso, pero entró de todas formas porque debía averiguar lo que decía el papel.

CAÍSTE

El envoltorio se le escapó de los dedos entumecidos y aterrizó a sus pies como el pétalo de una flor sobre un lecho de azúcar. Salió del salón mirando para todos lados en busca de alguna persona, de alguien que pudiera ayudar. Un paso tras otro…

Hasta que, de repente, tropezó con algo y soltó un grito al caer por las escaleras. Aterrizó de espaldas en el suelo con un fuerte impacto y sintió dolor en todo el cuerpo. Sintió una punzada en el tobillo y gimió. Por el rabillo del ojo vio que se acercaba una sombra, pero cuando giró a mirar en esa dirección, no había nadie.

Solo había estado en la enfermería una vez en su vida, cuando Rory se había roto el brazo en esgrima y había pasado toda la tarde allí con ella, estudiando para un examen. La había ayudado a memorizar lo necesario y luego había pagado el precio por esa desobediencia, pero no había ido a la enfermería por las consecuencias. Sabía muy bien cómo tratar sus heridas.

Sin embargo, cuando llegó cojeando y con el tobillo hinchado y morado al salón principal, la señora Blumstein la llevó allí enseguida. Ni siquiera había procesado lo que acababa de ver; las lágrimas se le habían secado antes de que pudiera derramarlas porque estaba concentrada en lo que debía hacer a continuación. Su cerebro estaba sobrecargado. La enfermera le había dado un analgésico y una píldora para dormir, pero la dosis no estaba ni cerca de la que tomaba a diario para controlar la ansiedad y el TOC. No había sufrido fracturas, pero tenía magullones por todo el cuerpo a causa de la caída. Además, le resultaba imposible hacer a un lado la idea de que había sido una trampa y había caído en ella.

La dejaron descansar el resto del día, pero prefirió hacerlo en el dormitorio de las chicas en lugar de en la enfermería, a donde iban a llevar los cuerpos. Cuando las tres llegaron después de clases, Ella se enderezó en la cama.

—Retiraron los cuerpos. Según la enfermera fue una reacción alérgica —explicó Rory.

Ella cerró la boca y casi pudo sentir el sabor a chocolate, espeso y dulce, envolviéndole la lengua en jarabe. Le dieron ganas de vomitar todo lo que había almorzado, a pesar de que no podía darse el lujo de hacerlo ya que esa era la única comida decente que tendría en todo el día.

—¿Qué ocurrió? —preguntó Rory apoyada contra la cama.

—Había dulces en medio del salón principal —respondió con las manos apretadas sobre el regazo. Aunque el dolor de la pierna había mermado, sentía que todo su cuerpo había pasado por un molinillo—. Había un camino de dulces, yo… Bueno, lo seguí.

—Necesitabas saber a dónde llevaba, ¿no? ¿Por qué? —dijo Yuki en tono enfadado, pero Ella no creyó que la rabia fuera hacia ella.

—No pude detenerme. Alguien los hubiera encontrado, así que bien podía ser yo. —La mirada de su amiga se disparó en su dirección—. Fue una trampa —agregó—. No fue un accidente. Alguien había puesto un cable para que yo tropezara. También había un mensaje. —Tomó aire al recordar la imagen de Molly y de Ian, que parecían más jóvenes después de muertos, con las manos pálidas unidas.

—¿Qué mensaje? —intervino Nani.

—Estaba escrito en un envoltorio de dulce. Decía "caíste". Lo dejé caer, así que debe haberlo encontrado alguien más.

—El culpable sabía que ibas a seguir las pistas —concluyó Nani—. Y ya todas sabemos que son demasiados accidentes como para no haber sido provocados. Murieron decenas de chicas antes, no puede ser coincidencia. Aunque la persona que amenazaba a Ari no haya asesinado a estas personas, debía saber que pasaría.

—Había alguien cuando me caí. Estaba observándome.

—¿Estás segura? —preguntó Yuki en tono neutral. Ella se limitó a asentir. Había visto apenas una sombra, pero estaba segura de que alguien había estado allí.

—Entonces, si sabían sobre el libro, sobre las muertes y sobre la conexión entre todo eso… —musitó Nani mientras caminaba de un lado al otro con las manos en las caderas redondeadas—. Pero no tiene sentido. Las muertes en la lista de Ari se remontan a varias décadas atrás y también siguen el patrón.

Aunque Ella no tenía una respuesta, sabía que había una conexión.

—Están relacionadas —afirmó Rory—. Tú misma lo dijiste. Hay una muerte por cada cuento del libro.

Nani corrió al cajón a buscar sus papeles, buscó la lista de chicas fallecidas y trazó líneas para conectar los nombres con sus respectivas historias.

—La muerte de Ari está aquí, y todas estas ocurrieron en los últimos cinco años. Luego se detienen por un tiempo y, unos veinte años atrás, hay otro ciclo. Hace dos años, Flannery fue masacrada en la casa de su abuela y, hace veinte años, Sienna faltó a clases para ir a visitar a su abuela y fue atacada por un lobo en el camino. Misma historia, diferentes chicas —explicó. Luego siguió conectándolas con líneas rojas cada vez más rápido.

—Pero ¿no es extraño? —preguntó Rory con la cabeza inclinada.

—Hay más coincidencias. Miren esta: en los sesenta una chica se ahogó en el lago y lo tildaron como un suicidio. Tiene que ser el libro el que nos lleva a estas muertes de alguna manera. Es mágico. Estamos atadas a él.

La respuesta siempre había sido el libro.

—La historia se repite —reflexionó Ella, y la invadió una calma repentina al comprenderlo—. Lo hará una y otra vez hasta que lleguemos al final correcto. El final feliz. Excepto que no podemos hacerlo porque algo está mal. Eso es lo que el libro quiere decirnos. Esa es la maldición, que no podamos tener finales felices.

Las historias se repetían sin llegar a sus verdaderos finales.

—Tiene que ser la clave y por eso lo quieren. Quizás teniéndolo en nuestras manos, podamos romper la maldición —agregó Nani.

—Con calma —sentenció Yuki con los brazos cruzados. Ella se dio cuenta de que estaba parada lejos de ellas. Las tres estaban reunidas frente a las notas de Nani, pero Yuki estaba en el otro extremo de la habitación.

—¿Tienes una explicación lógica? —replicó Nani señalando las anotaciones con desesperación—. Explica este libro y por qué no podemos destruirlo. No importa que lo llames maldición, plaga o cómo sea. Eso no cambia el hecho de que hay muertes que están predichas en el libro y que se repiten una y otra vez.

Las miradas de ambas se encontraron, pero fue Rory quien intentó liberar la tensión.

—¿Y cómo rompemos la maldición? —preguntó al tiempo que le daba un codazo a Ella en las costillas—. ¿Con un beso de amor verdadero? ¿Quién se ofrece?

—Parece que Pippa por fin tendrá su oportunidad —bromeó, por lo que Rory la fulminó con la mirada.

—Quizás funcione para ustedes, pero si alguna deja que un hombre se me acerque mientras duermo, juro que convertiré este castillo en cenizas –dijo Yuki. Ella la miró con una sonrisa, pero no fue correspondida–. Así que el libro predice las muertes, pero no podemos elegir quién se relaciona con cada historia –sentenció–. Quieren que las respuestas se ajusten a su hipótesis, pero tiene que ser al revés.

Ella frunció el ceño mientras pensaba, había una idea que no lograba redondear.

Los cuentos de hadas, en cierto modo, eran historia, y la historia se repite a sí misma. En cientos de culturas diferentes comparten los mismos elementos. Entre culturas que nunca tuvieron contacto las similitudes eran evidentes: chicas maltratadas que huyeron de sus hogares, los peligros que acechan en la naturaleza, la bondad y la astucia que se necesitan para sobrevivir. Eran cuentos diferentes, pero, durante cientos de años, todos transmitían el mismo mensaje.

Se tapó la boca al descubrir todo lo que eso implicaba. Todas estaban malditas, destinadas a repetir los peores finales. Y si no encontraba un modo de romper la maldición, esa versión de su vida también se haría realidad, y todo lo que conocería sería lo que tenía hasta entonces: vivir en una casa que no le pertenecía en realidad, en la que tenía que trabajar día y noche para poder comer, y soñar con el día en que pudiera marcharse; aunque sería solo un sueño que nunca podría cumplir. Fregar la cocina, lavar las cortinas, barrer hasta que se le ampollaran las manos y sangraran, hasta que la mente le gritara que se detuviera. Solo podía soñar con tener una vida diferente al eterno ciclo de abuso que sufría en casa.

–No es azaroso –dijo al final con la cabeza gacha para mirar las cicatrices en sus nudillos–. Es quienes somos. –La mirada de Yuki se endureció mientras Ella comprendió todo con mayor claridad: el mensaje simple de Ari, la advertencia que había dejado. *Soy una de ellas*–. Nuestras vidas no nos pertenecen –agregó por lo bajo, esforzándose por explicar lo que sabía. La invitación para estudiar en Grimrose, lo único por lo que estaba orgullosa, era una mentira–. Nos arrastraron aquí porque tenemos que cumplir con nuestro destino. Vivir la historia hasta que llegue al final terrible. Nunca tuvimos opción.

Miró a sus amigas al terminar de hablar. Nani tenía el ceño fruncido, Rory estaba tapándose la boca y Yuki estaba inmóvil como una estatua.

–No tiene sentido –negó Yuki después de un momento en un tono de voz más elevado.

–Lo tiene –la contradijo Rory, mirándola. La chica también se había puesto seria, sin rastros de la risa anterior–. Todo encaja.

Yuki negó con la cabeza y se alejó de ellas. Entonces, Ella se levantó por instinto, a pesar del dolor en el tobillo. Su amiga las miraba con pánico en los ojos.

–Sé que quieren encontrar respuestas y…

–Las encontramos. ¿Y si todo es producto de la magia? –sentenció Rory–. ¡Es posible!

–No. No podemos seguir con esta tontería para siempre.

Vio que a Yuki le temblaban las manos y retrocedió sin pensarlo. Yuki bajó la vista con la respiración agitada, luego alzó la vista otra vez, con ojos oscuros, abiertos con desesperación. Una advertencia de peligro.

–Yuki, déjame…

Pero su amiga la empujó a un lado, y toda la habitación estalló en fragmentos diminutos.

47

YUKI

En esa ocasión no hubo copos de nieve, sino que creó espejos. Fragmentos afilados que flotaban en el aire como estalactitas en pedazos. Pendieron en el aire por un momento mientras Yuki observaba con horror cómo todos los filos apuntaban a Ella, que estaba parada con la mano extendida. En cada reflejo de los espejos una versión de sí misma le devolvía la mirada.

Cuando se dio cuenta de lo que acababa de hacer, parpadeó, y todos los espejos cayeron al suelo. Con el impacto, el vidrio se rompió en millones de trozos minúsculos que cubrieron el piso de brillo. Era como si estuvieran dentro de una cueva encantada, en la que los espejos se derretían como la nieve.

Ella bajó la mano, impactada por la sorpresa. Le brotaba sangre

de una herida en el brazo, la única marca que habían dejado los espejos. Se cubrió y se dio la vuelta para que no la vieran, pero Yuki ya lo había hecho. Abrió la boca, volvió a cerrarla, y el corazón se le partió en dos.

—¿Qué demonios fue eso? —exigió Rory. Cada vez que movía los pies aplastaba los espejos con las botas.

—Magia —respondió Nani con simpleza.

Las manos de Yuki dejaron de temblar como lo hacían cada vez que liberaba la rabia, cuando dejaba salir la parte de sí misma que quería encerrar en su interior. Cuando cedía a sus sentimientos y la magia fluía.

—¿Cómo…? —comenzó a decir Rory, pero se detuvo, sin dejar de fruncir el ceño—. ¿Desde cuándo?

—Desde el ritual —admitió cuando por fin recuperó la voz.

—Entonces funcionó —comentó Ella por lo bajo.

—¡No! —sentenció irritada. El vidrio se sacudió debajo de sus zapatos; todos los fragmentos que reflejaban sus partes pequeñas y desagradables que quería borrar—. No nos dijo nada acerca de lo que sea que crean que es esta maldición.

—Tenemos que descubrir quién está provocando esto. Todo. Ha habido demasiadas muertes. Alguien está usando el libro para sus propios fines y nos ha estado amenazando todo este tiempo —dijo Ella.

—Alguien está acelerando lo inevitable —agregó Nani, al tiempo que repiqueteaba los dedos de forma rítmica para pensar—. Si saben sobre el libro, también saben de la maldición. Eso es lo que buscan.

—Por eso Ariane tenía la nota. Esa persona prometió decirle la verdad, pero Ari fue sin el libro, así que la mató. Sin embargo, así tampoco logró hacerse del libro —dedujo Rory.

—Y luego…

—Ari no fue asesinada. Se suicidó —intervino Yuki. Sus tres compañeras la miraron expectantes—. Tuvimos una pelea —admitió con la garganta seca y el espíritu agotado—. Fue el día que volvió. Le dije que, si quería que todos sufrieran tanto por ella, debía matarse.

El silencio que siguió a la confesión hizo eco dentro de su corazón vacío.

—No puedes saberlo —afirmó Ella.

—Sé lo mucho que quieren creer en esto, en la maldición y en la muerte de Ari, pero es posible que lo haya hecho por mi culpa.

—No lo creo —dijo Nani sin más—. Solo tenemos que encontrar un modo de romper el ciclo. Tenemos que encontrar a quien ha estado asesinando a las chicas y hacer que diga la verdad. Quizás sepa cómo detenerlo.

—No —insistió. Luego respiró hondo y continuó—: Es suficiente. No me importa de dónde venga la magia ni lo que diga el libro.

—Pero podríamos estar malditas. La escuela, el libro o nosotras. Esto no está *bien* —insistió Ella.

—Por mí, puedes entregarles el libro. Que lo tengan. Ya no quiero ser parte de esto.

—Creo que no tienes elección. —Nani la miró con el mentón en alto.

Entonces, Yuki rio. Un sonido crudo, afilado, cargado de desdén y burla. Una sensación *demasiado liberadora.* Fue la expresión de todo lo que era sin tener que esconderse.

—Es curioso que seas tú quien lo dice —replicó, decidida a desplegar la verdad frente a ellas, después de todo, eso era lo único que tenían. La verdad—. Te crees mejor que todas nosotras. Desde el momento en que llegaste te has creído superior.

—No sabes nada sobre mí —respondió la chica con dolor sincero en la mirada.

—Solo nos usas para conseguir las respuestas que buscas. No quieres ayudar, ni siquiera nos has dicho por qué estás aquí ni has hecho nada que no fuera por tu propio beneficio. Si quieres irte, adelante. No te detendremos.

—Yo...

—No quieres estar aquí y nosotras no te necesitamos —agregó.

Nani parecía estar a punto de llorar, pero negó con la cabeza, le chocó el hombro al pasar y se marchó.

—Fantástico. Justo lo que necesitábamos —balbuceó Rory, en un volumen suficiente como para que Yuki la oyera.

—No la conoces. Ni siquiera le interesa la maldición —le dijo mientras la fulminaba con la mirada.

—Hasta hace un segundo a ti tampoco te importaba —replicó su amiga y elevó una ceja.

Yuki levantó las manos en señal de frustración, y Ella se sobre-saltó por reflejo. Volvió a bajarlas. El gesto fue como una puñalada al corazón.

—Si es un ciclo, ¿qué caso tiene? Nadie ha podido detenerlo, qui-zás sea mejor dejar que siga su curso. —No quedaba nada de la chica perfecta y meticulosa y, por primera vez, no sentía el peso sobre los hombros—. Tal vez Ari lo sabía —agregó mirando a Rory a los ojos—. Tal vez llegó a ese final porque era el camino más fácil.

Como quería estar sola, dio media vuelta y se fue. Que ellas li-diaran con el desastre.

Pero Ella fue a buscarla. Por supuesto que lo haría.

—¡Espera, Yuki! —exclamó. Percibió el temblor en la voz de la chica, como si intentara contener el llanto.

No sabía si podría contenerse lo suficiente como para tener una conversación. Sentía que los bordes de su cascarón agrietado estaban flaqueando, volviéndose filosos; era una chica compuesta de esquirlas de hielo y espejos rotos, lista para cualquier cosa que el mundo le lanzara, preparada para devolver el ataque. Estaba cansada de fingir y de hacer lo que todos esperaban de ella. Todas las personas que eran parte de su vida tenían expectativas puestas en ella, y Yuki había intentado complacerlas haciendo lo que querían, pero nadie la veía como a una chica real, alguien que podía tener sus propios deseos, estar molesta, cansada, enojada. En consecuencia, toda la furia se había acumulado en su interior y la había aislado de los demás porque no podía ser como ellos.

Tenía tantas cosas, pero seguía sintiéndose *muy* sola.

—¿Qué? —exigió.

—No fue tu culpa. La muerte de Ari, quiero decir.

—No necesito tu ayuda. ¿De qué sirve si ni siquiera puedes ayudarte a ti misma? Ni siquiera puedes salir de esa casa.

Estaba escupiéndolo todo, la rabia, la impaciencia y sus peores pensamientos. Quería dejarlos fluir como una inundación.

—Sabes que no es así como funciona. Intento sobrevivir allí —respondió Ella con los dientes apretados—. Mi padre…

—No lo defiendas.

—¿Defenderlo? ¿Estás acusándolo de algo? —preguntó sorprendida.

—Sí —soltó—. Tu padre sabía lo que hacía al casarse con Sharon, pero no le importó que su hija fuera a sufrir por eso. Te pidió que fueras valiente y gentil sin importarle lo que pasaría contigo. Y ahora, mírate. —Soltó todo de una vez. Eso era lo que había estado pensando desde el principio. Su amiga pensaba que su padre había sido un santo, sin embargo, el hombre había visto el sufrimiento de su hija sin hacer nada, y Yuki nunca le perdonaría eso. Quería que Ella lo supiera, que Ella lo *viera*. Deseaba que supiera la verdad, al igual que ella, aunque eso la lastimara. Era lo peor que había hecho en su vida. Ella contuvo las lágrimas con toda la dignidad que pudo–. Es su culpa –agregó por lo bajo–. Eligió su propia felicidad por sobre la tuya. Es tan culpable como Sharon.

–Es mentira –susurró la chica al tiempo que negaba con la cabeza.

–Es así. De lo contrario, no estarías llorando. Deja de esperar que alguien venga a salvarte, Ella. Nadie lo hará.

No dejó que dijera nada más. Le dio la espalda a su mejor amiga y se marchó.

48

NANI

Fue al único lugar en el que pensó que encontraría consuelo. Las palabras de Yuki le hacían eco en la mente y en el corazón mientras intentaba dejarlas de lado. No necesitaba a las chicas, ni a Ella ni a Yuki ni a Rory. Podía descifrar todo sola, como siempre lo había hecho, y no caería presa de una maldición estúpida.

Pensó en lo que había dicho Ella, que todas estaban en el libro. Aunque Ariane no la había conocido, temía ser una de ellas. Tenía miedo de buscar y encontrarse entre las páginas, escondida entre las palabras de una historia, con su esencia fragmentada y expuesta para que encajara con los cuentos que había leído miles de veces.

Había olvidado su objetivo principal en nombre de un tonto libro mágico, todo porque quería respuestas que fueran grandiosas, de otro mundo, para que la ayudaran a olvidar lo poco que importaba su vida. Porque le habían prometido una aventura y quería creer en ella.

Pero eso era todo. No volvería a dejarse engañar.

Después de llamar a la puerta, esperó afuera. Svenja abrió y frunció el ceño al verla. Tenía los ojos irritados.

—¿Sucedió algo? –preguntó Nani.

—Sí –respondió mientras resollaba sin abrir la puerta–. ¿Qué quieres esta vez? ¿Robar la oficina de la directora?

Nani frunció el ceño y le echó un vistazo al dormitorio. Estaba igual que la última vez, no había nadie más.

—No –respondió de pie con incomodidad, con las manos en los bolsillos.

—¿Cavar una tumba? Conozco el cementerio –sugirió Svenja.

—¿Por qué estás enfadada conmigo? –Frunció más el ceño porque no entendía lo que estaba pasando.

—Estoy enojada porque eres una idiota.

—No puedo evitar ser idiota.

—Lo he notado –dijo con amargura, y suspiró con los hombros caídos–. Estoy cansada, Nani. Pensé que éramos amigas, pero solo vienes a mi puerta cuando necesitas algo, y puedo darme cuenta cuando me están utilizando.

Las palabras fueron como un golpe en la boca del estómago. Svenja tenía razón, la había estado utilizando y, a pesar de haber comenzado a interesarse en ella, no le había dicho nada. Quería consuelo, pero no había hecho más que mentirle a Svenja.

—Lo siento.

—¿De verdad? –replicó la chica con las cejas levantadas.

Nani se sonrojó y tragó saliva varias veces. No quería llorar por eso. Ya había tenido suficiente con que las chicas la acusaran de querer irse y de no interesarse. Se negaba a escuchar eso otra vez, dudaba poder oír lo que su corazón estaba diciéndole, aunque en parte lo creyera.

—Svenja, no lo entiendes...

—Por supuesto que no, ¡no me has dicho nada! —repuso la chica con las manos en el aire—. Hemos tenido muchas conversaciones desde que llegaste y sé que te asusta estar en un lugar en donde no conoces a nadie, un lugar que no entiendes. Pero yo te ofrecí un refugio seguro. —Cuando parpadeó, Nani se dio cuenta de que se estaba esforzando para no llorar—. Sé cómo se siente estar sola en un lugar en el que no te entienden —agregó mientras extendía una mano para tomarle la muñeca—. No quiero que nadie se sienta de ese modo. Quizás no sea necesario que compartamos todo; yo no entiendo cómo es ser tú ni tú cómo es ser yo, pero sí sé lo horrible que es no pertenecer a ningún lado.

Su compañera la miró a los ojos, y Nani deseó encontrar palabras para responder, pero no las tenía. Su garganta estaba cerrada y su cuerpo se había vuelto hacia adentro, convertido en un templo de vacío infinito en el que las palabras de Svenja hacían eco por los pilares, que eran sus huesos. Y, alrededor del vacío que había creado a su alrededor, se encontraba el temor a que alguien llegara a conocerla de verdad.

Había estado esperando que su padre cumpliera la promesa, que llegara el día en que la llevara con él a tener una aventura y vivir en un mundo diferente. Y, al final, él se lo había concedido allí en Grimrose. Solo que había sido muy estúpida para notarlo.

—Desde que llegaste has tratado a todos como si fueran tus carceleros, de quienes ansías escapar. Mi amistad no tiene por qué ser tu prisión —concluyó Svenja con lágrimas en las mejillas. Luego retrocedió y le soltó la mano. Nani se sintió sola, como si eso hubiera sido lo único que aún la conectaba con el mundo; por un momento, había tenido a alguien–. No somos tus enemigos. No me conviertas en un monstruo que no soy.

La chica retrocedió un paso más hasta cerrarle la puerta en la cara, hasta dejarla sola en el corredor vacío otra vez.

Nani odiaba esa sensación.

49

ELLA

Decidió irse a casa, esforzándose por no llorar. De camino a la salida se miró en uno de los espejos y descubrió que estaba en un estado desastroso, con los ojos hinchados y la mitad del maquillaje embarrado en las mejillas. Resolló, se limpió con la manga del abrigo del uniforme e intentó concentrarse en contar los pasos que la llevarían a la parada del autobús.

Llorar al menos ayudaba con la ansiedad, sobrecargaba su mente y evitaba que pensara en otra cosa. Cuando estaba por llegar a la salida, oyó pasos detrás de ella. Tenía una idea de quién podía ser y no podía enfrentarlo así. Apuró el paso a pesar del dolor en el tobillo. Sin embargo, Frederick era más alto y tenía experiencia haciendo ejercicio; algo que a Ella le faltaba, aunque no porque nadie se lo recordara.

—Ah, ya cállate —se dijo a sí misma.

—¿Estás bien? —preguntó Frederick cuando la alcanzó.

—Sí —respondió mirándolo con los ojos hinchados.

—No sabía que habían cambiado los parámetros para definirlo.

—Es un mal momento para las bromas —replicó, ahogando un sollozo que amenazaba con sacudirle todo el cuerpo.

—Está bien, no haré preguntas tontas —prometió él—. ¿Quieres que te acompañe a casa? Ten. —Le ofreció un pañuelo de papel, que Ella aceptó agradecida—. Supe de tu accidente. Has tenido un día difícil, ¿eh? —agregó mientras le señalaba la pierna coja.

—Solo quiero ir a casa.

—Ven —instó el chico y le ofreció el brazo como apoyo. No le hizo ninguna pregunta en el camino. Se subió al autobús con ella, a pesar de que no debía tomarlo, y se quedó sentado a su lado tomándola de la mano mientras los eventos del día se reproducían en su mente. No quería reconocer que Yuki había estado en lo cierto porque hacerlo implicaría aceptar que su padre tenía defectos y que había escogido a Sharon antes que la seguridad de su hija. Comprendía que él se había sentido solo desde la muerte de su esposa, que deseaba tener compañía y que tenía un corazón romántico. Sabía que las personas podían aferrarse a un nuevo amor como si no hubiera existido nadie antes, y comprendía que su padre hubiera sentido eso. Entendía las cosas que no había percibido. Y, después de que murió, le resultó mucho más fácil perdonarlo.

—Estoy aquí si quieres hablar sobre eso, Eleanor —dijo Frederick por lo bajo al tiempo que la abrazaba para que apoyara la cabeza en su hombro.

Aunque no quería hablar, sonrió ante la mención de su nombre completo. Con él no era la simple Ella, sino Eleanor, sofisticada y elegante, que asistía a fiestas lujosas. Eleanor no tenía una hora límite para regresar ni para irse a dormir, tampoco debía levantarse temprano para hacer los quehaceres. Eleanor no tenía un frasco de ahorros debajo de la cama, sino miles de posibilidades.

A Ella le gustaba quien era, pero, algunas veces, le hubiera gustado intercambiar su vida por la de Eleanor.

Bajaron del autobús en la parada indicada y Frederick la acompañó casi hasta la esquina de su casa. Allí se quedó parado en la acera, rodeado por la nieve de la noche anterior. Lucía como el príncipe de un cuento. Sintió el impulso de acercarse a él más que nunca. Quería dejarse llevar por esa tormenta. Quería que la salvaran.

Deja de esperar que alguien venga a salvarte.

Había estado esperando, tachando los días en el calendario hasta que obtuviera la libertad, porque no sabía cómo luchar. Y, a fin de cuentas, estaba cómoda en su situación porque le resultaba conocida. La casa era segura incluso cuando no lo era porque conocía ese mal. En cambio, no sabía qué la esperaba del otro lado.

Eleanor Ashworth era, a todas luces, una cobarde.

—Gracias —le dijo a Frederick, que asintió con los labios apretados.

—Entonces, ¿te veo en el baile?

A pesar de que Ella asintió, tan solo pensar en eso le rompía el corazón. Por supuesto que no habían cancelado el baile a pesar de haber encontrado dos cadáveres nuevos dentro de la escuela. Cancelarlo hubiera implicado que algo andaba mal, y nada podía salir mal en Grimrose, jamás.

Tras despedirse de Frederick, entró en silencio por la puerta principal, que tenía disponible durante los días de escuela. La casa estaba en silencio, así que atravesó la sala en puntas de pie hasta la cocina. Como Sharon aún no aparecía, se sintió tranquila para lavarse el rostro en el fregadero y borrarse los últimos rastros de maquillaje de los ojos. Sin embargo, quien sí estaba allí era Stacie. Apareció como una sombra, de brazos cruzados y mandíbula apretada.

—¿No te lo advertí desde el principio, Ella? —preguntó. Ella se quedó en silencio, mordiéndose el labio para intentar calmar el corazón acelerado—. Siempre soñando con finales felices, ¿no? —Sus palabras no eran burlonas, solo amargas—. ¿Crees que Frederick de verdad se interesa por ti? ¿Que eres más que una chica tonta con la que se está divirtiendo?

—Eso es mentira —afirmó. No podía dudar de Frederick.

No importaba que le gustara ni que se le acelerara el corazón cada vez que lo oía hablar o lo veía alborotarse el cabello colorado con las manos. No importaba que quisiera pasarle sus propios dedos por el cabello ni que, quizás, pudiera suceder algo más el día del baile. Alguna clase de magia.

Una clase de magia *buena*.

—¿Sabe tu secreto? —preguntó Stacie. Con eso, Ella se llevó las manos a las mejillas de forma involuntaria. Su hermanastra se humedeció los labios—. Nadie en la escuela lo entiende. ¿Crees que podría contárselo a *mi* novio? —Se tensó, Stacie nunca hablaba de cómo las trataba Sharon. Siempre fingía que eran las hijas favorecidas y que todo era perfecto. No hablaba sobre el calvario que compartían porque le gustaba fingir que no tenía nada en común con su hermanastra—. Nadie lo entiende. Ahórrate el dolor de cabeza, a la gente no le agradan los problemas que no puede resolver.

Esas palabras impactaron demasiado en Ella. Tenía muchos problemas, demasiadas dificultades; ansiedad, TOC, padres fallecidos, aún vivía a la sombra de Sharon. Eran demasiados problemas y lo sabía.

Nadie iba a salvarla. Como su única salida era que alguien le tendiera una mano y le ofreciera un modo de olvidar todo el dolor, siempre se había mostrado amable. Siempre intentaba compensar todos sus traumas siendo la mejor persona posible a pesar de todo, pues, algún día, alguien llegaría a salvarla y no podía darle motivos para que le diera la espalda.

—Lo superarás. Estamos solas, es mejor que lo recuerdes —agregó sin rastros de hostilidad. Luego se dio la vuelta y subió a su habitación.

A Ella le temblaban las manos, pero no tenía más lágrimas para derramar.

Nadie iría en busca de las chicas rotas, las que tenían demasiados problemas y seguían esforzándose. Nadie les permitiría olvidar por lo que habían pasado.

Nadie llegaría a salvarlas.

50

RORY

Contempló la cartelera en la que anunciaban las fechas del torneo. Se le había pasado la fecha de inscripción. Por supuesto. Después de la audacia que había mostrado frente a Éveline y de la pelea con Pippa, no había logrado hacer una sola cosa bien. No se le había ocurrido que la inscripción tuviera una fecha límite porque esa clase de eventos no entraban en la mente de Rory Derosiers.

Observó la cartelera con los hombros caídos mientras pensaba en cómo superarlo.

—Te perdiste la inscripción —comentó Pippa cuando entró como una ráfaga al vestidor. Seguía mirando el letrero como una tonta, se había perdido de lo único que, quizás, *había querido* hacer en su vida. Le serviría de lección por haber creído que merecía la oportunidad.

—Lo sé —respondió por lo bajo con sorprendente calma en la voz. No lloró, se había hecho fuerte durante las noches en las que el dolor era más intenso, antes de que la diagnosticaran. Sus padres la habían llevado con los mejores médicos de Europa. Todos habían tenido dificultades para diagnosticar una afección que solo se trataba de un dolor interminable y desgarrador en los músculos de todo el cuerpo y que, en última instancia, no tenía cura.

—Pensaba inscribirme —dijo con las manos en los bolsillos del uniforme al tiempo que giraba a mirarla. Pippa alzó una ceja. Todavía estaban un poco distanciadas y Rory extrañaba lo que solía haber entre ellas desde el principio. El choque de espadas, las provocaciones incansables, la forma en que se sonreían al terminar el día. No lo sentía en su interior aunque lo buscara con desesperación—. Es complicado —agregó con la cabeza gacha. El cabello cobrizo le caía sobre los hombros en ondas hermosas y suaves como la seda—. Necesitaba el permiso de mis padres. Ellos son… sobreprotectores.

Pippa paró las orejas al escuchar eso porque Rory nunca mencionaba a sus padres por voluntad propia. Nunca hablaba de su vida fuera de Grimrose porque no era suya en realidad. La habían diseñado para ella desde su nacimiento y nunca había tenido más opción que seguirla. Pero su vida real estaba allí, en Grimrose.

—¿Y qué dijeron?

—No me autorizaron —reconoció mientras se mordía el interior de las mejillas. Los ojos oscuros y atentos de Pippa la atraían—. Pero pensaba inscribirme igual y dejar que se fueran al diablo.

Pippa se echó a reír con los dientes blancos a la vista. Su rostro se volvió más definido, y la mente de Rory no pudo pensar en nada más: era hermosa de un modo insoportable, casi doloroso. Era una idiota si creía que podía ignorarlo.

Supo que había perdido incluso antes de que Pippa entrara al juego.

—Bien por ti, pero aun así te lo perdiste.

—Sí —coincidió. Iba arrastrando los pies de un lado al otro en el vestidor en una danza invisible—. Lamento lo que te dije antes. De verdad. Sé lo mucho que luchas por esto.

—¿Esa es una disculpa? —preguntó con expresión seria otra vez.

—Sí —repitió Rory con un suspiro. En lugar de su habitual ánimo inquieto y su naturaleza nerviosa, estaba tranquila. Era la calma de haber admitido la derrota. Se acercó a la banca en la que su compañera había dejado el bolso, se sentó y se pasó los dedos por el cabello—. No es tan difícil reconocerlo, ¿sabes? —agregó sin mirarla a los ojos porque no se atrevía a hacerlo. Tenía que expresar todo lo que pensaba, aunque rompiera sus propias reglas—. Sé que todos los que estudiamos en esta escuela ridícula somos ricos más allá de la imaginación, pero eso no cambia cómo son las cosas en el mundo. Sé que las personas son…

—¿Precavidas? —sugirió Pippa.

—Racistas de mierda —replicó. Pippa volvió a reír y se sentó a su lado. Olía a aliso y almizcle, las esencias del otoño. Rory odiaba conocer el aroma a la perfección porque había estado en una perfumería con Ari revisando todo hasta encontrarlo. No era más que la esencia de lo que deseaba, pero era todo lo que podía obtener—. Eso no me habilita a decir que iba a derrotarte. Aunque vaya a hacerlo, no será fácil. —La chica esperó inmóvil. Rory alzó la vista para mirarla a los ojos. Le dolía el corazón con cada confesión—. Eres la mejor esgrimista que he conocido, y he visto competencias olímpicas. Pones a todos en vergüenza. Cuando vayas a esa competencia, arrasarás con el mundo entero. —Pippa mantuvo los labios apretados, y ella le sonrió—. Soy afortunada de tenerte como amiga —concluyó con un hilo de voz.

–¿Amiga? ¿Eso es todo? –preguntó Pippa, mirándola mientras se mordía el labio inferior.

–Sí. Una amiga –afirmó y se obligó a apartar la vista de los labios carnosos de la chica. Pippa la miró y asintió con la cabeza. Sus hombros se tocaron y el corazón de Rory se aceleró apenas un poco, pero se obligó a controlarlo porque la respetaba demasiado como para arrastrarla a su vida.

–Bien –respondió la chica con la voz afectada–. ¿Quieres el consejo de una amiga, ahora que podemos dejar de lado esta estupidez de no hablar fuera de la arena?

–Lo notaste.

–Rory, te conozco –continuó con una mirada intensa y un suspiro–. Te he visto luchar y sé que no hablamos sobre asuntos personales, pero creo que estabas en lo correcto al intentar inscribirte al torneo.

–Ya es tarde.

–Pero no es tarde para todo lo demás –la instó Pippa. Le rozó el dorso de la mano con los dedos, y todo lo que Rory deseaba hacer era tomarla de la mano y mandar todo lo demás al diablo–. Estás viviendo a medias. Intentas complacer a tus padres mientras también intentas tener algo para ti misma. Pero al final no estás viviendo la vida que ellos desean ni la que deseas tú.

Rory se quedó sentada, perpleja, temerosa de que Pippa hubiera podido leerla tan bien por medio de las pocas palabras que habían intercambiado en sus seudoconversaciones. Temía que, si se quedaba un momento más, la desenmascararía de la cabeza a los pies. Y temía que, tal vez, solo tal vez, lo disfrutaría.

–Este torneo no es el fin, es el comienzo. Empieza a tomar tus propias decisiones y verás que estarás mucho mejor –agregó y se puso de pie.

51

YUKI

A Yuki no le importaba que sus amigas no le hablaran. De verdad, no le importaba. Tenía que pensar en los exámenes finales y prepararse para el baile. Había encontrado la caja con el vestido en el dormitorio. Las cajas eran de colores diferentes, y supuso que los vestidos también lo serían. Pero no había abierto la suya porque no podía ver lo que Ella le había hecho.

Aunque no lamentaba haber dicho la verdad, les temía a las consecuencias.

Había visto a Ella con Frederick en los pasillos; a Rory entrenando sola, dando vueltas alrededor del jardín congelado en horas en las que ningún otro estudiante se atrevía a poner un pie afuera. No había querido pensar en que se aproximaba la fecha de su cumpleaños a finales del mes. Cumplir diecisiete no parecía digno de celebración.

En cambio, se concentró en los estudios y en evitar los espejos. Quería dejar de lado todo lo que estaba pasando, olvidarlo, dejar que la maldición se la llevara de una vez por todas.

Suponía que eso había hecho Ari al final.

Después de clases, Penelope la encontró en la biblioteca, en el lugar de siempre.

—¿Estás sola? —preguntó, y ella asintió—. ¿Me dirás lo que pasó o no? —Con eso, Yuki la miró desconcertada—. Está escrito en tu rostro. ¿Qué pasó? —recorrió las estanterías con la mirada, probablemente para saber dónde estaba Mefistófeles en caso de que intentara un ataque sorpresa.

—Perdí el control de… lo que sea que esté pasándome —admitió Yuki y se mordió el labio.

—Puedes decir la palabra, no te hará daño.

—Discutimos y luego todo estalló en pedacitos.

—¿Nieve otra vez? ¿O fue otra cosa? —inquirió Penelope. Hablaba como si supiera de qué se trataba, como si hubiera adivinado qué la había hecho perder el control. Le tocó el hombro despacio, y Yuki no se sobresaltó.

—Creo que está empeorando. Necesito controlarlo.

—Es un modo de verlo. —La chica frunció el ceño—. O puedes… liberarlo. —Cuando le guiñó un ojo, Yuki bufó y suspiró por dentro.

—No digas eso, por favor.

—Sé que tienes una obsesión con el control. Estás luchando contigo misma para no expresar ninguna clase de emoción, pero ¿qué crees que pasará si sigues así?

No sabía cómo responder a eso. Ya no podía controlarlo, sentía cómo le corría por las venas, por el cuerpo; era la chispa de algo desconocido que siempre había estado allí expectante y que se había despertado.

Por primera vez en años tenía miedo de sí misma, de lo que era capaz de hacer. De en lo que podía convertirse.

—No puedo hacerlo. Podría lastimar a alguien.

—¿Y crees que reprimirlo es lo mejor? Seguirás rehusándote a reconocerlo como has hecho toda tu vida —bufó Penelope.

—Sabes poco y nada sobre mi vida.

—Te equivocas. ¿Sabes por qué? Porque eres *igual* que yo, Yuki. Solo tienes miedo de admitirlo. Tienes miedo de desear algo para ti misma.

Bajó la vista para mirarse las manos firmes, tan blancas como la nieve. Eran perfectas y seguían intactas. Su cuerpo era una armadura impenetrable en la que nada entraba ni salía.

—Es un don, no una maldición —insistió la chica después de unos minutos.

—¿Qué dijiste? —Yuki la miró asombrada.

Penelope la observó con los ojos verdes y vivaces. Eran vastos como un campo de color esmeralda, en ellos se percibía el frío inherente a esa piedra preciosa. Contemplarlos la hizo temblar.

—No es una maldición —repitió—. De hecho, podría ser una forma de romperla y de liberarte. Ya te lo dije antes.

—Sí, y eso hizo que me peleara con mis amigas.

—Claro, cúlpame a mí —resopló la chica—. Yo soy la mala influencia. ¿No es eso lo que dicen tus amigas? —Los dedos de Yuki se congelaron y enfriaron el aire a su alrededor. Penelope le tomó las manos, con lo que sintió que le atravesaba la piel con su frío intenso, pero su compañera no reaccionó. En cambio, acogió la sensación como si la retara en silencio mientras la miraba a los ojos—. Siempre lo has deseado, pero tienes demasiado miedo para admitirlo. A algunas personas no les importa que las lastimes. —La sostuvo hasta que la magia surgió con una última descarga. Luego, Yuki se liberó y movió los dedos hasta que la piel pálida recuperó el color—. Es hora de que aceptes quién eres. Les mostraste la verdad, no le des la espalda ahora. No importa lo que ellas crean o deseen. ¿Qué es lo que *tú* quieres, Yuki?

52

ELLA

Pasó las dos semanas previas al baile de invierno escribiendo ensayos, estudiando para sus exámenes y concentrándose en una cosa a la vez. Si se quedaba quieta por un instante, volvía a caer en una espiral de pensamientos sobre la maldición y sobre sus descubrimientos, y ya no podía hacerlo sola. Así que, cuando no estaba estudiando, limpiaba, hacía ajustes de último momento en su vestido o cosía alguno de los botones viejos de su madre en el interior de la prenda para la buena suerte, al igual que solía hacer su madre cuando ella era niña.

Ya no sentía deseos de hablar con sus amigas y eso se sentía mal, desesperanzador, como si el reloj marcara la medianoche y la historia llegara a su fin antes de lo debido.

Cuando por fin llegó a casa el viernes antes del baile, le alegró que siguieran tres semanas sin escuela, no quería pensar en la maldición ni en la muerte de las chicas. Sin embargo, no creer en la maldición implicaba que estaban muriendo por alguna otra razón. Por sus propias manos o porque el mundo era un lugar horrible y cruel que le deparaba destinos terribles a chicas jóvenes en un entorno frío y hostil.

Esa tarde la casa estaba hecha un caos, con Stacie y Silla encerradas en el primer piso en una batalla de gritos. Oyó tela desgarrada y un aullido de Silla, de seguro porque Stacie le había jalado el cabello. Sharon suspiró al oírlas y se masajeó la sien mientras miraba a su hijastra.

—Son niñas tan determinadas —comentó antes de subir y dejarla sola. Lucía cansada, con una hebra de cabello blanco en su usual melena de perfecto color castaño.

Ella todavía no sabía cómo iba a salir de la casa. Había mantenido el vestido bien guardado, pero no resultaría fácil trepar al árbol con él.

El griterío de arriba continuó a pesar de la intervención de Sharon.

—No te molestes en cocinar una cena completa. Prepárales una ensalada —le dijo cuando volvió a bajar—. Quisieron esos vestidos, así que más les vale que les entren.

Asintió con los labios apretados. Las gemelas lucían bien y los vestidos les quedaban. Había visto a Stacie llevándose comida a escondidas después de que su madre hubiera puesto a todas a dieta durante una semana. Con las manos sobre la encimera, ojeó el periódico e intentó concentrarse.

—¡Mamá, si Silla no me deja usar los pendientes de perlas la arrojaré por la ventana! —vociferó Stacie.

—Yo los pedí primero. Combinan con mi máscara —protestó su hermana con la voz apagada en comparación.

—Lo más importante es la máscara ya que oculta tu rostro horrible.

—¿Olvidas que somos gemelas? Nuestros rostros son iguales, idiota.

El intercambio duró bastante tiempo, como solía suceder con las peleas de hermanas, en especial cuando solo discutían para discutir. De repente, Sharon bajó y tomó tres píldoras para dormir de una sola vez, y Ella no pudo creer ser tan afortunada. Su madrastra caería dura esa noche, así que podría irse después que las gemelas. Podría sacar dinero de su frasco y hasta tomar un taxi para después volver como si nada hubiera pasado.

Después de servir el almuerzo volvió a ordenar la cocina, en donde el periódico le llamó la atención otra vez. Tras leer los titulares, descubrió otra historia espantosa de una chica a la que habían hallado muerta. La habían asesinado y dejado el cuerpo en una casa abandonada cerca de la estación de trenes, a medio enterrar y en buen estado de conservación, lo que resultaba aterrador. La chica sin identificar llevaba alrededor de un año y medio sin vida, solo la encontraron porque la casa había sido vendida. La primera página del periódico estaba llena de fotografías grotescas.

El cuerpo no tenía muchos rasgos reconocibles, pero Ella percibía algo extraño que no llegaba a distinguir. Al mirar más de cerca notó algo familiar en el abrigo de la chica. Le habían arrancado la mayor parte del bolsillo delantero para ocultar lo que era, pero habían dejado una G solitaria bordada con elegancia: el escudo de la Academia Grimrose.

Ella palideció, luego tomó el periódico y corrió arriba para levantar el listón de madera debajo del que ocultaba sus cosas. Buscó la fotografía que guardaba del año en que Ari había llegado a la escuela, en la que estaba con Penelope. Había pasado tanto tiempo pensando en la lista e intentando descubrir qué historia encajaba con quién, que había ignorado algo obvio. Nunca había pensado qué pasaba con las historias antes de que terminaran. Pensó en escribirle un mensaje a Yuki, pero eso solo causaría más problemas y, además, solo era una suposición. Aunque era una buena corazonada, tenía que comprobarla y tendría que hacerlo esa noche.

Iría al baile y descubriría toda la verdad. Aunque no fuera a ser fácil y aunque el miedo ya estuviera cerrándole la garganta, era la única manera, porque Yuki había estado en lo cierto. No podía quedarse en el mismo lugar esperando a que alguien la salvara.

La espera ya había terminado.

53

RORY

No estaba de ánimos para asistir al baile esa noche. Tampoco era que hubiera estado de humor para ir a algún baile en su vida. A los que había asistido los había sufrido restringida dentro de un vestido, sin poder comer nada, bailando con personas que la pisaban y, al día siguiente, había despertado adolorida por el corsé. Sin embargo, no tenía nada más que *hacer* durante el último día de escuela antes del receso porque todos estaban ocupados en la mascarada.

Rory no había ido a entrenar después de haberse perdido la inscripción al torneo y había cancelado el encuentro de los viernes con Pippa. Tras haber intercambiado números telefónicos con la chica después de tres años de conocerse, no dejaba de revisar el móvil para asegurarse de que fuera correcto y que el nombre de Pippa apareciera cuando abría el chat con ella. Le hacía zoom a la fotografía antes de volver a cerrarla porque se sentía una idiota. Tardó una hora en reunir el valor para decirle que no iría a entrenar esa semana.

Con un suspiro, arrojó el teléfono sobre una pila de ropa sucia para dejar de mirarlo. A pesar de que apenas eran las seis, afuera ya estaba oscuro y tenía que comenzar a prepararse, así que buscó la caja que Ella le había dado con la tarjeta con su caligrafía espantosa. Eso era lo único que hacía su amiga que no era hermoso, tenía una letra desastrosa.

Después de la muerte de Annmarie, ninguna de las chicas había mirado los vestidos; las cajas habían quedado olvidadas en el dormitorio. Yuki se había llevado la suya sin decir una palabra para alistarse en la torre de Reyna.

Rory observó la tapa cerrada de la suya, preguntándose qué clase de vestido le habría hecho, a pesar de que no quería usar uno. De todas formas, lo haría por Ella. Porque debía haberse quedado despierta hasta cualquier hora para hacerlo con la máquina de coser antigua de su madre, con la que creaba obras maestras. Sin embrago, cuando abrió la tapa, descubrió que Ella no le había hecho un vestido, le había hecho un traje.

No le había preguntado qué quería, y Rory tampoco se lo había dicho porque hubiera usado cualquier cosa que le hiciera, pero, de todas formas, Ella lo había sabido.

Sacó el traje con cuidado. La chaqueta era de una tela dorada con un brillo rosado, la prenda menos discreta que Rory hubiera visto en su vida, y la *amó*. Los cortes eran impecables y le quedaba perfecto. Los botones tenían forma de rosas doradas y en las solapas tenía un bordado dorado que formaba espinas. El pantalón hacía juego con la chaqueta, y la camisa sin mangas, justo como a ella le gustaba, era semitransparente, de una tela tornasolada.

Ella se había superado.

Se duchó rápido y se dejó el cabello pesado y mojado colgando por la espalda mientras se cambiaba, mirándose al espejo con asombro. Observó su rostro, la piel pálida, los grandes ojos azules y el cabello de princesa. El que conservaba largo porque era lo único por lo que sus padres la halagaban cuando la veían, el que la hacía lucir como princesa y que todos le decían que la hacía verse todavía más hermosa.

Después de sacarse la chaqueta, buscó unas tijeras. El filo cortó las primeras ondas, que cayeron al suelo de mármol. Rory tuvo un momento de pánico al caer en la cuenta de lo que estaba haciendo, pero luego continuó cortándose todo el cabello entre gritos. Primero lo emparejó a la altura de los hombros y luego comenzó a recortar cada vez más, hasta que su cabeza se convirtió en un embrollo de cabellos colorados que apuntaban en todas las direcciones.

Lucía espantoso, pero se sentía ella misma.

Solo necesitaba un poco de gel para acomodarlo y que pareciera manejable. Sabía que había un poco en el bolso que había dejado olvidado debajo de la cama. El bolso de Ari al que había evitado mirar. Respiró hondo, se agachó junto a la cama y revolvió el caos de ropa y zapatos hasta encontrar la correa del bolso. Antes de abrirlo, tomó aire una vez más. Tenía cosas de Ari, pero eran elementos de todos los días, no tenía por qué hacer tanto alboroto. No había nada personal que fuera a hacer que se quebrara por la pérdida otra vez. Para bien o para mal, Ari ya no estaba, así que bien podía usar las cosas que había dejado.

Revolvió el bolso en busca del gel que Ari usaba para arreglarse el flequillo. En el proceso, hizo a un lado un peine, algunos lápices labiales, un frasco nuevo de perfume y, al final, encontró lo que buscaba. Luego, justo en ese momento, tuvo una revelación.

Alguien más sabía sobre ese bolso.

Solo que Penelope no tenía cómo saber del *llamativo bolso turquesa* porque Ari lo había comprado en el camino de regreso a la escuela. No podría haber sabido de él, a menos que hubiera visto a Ari con el bolso cuando se había encontrado con su asesino. Alguien tenía una llave de su dormitorio. Alguien podría haber llevado el bolso de vuelta para asegurarse de que pareciera un suicidio.

Rory dejó caer todo el contenido en el suelo en busca de algo fuera de lugar, pero no vio nada extraño. Había recibos, un espejo, gafas de sol… Hasta que, al final, vio algo. Evidencia.

Una sola hebra de cabello dorado.

54

NANI

A Nani no le importaba en lo más mínimo el baile. Había pasado la última semana en habitaciones silenciosas del castillo, evitando su dormitorio o leyendo libros en la biblioteca. Confiaba en los libros, habían sido sus amigos desde el día en que nació, y sus aromas y palabras le eran familiares. No la decepcionaban, pero si lo hicieran, podía arrojarlos por la ventana y tomar otro. No podía hacer eso con las personas.

No podía hacer eso con las chicas a las que había comenzado a ver como amigas. Tampoco con Svenja, a quien había ofendido. Se sentía miserable y ella era la única culpable.

Decidió ir a la biblioteca, al lugar exacto en el que habían ocultado el libro. Por suerte, seguía allí. Nadie había ido a robárselo. Dio un paso al frente para sacarlo del estante y, cuando lo hizo, un par de ojos amarillos enormes la miraron desde la oscuridad. Soltó un grito cuando Mefistófeles se abalanzó hacia ella. Usó el libro como escudo, de modo que el gato obeso se golpeó el rostro contra la tapa dura y cayó al suelo, siseando.

—¡Santo Dios! —soltó Nani, pero el animal no se movió. Tenía los ojos amarillos fijos en el libro, una expresión molesta en el rostro arrugado y las orejas paradas. Lo miró con cautela, pero él no intentó atacarla otra vez—. No me dirás que también eres un gato mágico, ¿o sí? —preguntó con las manos en las caderas y las cejas en alto—. Si sabes hablar, será mejor que empieces de una vez.

Nani miró a Mefistófeles. Mefistófeles miró a Nani. Al final, el gato maulló y se subió a la mesa a lamerse las patas delanteras. Lo rodeó en puntas de pie sin dejar de mirarlo por temor a que se moviera. Luego se apoyó contra la mesa a una distancia prudencial, mirándolo de reojo por precaución mientras se acomodaba las gafas. El gato parecía conforme con fulminarla con la mirada desde el otro extremo de la habitación.

La chica pasó las páginas de los cuentos. Para entonces ya se había memorizado el orden en el que estaban. También había imaginado a cuál pertenecía, aunque no se atrevía a decirlo en voz alta por temor a volverlo más real. Era una chica que amaba los libros y que estaba encerrada en un castillo por causa de su padre. A pesar de que no había conocido a ninguna bestia ni se había enamorado de una, la había encandilado la versión zorro de Robin Hood cuando era niña, pero estaba segura de que eso era algo común, en el mejor de los casos y, en el peor, la convertía en una *furry*.

—Desearía no tener a un gato de compañía. Si te beso, ¿te convertirás en príncipe?

Mefistófeles inclinó la cabeza, y Nani imaginó que, si intentaba besarlo, acabaría con el rostro rasguñado o el gato se convertiría en el príncipe de las tinieblas. Llevó la atención hacia el final del libro y siguió pasando páginas.

Ariane había muerto como su contraparte en el cuento, ahogada. Molly e Ian con las bocas llenas de dulces, al final de un evidente camino de caramelos. Luego estaba Micaeli, que le había hablado a Ella de las otras chicas muertas, que era chismosa e incluso…

Se detuvo de golpe. No había pensado en la vida de Micaeli en el castillo, sino en su cuerpo sin vida en las escaleras. La había visto más de una vez en la biblioteca, en donde le había hablado de un libro igual al que tenía. Quizás no había muerto como advertencia ni para ser parte de esa historia de tragedias, sino porque sabía demasiado.

De pronto, se encontró corriendo escaleras abajo, esquivando a jóvenes que estaban alistándose para el baile y chicas que salían de los dormitorios con sus vestidos elegantes. Nani luchó para pasar casi volando por los corredores. Tenía que hablar con las chicas.

Irrumpió en la habitación, donde encontró a Rory con un bolso de color verde agua en las manos y el cabello cortado. El suelo del baño estaba cubierto de mechones ondulados de cabello colorado. La chica abrió la boca para decir algo, pero Nani levantó una mano antes de que la interrumpiera.

—¿Quién compartía habitación con Micaeli?

—Penelope —respondió Rory con el ceño fruncido, la mandíbula rígida y la mirada sombría.

La respiración de Nani seguía pareja porque eso no la sorprendió. De algún modo, lo sabía.

—Tengo algo que decirte.

—Yo también. Sé quién asesinó a Ariane.

55

ELLA

Salió por la puerta delantera después de que las gemelas se fueran. Había logrado cerrar las decenas de botones azules que había cosido en la espalda del vestido y luego había llamado un taxi. De camino al castillo, el corazón le latía a toda velocidad.

Afuera hacía frío. Había nevado toda la semana, todo estaba cubierto de un blanco ofuscante. Se había llevado un abrigo, pero, de todas formas, temblaba al atravesar la reja de la Academia con sus zapatos plateados y la tela del vestido que caía por detrás. El suyo era el más sencillo de los que había hecho. El corsé era de crepé de seda y las mangas eran caídas. En la falda suelta había bordado cientos de mariposas diminutas en color amarillo y rosado pastel. Su máscara también tenía forma de alas de mariposa.

Tenía el corazón en la garganta y no sabía qué iba a decir cuando encontrara a Penelope. ¿Le exigiría la verdad? ¿Le preguntaría por qué lo había hecho? Tenía que encontrar a Rory o a Nani. Tal vez a Yuki, pero no estaba segura de que fuera a creerle.

Al entrar al salón de baile notó que era más hermoso de lo que había imaginado. Había ramilletes de cristal colgantes cerca de los candelabros y carteles azules y plateados pegados en las paredes; parecía salido de un sueño. El escudo de la Academia Grimrose flameaba junto a las ventanas, con la G elegante y enrevesada sobre el terciopelo azul oscuro. No logró atravesar la multitud y, cuando estaba pensando qué hacer a continuación, alguien le tomó la mano. Se dio vuelta y vio a Frederick con un esmoquin gris y una sencilla máscara negra sobre los ojos.

—Creí que te llevaría más tiempo encontrarme.

—No quería pasar ni un segundo más sin ti —respondió él, con lo que la hizo sonrojar. Luego miró alrededor en busca de Penelope o de sus amigas, pero no había señales de ellas.

—¿Has tenido que esperar mucho?

—Vale la pena esperar por ti —aseguró Frederick y luego le extendió una mano—. ¿Bailamos?

Dudó un momento. Había querido asistir al baile para estar con él en primer lugar, para tener una noche libre llena de diversión y dejarse llevar. A pesar de las dudas, lo deseaba demasiado, así que podía hacerse un tiempo para una pieza.

Estaba en el baile, después de todo. Entonces, cuando el chico le ofreció la mano otra vez, la aceptó.

Frederick la guio con una mano en la espalda y otra sujetando la suya con firmeza. Los ojos le bailaban detrás de la máscara, y Ella sonrió sin pensarlo mientras disfrutaba de la canción. Imaginó un mundo de bailes extensos, noches estrelladas y cosas que no le pertenecían. Excepto que esa noche sí lo hacían.

Giraron por la pista hasta que se quedó sin aliento y, al final, él la llevó a un lado y salieron al balcón a cielo abierto. Allí la música sonaba más apagada y, a pesar de que hacía frío, Ella aún sentía el calor de la danza. Los dos se apoyaron en la baranda de mármol, con el lago y los jardines por debajo.

Por un instante se preguntó qué diría él si intentara contarle lo que estaba pasando. Se preguntó si le creería. Sin embargo, negó con la cabeza y le dejó esos pensamientos a la luna. Ya tenía suficiente en mente por esa noche como para estar al límite con saber que el final de su historia se acercaba demasiado rápido. No había visto a Rory ni a Nani. Tampoco a Penelope, quizás esa fuera una buena noticia.

—Quería hablar contigo —anunció Frederick con los dedos entre el cabello—. Lo he estado pensado desde que salimos el otro día... Quizás desde antes. —Los pensamientos de Ella se disiparon y solo pudo mirarlo. Él tomó aire antes de continuar—: Si esto no es lo que quieres, lo entiendo. Si es que prefieres que deje de buscarte.

—¿Qué? —El estómago de la chica dio un vuelco.

—No quiero estar en un lugar en donde no soy bienvenido en realidad —explicó mirándola a los ojos.

—¿Creíste que no te dejé entrar a mi casa porque no quería? —A la chica se le aceleró el corazón. Frederick abrió la boca y volvió a cerrarla como un pez. Estaba desconcertado—. Quiero que estés aquí. Mi vida es muy difícil y no... No quiero que nadie vea dónde vivo y las cosas que tengo que hacer —admitió, aunque, por supuesto, no podía decir toda la verdad. Las palabras no alcanzaban a describirla. Se le cerró la garganta, pero continuó porque Yuki tenía razón: Frederick no sería su salvador milagroso; nadie lo sería, y tenía que enfrentarlo–. No quería que sintieras lástima por mí. Eso es todo lo que las personas sienten por mí. Me ven como una pobre chica que no puede controlarse, pero soy más que las cenizas en mi ropa.

Él la miraba con calidez en los ojos color café, y Ella percibía sus inhalaciones y exhalaciones suaves muy cerca.

—Lo sé, Ella.

—¿Lo sabes?

—¿Crees que sería tu amigo por lástima? Quería ser tu amigo porque descubrí a una persona buena e inteligente a la que todos subestiman. Quiero conocerte, Ella, no apiadarme de ti.

—¿Aunque mi vida sea un embrollo? –preguntó con un nudo en la garganta–. ¿A pesar de que sea demasiado complicado?

—Sí, a pesar de todo –afirmó Frederick al tiempo que le tomaba las manos para apretarlas con fuerza. Y entonces, antes de poder evitarlo, Ella dijo algo que no sabía que podía expresar en voz alta.

—Me *gustas*, Frederick.

—¿De verdad? –Él la miró con incredulidad.

—Creí que era obvio –respondió, más sonrojada que antes.

—Soy bastante malo para ver las cosas obvias. Qué desastre –admitió el chico.

—Sí –coincidió con una risita.

—Quería decirte que también me gustas.

Ella lo miró. Frederick hizo lo mismo.

—¿Y ahora qué? –preguntó ella.

—Creo que es la parte en la que te beso –respondió, con lo que el corazón de Ella se agitó como si fueran las alas de una mariposa–. ¿Puedo?

—No lo sé, ¿*puedes*?

—De hecho, sí.

Él se inclinó primero, y los tacones de Ella cubrieron la diferencia. Se quedaron frente a frente durante un instante, sus bocas muy cerca, pero sin tocarse, y, en el espacio entre los dos, existió la eternidad.

Los labios de Frederick tocaron los de Ella, el aliento cálido de ambos se unió, y la chica presionó todo el cuerpo contra el de él. Jaló de la corbata mientras separaba los labios para él y para sentir su sabor. En lo único en lo que podía pensar era en que quería más. Él la aferró más cerca, más fuerte, al tiempo que la música envolvía el beso.

Frederick se detuvo para respirar, y Ella se apoyó en su pecho para escuchar su corazón acelerado, igual que el suyo.

En ese momento, el reloj comenzó a dar campanadas. Las contó: había dado la medianoche. Cuando miró hacia el jardín, vio un destello de cabello dorado.

Podía intentar buscar a las demás para contarles lo que había pasado. No podía ser una buena señal que Penelope fuera sola a los jardines. Quedaba poco tiempo.

—Tengo que irme —dijo en voz baja.

En ese momento, Frederick no le pidió que se quedara ni le preguntó por qué tenía que irse. Había aprendido a percibir cuándo iba a obtener respuestas. En cambio, le dio un beso en la frente con los labios suaves, y luego Ella salió del salón acompañada por las campanadas del reloj que seguían sonando.

56

YUKI

No lograba mirarse al espejo. Llevaba varios minutos intentando armarse de valor. Cuando por fin lo logró, no vio ojeras negras debajo de sus ojos por la falta de sueño. Por el contrario, su piel marmórea estaba perfecta, sus ojos eran oscuros, sus pestañas, largas, y el cabello caía como una cascada por detrás de sus hombros. La imagen del espejo no destellaba, no había señales de las historias del pasado que la acechaban.

Cuando abrió la puerta del baño, Reyna estaba esperándola del otro lado.

—Te ves hermosa —exclamó como si fuera una sorpresa.

Era verdad. El vestido que Ella le había hecho era de ensueño. Era de color blanco, se ajustaba a su figura y se desplegaba en las caderas en una falda de gasa. Las mangas también eran de la gasa más ligera y pura. En la última capa de tela delgada había bordado cristales de color rojo oscuro y plateado en un patrón entrecruzado. Los cristales rojos eran como gotas de sangre sobre el fondo blanco, mientras que, cuando se movía, los plateados lucían como copos de nieve. Vio su reflejo una vez más en el espejo de Reyna y, en ese momento, comprendió lo que Penelope había señalado como si nada: Yuki era la chica más hermosa que hubiera visto jamás.

—Siéntate, terminaré de maquillarte. —Reyna seguía mirándola con los labios apretados. Yuki se sentó con obediencia, acompañada por el tintineo de los cristales, y su madrastra le aplicó máscara de pestañas negra y luego le pidió que cerrara los ojos para dibujar una sola línea con delineador negro. En todo momento tuvo cuidado de no tocar la piel de Yuki—. Ya puedes abrirlos —expresó al terminar. Cuando lo hizo, vio que Reyna estaba mirándola con lágrimas en los ojos.

—¿Por qué estás llorando? —preguntó con pánico.

—No es nada. —Su madrastra negó con la cabeza y parpadeó rápido—. Solo caí en la cuenta de que es tu último año en la escuela. Has crecido muy rápido. —Yuki extendió la mano por impulso para tomar la de ella, pero Reyna retrocedió—. Prométeme que disfrutarás esta noche —agregó. Lucía más joven que nunca cuando se esforzaba por no llorar—. Eres muy joven, pero no durará para siempre. —Sonó presagiosa, y su hijastra no quería pensar en la maldición—. Tómate tu tiempo —aconsejó.

Yuki sintió que algo se retorcía en su corazón. No sabía si Reyna se refería al baile o a la juventud. Aunque sabía muchas cosas sobre ella, nunca sintió que fueran cercanas. Sin embargo, en ese momento, la vio como a algo que no conocía: sintió que era como una madre.

—Gracias —le dijo. También parpadeó rápido para mantener el control y tomó su máscara blanca bordada con cristales espejados.

—Vaya —expresó su madrastra. Luego sacó un labial del bolso de maquillaje, Yuki hinchó los labios para que le diera el toque final—. Lista.

Cuando volvió a mirarse al espejo, tenía los labios rojos como la sangre. Caminó con cuidado hacia la puerta; el vestido era cómodo y no restringía sus movimientos.

—Yuki —la llamó su madrastra.

—¿Qué? —preguntó mirándola sobre un hombro. La mujer se humedeció los labios, pero luego negó con la cabeza.

—Nada. Diviértete.

Se dirigió a la pista de baile con el corazón hecho un torbellino. Las palabras de Reyna la habían afectado, cargaban una mezcla de pena y desilusión, quizás de algo más que no lograba identificar y que aumentaba su inquietud. Cuando más controlada lucía por fuera, peor se sentía por dentro. La invadía un embrollo de sentimientos cuando pensaba sin cesar en la pregunta de Penelope.

¿Qué quería?

No tenía respuesta. Hacía mucho tiempo que no lo sabía porque solo observaba a los demás, imitaba sus deseos y sus personalidades. Había pasado la adolescencia intentando convertirse en una joven perfecta, hasta el punto en que ya no reconocía ningún rastro de sí misma ni de todas las cosas que podrían haberla alejado del camino que había anulado, bloqueado en lo profundo del corazón. Las cosas que allí habían echado raíces negras, que se habían extendido por sus extremidades, atrapándola hasta dejar solo la perfección exterior.

Si la abrían, todos esos deseos y esa oscuridad saldrían a borbotones. Quería cosas; no sabía qué, cómo ni por qué, pero las deseaba, deseaba *todo*.

Estaba hambrienta de mundo, de correr libre, de liberarse de todas las ataduras en las que se había encerrado y de las expectativas que los demás ponían en ella.

Yuki no era nada de eso.

No era amable. Era *hambrienta*. Y si ese hambre la atravesaba, haría que el mundo se partiera en dos.

En cuanto llegó al salón de baile, recorrió el lugar en busca de Penelope. La encontró con un vestido color esmeralda ajustado que tenía plumas en la parte inferior de la falda y con una máscara de encaje verde sobre los ojos.

—¿Estás bien? Luces como si hubieras corrido hasta aquí —le preguntó.

—Quería hablar contigo —respondió al calmar sus temblores.

—La música está demasiado fuerte.

—Es sobre la muerte de Ariane —continuó sin saber lo que hacía.

—¿Qué? ¿Qué pasó ahora? —Penelope frunció el ceño

—Me preguntaste sobre la magia, me dijiste que Ariane hablaba de cuentos de hadas. Hay algo que no te he dicho.

—De acuerdo. —Los ojos de la chica centellearon, y Yuki respiró hondo.

—Hay una razón por la que obtuve estos poderes. Hablaste de un ritual, nosotras hicimos uno. Y hay un libro que Ariane dejó.

—¿Qué? —cuestionó con la cabeza de lado.

—Está relacionado con lo que sucede en la escuela, con las

muertes y todo lo demás. De alguna forma… predice lo que sucederá. Todos estamos conectados con él. Y creo que, durante el ritual, recibí algunos de sus poderes.

Penelope le tomó la mano y la llevó afuera del salón, lejos de la música, lejos de todo.

—No entiendo —dijo.

—Te lo mostraré. Ya no sé qué pensar, pero todo está en el libro. ¿Me ayudarás?

—Por supuesto —afirmó con la mirada más suave.

—De acuerdo —respondió Yuki con una inhalación profunda—. Bien, pero no puedo mostrártelo aquí, tengo que ir a buscar el libro.

—Ve por él. Lo resolveremos. Estoy contigo.

—Encontrémonos cerca del lago. La entrada trasera del castillo está cerca.

Yuki no quería pensar en las promesas que estaba rompiendo al contarle del libro a Penelope. No quería que ninguna de las otras chicas supiera lo que estaba haciendo.

Cuando Penelope se dio vuelta para marcharse, soltó un suspiro, alegre de por fin poder decir las cosas como eran. Corrió escaleras arriba hacia la biblioteca, hasta el escondite.

El libro no estaba allí.

Alguien lo había robado.

Por la ventana de la biblioteca vio a dos figuras que se dirigían al lago.

La primera era Penelope, que se dirigía al lugar de encuentro.

Detrás iba Ella.

57

NANI

Nani no sabía cómo podía moverse tan rápido con un vestido de fiesta, pero lo estaba haciendo. Rory le había dicho que no podrían entrar al salón de baile sin el atuendo apropiado; si Alethea las veía, les cortaría las cabezas. Le había respondido que no tenía un vestido.

—Por supuesto que sí. Está en la caja —dijo Rory mientras se acomodaba la chaqueta de color rosa dorado.

Ella también le había hecho un vestido, una prenda estructurada y voluminosa de tafeta de color amarillo oscuro. La parte superior se ajustaba a la perfección a sus pechos y cintura, tenía un escote discreto y mangas con hombros descubiertos. Luego se expandía en una falda gigante, con una abertura del lado derecho. Sobre la tela había un bordado dorado; visto en detalle, Nani notó que, en lugar del diseño barroco que creía, eran flores, de hecho, eran plumarias.

Temió que no le entrara, pero lo hizo y, cuando se miró al espejo, apenas se reconoció a sí misma. Se dejó las gafas puestas y los rizos sueltos sobre los hombros y asintió hacia Rory.

Entonces comenzaron a correr. Rory la guio hacia el dormitorio de Penelope a través de varios corredores mientras Nani iba sosteniéndose la falda. Se tropezó varias veces, pero mantuvo la cabeza en alto y siguió corriendo con los zapatos deportivos.

—Es aquí –anunció Rory al detenerse frente a una puerta. Giró la manija, pero no se abrió–. Aquí vamos. –La golpeó con el hombro con todas sus fuerzas y logró abrirla. Tras sonreírle a Nani, las dos entraron.

No sabía qué esperaban encontrar. Era una habitación común, de una adolescente promedio. Había ropa sobre la cama y zapatos fuera de lugar. Una de las camas estaba vacía, la de Micaeli.

—No estoy segura de qué es lo que estamos buscando –reconoció mientras revisaba el armario–. Micaeli mencionó haber visto un libro como el nuestro. Es la única idea que tengo.

—Si hubiera revisado el bolso antes –lamentó Rory al tiempo que daba vuelta las cosas y abría puertas.

—De todas formas, no lo hubieras sabido antes.

No hubiera sabido que Penelope era una asesina.

Había matado a Ariane. A Molly e Ian. Quizás incluso a Annmarie. También a Micaeli porque sabía demasiado.

Nani pasó al sector de Micaeli del dormitorio. A pesar de que estaba limpio y ya lo habían vaciado, abrió el armario y revisó los cajones. Allí, dentro de uno de los cajones, encontró un libro. No era el de ellas, sino uno mellizo. La cubierta era blanca con detalles dorados.

—Hay otro —dijo mostrándoselo a Rory, que silbó por lo bajo.

—Me pregunto si sabía sobre la maldición.

—Le prometió contarle la verdad a Ariane. Debió haber sabido algo.

Le entregó el libro a Rory, que lo tomó con cuidado.

—Vamos. Tenemos que encontrar a las demás. Deben estar en la fiesta.

Rory sujetó el libro blanco con fuerza contra el pecho, Nani aún llevaba el libro negro. Fueron al salón de baile a toda prisa y se detuvieron al ver el lugar atestado. Todos los estudiantes y maestros de Grimrose estaban presentes. La música retumbaba en los oídos de Nani, sintió el vértigo de quinientos cuerpos que se movían al compás dentro del mismo espacio, e intentó mirar sobre ellos en busca de sus amigas.

—¿Las ves? —preguntó.

—No hay señales de ellas —respondió Rory mientras estiraba el cuello—. Tal vez estén afuera.

Las dos se miraron sin querer pensar en lo peor. Penelope ya había asesinado a cuatro personas, una más no haría la diferencia.

—Tenemos que encontrarlas —instó, pero luego vio a Svenja y su mirada se posó sobre ella, con todas las cosas que había querido decirle en mente. Se preguntaba si ese sería el momento perfecto. Rory la vio observándola, luego sus ojos se encontraron.

—Ve con ella. Buscaré a las demás —la instó.

—¿Estás segura? —dudó Nani.

Rory miró al interior del salón con una mirada cargada de infinidad de cosas por decir. Una mirada que decía que lo entendía, que había estado prestando atención y que, a fin de cuentas, lo sabía sin que Nani tuviera que decírselo.

Ese era el significado de la amistad.

—Ve —repitió.

Nani no perdió más tiempo. Le entregó el libro original, al que Rory aferró contra el pecho junto con el otro, y luego fue hacia la chica.

Svenja lucía un vestido blanco y brillaba en medio de la multitud. Tenía el cuerpo anguloso por los músculos que había trabajado con la danza. Nani se acercó antes de perder el valor.

—Svenja —dijo sobre la música fuerte y las personas que bailaban a su alrededor.

Al escucharla, se dio vuelta con los ojos castaños llenos de sorpresa. Tenía el cabello hacia un costado, con un broche plateado en forma de pluma sujetándolo del otro lado. Nani se preguntaba si la dejaría hablar y decirle lo que quería, así que no le dio oportunidad ni siquiera para que tomara aire antes de empezar.

—Tenías razón. No te di una oportunidad. No se la di a nadie —admitió. Svenja solo parpadeó, pero no se alejó, así que podía ser una buena señal—. No puedo decirte qué me estaba pasando. Los veía a todos como enemigos porque, cuanto más tiempo pasaba aquí, más olvidaba la razón por la que había venido y por la que tenía que irme. Y tú hiciste que fuera muy fácil no querer irme.

Se le quebró la voz, así que tomó aire. Nunca le habían fallado las palabras, pero, en ese momento, no parecían suficientes. En esa ocasión tendría que actuar.

La aventura era más que una promesa.

Entonces, cubrió la distancia que las separaba. En cuanto sus labios tocaron los de Svenja, todo lo demás se desvaneció de su mente.

El beso fue lento, calculado. Nani se dejó llevar para sentir cada centímetro de la boca de ella, le acarició el rostro y le apartó el cabello; mientras tanto, la mano de Svenja estaba en su mejilla. La música se convirtió en un sonido distante en el salón de baile, en un mundo que daba vueltas, pero ellas no lo hacían. La magia ascendía desde sus corazones hasta sus labios.

Nani fue la primera en apartarse al sentir las mejillas acaloradas. Svenja le llevó una mano al rostro para acomodarle las gafas sobre la nariz.

—¿Estuvo bien? —preguntó Nani.

—Sí. Pero podemos seguir practicando.

En esa oportunidad, Nani se dejó rodar como las olas sobre la costa, se permitió sentir que la promesa por fin estaba cumplida. Tomó a la chica por la cintura con fuerza y la besó sin reparos. Svenja tampoco los tuvo.

—Mejor —le dijo con una sonrisa.

—Tengo que irme. Debo hacer algo, pero volveré —prometió Nani con seguridad—. Esta vez no me iré.

—De acuerdo. Estaré esperando.

Nani se fue sin decir adiós, porque no era una despedida, sino solo el comienzo.

58

ELLA

La música de la fiesta dentro del castillo aún hacía eco en la mente de Ella mientras perseguía a Penelope por el camino nevado. Se le enfriaban los pies cada vez más a medida que avanzaba hacia el lago. El corazón le latía cada vez más fuerte y sentía la presión fría del botón que había cosido en el interior del vestido.

Penelope se detuvo cerca del lago, en un punto desde el que no se veía el salón de baile. La fiesta parecía estar en otro mundo. Sintió un escalofrío al pensar en que Ariane debió haber recorrido el mismo camino el día de su muerte, debió haber dado los mismos pasos hasta detenerse a la orilla del lago, igual que Penelope.

El lago no era profundo, y el invierno crudo y determinado de ese año ya lo había congelado. La figura de vestido verde de la chica resaltaba en contraste con el paisaje invernal que la rodeaba.

—Puedes salir. —La voz resonó con claridad desde la orilla, en donde no había árboles y el camino estaba despejado—. Podía escuchar el castañeteo de tus dientes detrás de mí.

Ella tragó saliva. Sintió que el cuerpo se le estaba por congelar con un vestido tan delgado e inútil para estar afuera de la protección del castillo.

—Hola, Penelope —dijo al salir de su escondite.

Penelope apenas se movió para reconocer su presencia. Los ojos verdes parecían estar en llamas en contraste con los colores apagados de la noche, iluminados por la luz de la luna en la oscuridad. Se había sacado la máscara, al igual que Ella.

—Asumo que me escuchaste hablar con Yuki. Di lo que tengas que decir, a menos que quieras esperar a hacerlo frente a ella —espetó.

—No creo que quiera escucharlo —respondió con el ceño fruncido.

—Nunca te agradé, ¿verdad, Ella? —continuó Penelope con una ceja rubia en alto—. Siempre pensaste que estaba robándote a tus amigas.

—Yuki puede escoger a sus amigas —afirmó con un nudo en la garganta, y su compañera se rio con frialdad. Estaba usando el anillo. Recordaba la conversación que habían tenido, donde le dijo que se lo habían regalado para el cumpleaños de quince años, pero la verdadera Penelope lo había recibido a los trece. Lo tenía en la fotografía—. En realidad, no se trata de Yuki, sino de algo más. —La chica esperó, dura como una estatua, mientras Ella buscaba la voz para expresar sus teorías—. Encontraron el cuerpo. Estaba en el periódico de esta mañana.

—¿De qué estás hablando? —Penelope frunció el ceño.

—Descubrirán la verdad. La policía le hará una prueba de ADN al cuerpo de Penelope y sabrán quién es. No tienes mucho tiempo.

Una chispa oscura atravesó el rostro de la chica. Era hermosa, pero con un costado filoso, algo oculto debajo de la imagen.

—¿Me acusarás de algo? La altiva Ella. La que siempre ofrece una salida. ¿Eso es lo que vienes a hacer? ¿Intentas ofrecerme tu *perdón*?

Se le acercó, pero Ella no permitió que la asustara. Endureció el corazón para mantenerse en el lugar. Cada una de las células de su cuerpo quería huir, pero se mantuvo firme. Sin embargo, a medida que Penelope se acercaba, comenzó a pensar que quizás esa había sido una pésima idea, que debía haber esperado a Rory, a Nani o a Yuki, que, tal vez, no tenía idea de lo que estaba haciendo.

—Solo quiero saber la verdad —aseguró.

—Ah, ¿sí? Es eso, ¿o solo quieres hacer acusaciones? Amas la superioridad moral. Ya sabes la verdad, ¿o no, Ella? Solo quieres que yo la diga para escuchar que has tenido razón desde el principio al no confiar en mí.

—¿Cómo supiste sobre el libro? ¿Por qué lo quieres?

—No entiendes a lo que te enfrentas —respondió con los ojos entornados.

—¿Por qué es tan importante? Sé que yo estoy en él, que todas estamos en él.

—No lo entiendes —repitió la chica con otro paso hacia el frente—. No se trata de ti o de mí. Es mucho más grande que nosotras, mucho más antiguo, y yo no puedo…

Pensó en gritar o en salir corriendo. Se preguntó si esa habría sido la reacción de Ariane en aquella noche fatídica, en la que solo le había importado la verdad, tanto que no había pensado en las consecuencias. Ella estaba tan decidida a llegar al fondo de lo que estaba pasando en Grimrose que nunca se detuvo a pensar en lo que podía pasarle.

—Di lo que viniste a decir —la desafió la chica.

—No eres ella. Tú no eres Penelope. La verdadera murió y fue abandonada en una casa cerca de la estación de trenes. Estuvo allí el último año y medio. Tú ocupaste su lugar.

La verdadera Penelope estaba muerta y alguien que lucía igual a ella la había reemplazado, alguien que disfrutaría de su vida sin que nadie se percatara. La historia terminaba con la chica original revelando la verdad, pero para ellas no sería así porque el libro las condenaba a tener finales infelices.

—Te tomaste tu tiempo. ¿De qué más quieres acusarme? —insistió con las manos en las caderas.

—Asesinaste a Ariane —dijo sin más—. Y quizás a las otras también. Tú fuiste quien me tendió la trampa.

Oyó un ruido detrás de ella, giró y, en ese momento, Penelope la rodeó con el brazo izquierdo y le colocó un cuchillo en el cuello con la mano derecha. Luego la arrastró por la superficie congelada del lago.

Se resistió mientras resbalaba por el hielo.

—No te muevas o harás que ambas nos ahoguemos —siseó la impostora. Presionó más la hoja, y Ella no se atrevió a moverse. *Moriré*, pensó, aunque no le importó tanto como había creído. *El ciclo llegará a su fin.*

Y ni siquiera perdí un zapato, reflexionó luego.

—¡No te acerques! No des un paso más o te juro que la mataré —gritó Penelope.

Desde las sombras del jardín, Yuki apareció.

59

YUKI

Yuki se tomó un segundo para registrar la situación.
Penelope y Ella estaban paradas en medio de la superficie
delgada del lago. Penelope sostenía una daga plateada y afilada contra la garganta de su mejor amiga, desde donde corría una
línea de sangre y desaparecía en el vestido, mientras miraba a Yuki
con terror en los ojos color avellana.

–No te muevas –repitió Penelope. Su expresión cambió. Quedó
atrás la chica encantadora en uniforme escolar, con la sonrisa com-
pradora y los brillantes ojos verdes. En su lugar había una versión
más despiadada de la chica a la que solía conocer. La versión que no
se escondía detrás de una máscara.

Yuki no sabía si sentirse aliviada o traicionada.

–¿Qué haces? –exclamó Penelope. Tenía un brillo agudo en los ojos, peligroso–. Creí que traerías el libro.

Los ojos de Ella se ampliaron.

–No estaba. Alguien debió haberlo robado.

El cuchillo presionó más la garganta de Ella.

–¿Desde cuándo lo sabes? –insistió la chica.

–No lo sabía –respondió Yuki con voz firme. Sin embargo, si miraba hacia atrás, no le sorprendía. Todas las pequeñas intervenciones de Penelope, los empujoncitos que les había dado en la dirección equivocada.

Había estado tras el libro todo el tiempo.

Era la culpable de la muerte de Ariane.

Saberlo la llenó de alivio. Alivio porque no era su culpa, porque había una explicación y porque todo llegaría a su fin.

Sin embargo, el cuchillo seguía en la garganta de Ella, que estaba cada vez más pálida. Por el contrario, por primera vez ese año, Yuki tenía absoluto control sobre sí misma.

–Tráeme el libro y, tal vez, deje ir a Ella. Tal vez.

–¿Por qué lo quieres? –Yuki se acercaba a la orilla del lago un centímetro a la vez.

–Creí que lo habías descifrado –sentenció Penelope–. ¿No fue eso lo que dijiste? ¿Que tenías magia gracias al libro? –Presionó un poco más, y Ella soltó un mínimo quejido. La chica era más alta y tenía un arma.

Quería decirle algo que le diera seguridad, pero, a medida que se acercaba, por fin comprendió lo que sentía: ira, blanca y enceguecedora. Una ira que nunca antes había sentido, una rabia apasionada que la quemaba por dentro, recorría sus extremidades y la llenaba como brasas ardientes.

Alguien le había puesto un cuchillo en la garganta a su mejor amiga. A Ella, a quien amaba. A quien quería imitar. Ella, la que aún creía en ella a pesar de todo lo que había hecho.

Penelope quería saber quién era Yuki.

Penelope la había liberado de su propia prisión.

Y era hora de que enfrentara las consecuencias.

—Suelta a Ella. Aún puedes escapar y desaparecer —le dijo con tranquilidad.

—¿No escuchaste lo que dijo? Ya es tarde para mí, descubrirán la verdad en pocos días —respondió entre risas—. No irás a ningún lado, Ella. Eres la más irritante de todas. Fue divertido hacer que encontraras a los mellizos. Una pena que la trampa no funcionó.

—Los asesinaste a todos. ¿Por qué? —inquirió Ella con lágrimas en los ojos.

—A todos no. —La chica se encogió de hombros—. El de Annmarie fue un accidente. Han leído el libro y conocen la maldición. Igual todas hubieran muerto al final. No las maté, solo aceleré lo inevitable.

Yuki avanzó arrastrando el vestido blanco por la nieve, a la espera del momento indicado. Su cuerpo estaba controlado como el de un depredador.

—¿Por qué? —lamentó Ella.

—Si tienen sus finales felices, yo no tengo el mío. Así es como funciona. Algunas chicas consiguen sus felices para siempre, mientras que a mí me despedazan por ser la villana. Así que decidí aceptarlo. —Alzó la vista y le sonrió a Yuki—. Sabes cómo se siente. Puedo ver a través de ti.

La ira de Yuki creció cuando todo encajó en su lugar. Penelope había asesinado a las demás para conseguir el libro, para evitar que descubrieran la verdad. Ya había conseguido lo que quería.

—Tú tampoco sabes qué está pasando. Si nos dices lo que sabes, te diremos qué sabemos nosotras.

—No saben nada —resopló la chica.

—Teníamos el libro.

—Tenían *un* libro —la corrigió—. ¿Cómo crees que supe lo que Ariane tenía si yo no hubiera tenido otro? ¿Cómo crees que sabría lo que hacía si no lo hubiera sabido antes de que lo hiciera? ¿Cómo crees que estuve un paso delante de todas ustedes todo el tiempo? Solo tenían que dármelo. Podían dejarlo por ahí y todo iba a quedar olvidado. Bueno, para ustedes no. Morirán tarde o temprano.

—Entonces, la maldición es real —afirmó su amiga con un hilo de voz.

—Por supuesto que es real —rugió Penelope—. ¿Eso te hace sentir mejor? Ariane también lo sabía y había descubierto quién era yo. No se suponía que ella encontrara el libro; bueno, tampoco yo. Como sea, me dio una salida. Sabía la verdad y, en tanto me asegurara que la maldición estuviera funcionando y las muertes sucedieran, mi secreto estaría a salvo. Yo podía ser feliz aquí.

—No es la verdadera Penelope —logró decir Ella.

Yuki por fin lo entendió. Esa era la reemplazante. La historia había terminado, la villana había triunfado.

—Mentí. He estado mintiendo desde el momento en que llegué aquí. Vine a este lugar sin nada. Me senté frente a esta chica en el tren y lo único que hizo fue hablar y hablar sobre lo mucho que odiaba a sus padres porque la estaban enviando a esta escuela en Suiza como castigo. Aquí tendría acceso a la mejor educación del mundo, lo tenía todo, pero lo único que hacía era quejarse mientras yo estaba allí sentada, muerta de hambre. —Las palabras salían una tras otra hasta que comenzó a temblarle la voz, pero las manos seguían firmes–. Tenía tanta hambre. Lo único que podía pensar era que esta chica tenía todo mientras yo no tenía nada. Cuando bajamos del tren, la maté y ocupé su lugar. Me convertí en una versión mejor de lo que ella hubiera llegado a ser. No tuvo su final feliz, pero yo sí conseguí el mío. Era la única manera.

–No lo es. Puedes escapar. Todavía no se acabó –afirmó Ella.

–No me lo permitirán.

–Deja el cuchillo, Penelope –dijo Yuki con la voz tranquila, analizando todas las posibilidades, a pesar de no entender de quiénes estaba hablando. La maldición era más grande que ella, que todas ellas. Había más cosas en juego–. Podemos ayudarte.

–No pueden, ya es tarde. Hice un trato: podré seguir siendo Penelope siempre que haga que la maldición siga su curso. Encontré un libro y tenía que mantener el de Ariane a salvo. Ahora todos sabrán quién soy. Bueno, quien *no* soy. –Dio un paso atrás, lo que hizo que Yuki se sintiera nerviosa al ver que arrastraba a Ella hacia el hielo delgado del centro del lago–. Esto no cambia las cosas. Se lo dije a Ariane, pero ella quería contárselos a todos, y no podía permitirlo. Acababa de conseguir lo que quería, y ella iba a arruinarlo. Deben comprenderlo, mi historia ya estaba terminada. No tienen posibilidad de vencerlos.

–¿De quiénes estás hablando? ¿Qué más sabes sobre la maldición? –exigió Yuki.

–Ya es tarde. –Penelope negó con la cabeza otra vez y balbuceó–. Todas esas muertes en vano. Si hubiera conservado los libros, nadie más hubiera descubierto quién soy. Ellos no se lo dirían a nadie mientras los ayudara, y eso hice. Maté para mantener mi secreto, para conservar mi vida. Si ustedes consiguen sus finales felices, yo no tendré el mío. Y yo ya *tengo* el mío.

—Si todas morimos, ¿qué diferencia hará? —preguntó Yuki.

Penelope rio. No parecía temeraria, más bien sabía lo que hacía a la perfección. Hizo lo que hizo porque sabía quién era.

—Te lo dije, Yuki. Nos parecemos más de lo que piensas —aseguró sonriente. Había estado en lo cierto desde el principio respecto a quién era y a quién intentaba ser. Yuki tenía que dejar caer la máscara.

Sintió el poder que le corría por las venas como un cosquilleo. Quería ser liberado a cualquier costo y, por primera vez, Yuki no se resistió. Eso la convertía en quien era. La magia desatada era su verdadero ser. Tenía que liberarse, la falta de control sería su arma. Miró a Ella a los ojos a través del lago, calculando lo que debía hacer, y su amiga asintió de forma casi imperceptible. Penelope no iba a poder lastimarla mientras Yuki estuviera allí. Se movió tan rápido que la impostora no la vio llegar. Estaba segura de su cuerpo, de sus manos y de su poder. Se adentró en el lago congelado, presionó las manos poderosas contra la capa de hielo sobre la que se encontraban las dos chicas y la quebró.

Todo pasó de una sola vez.

Penelope gritó, Ella le empujó el brazo, giró e hizo caer el cuchillo. El hielo debajo de ellas se abrió en un hoyo cada vez más grande. Penelope empujó a Ella para intentar escapar, haciéndola tropezar y desaparecer dentro del hueco, sumergida en el agua.

Yuki la vio desaparecer y el horror le caló hasta los huesos. Penelope se salvó de caer, pero ella se le lanzó encima sin darle tiempo a reaccionar, tomó el cuchillo que había dejado caer y se lo clavó en el corazón. La chica tosió sangre, pero Yuki mantuvo la mano en el cuchillo. Su vestido blanco se tiñó del mismo color que tenía en los labios con la sangre que le corría desde las manos.

Tomó a Penelope cuando se tambaleó, quien la miró con los ojos grandes y dijo una sola frase:

–¿Por qué?

Yuki respiró hondo y respondió en un susurro para que solo ella la escuchara.

–Me dijiste que quisiera cosas. Te quería muerta.

Con eso, Penelope sonrió antes de languidecer.

60

RORY

Vio toda la escena desplegándose frente a sus ojos mientras corría hacia el lago con ambos libros en las manos. Penelope con un cuchillo contra el cuello de Ella, Yuki hablándole con tranquilidad sin atreverse a moverse. Y luego todo sucedió muy rápido.

Un destello de magia de Yuki sobre el hielo, la superficie rompiéndose y Ella cayéndose dentro del agua helada mientras Penelope pareció desplomarse en los brazos de Yuki.

—¡Ella! —gritó.

Penelope tenía el cuchillo clavado en el pecho; Yuki, las manos y el vestido cubiertos de sangre. Ella estaba en el lago debajo de las dos.

Como si hubiera despertado de un sueño, Yuki alzó la vista y, antes de que Rory pudiera detenerla, se lanzó al agua.

Rory contuvo la respiración al ver desaparecer a su amiga. Se acercó al borde del lago, pisando con cautela hasta estabilizarse, y buscó algo con que sacarlas. Ella no llevaba mucho tiempo debajo del agua, pero estaba tan fría que podía darle un choque. Vio una rama baja en uno de los árboles y la partió a la mitad. Se deslizó por la superficie con cuidado de no crear más grietas y de no mirar al montículo verde que era el cuerpo sin vida de Penelope.

Sus amigas no podían permanecer allí abajo.

No podían morir como Ariane. Se rehusaba a perder a alguien más en ese maldito lago o en la escuela; no perdería a nadie más y punto. Se rehusaba.

Se detuvo lo más cerca del hoyo que se atrevió.

—Vamos —rugió con la mirada en el agua, que estaba quieta como la muerte—. ¡Vamos!

Pasó bastante tiempo y, justo cuando estaba por perder la esperanza, la superficie del agua se agitó. Primero fue un movimiento pequeño, pero luego creció, y Yuki emergió con un jadeo, sujetando un cuerpo inerte de vestido azul.

—Ayúdame —suplicó, temblorosa y jadeante.

Rory extendió la rama, y Yuki la tomó, pero no podía sola. Tenía el cuerpo lánguido de Ella en brazos, y las prendas sumaban mucho peso.

—Tómala —insistió Rory.

—Lo hago —gritó Yuki—. No puedo…

Jaló, pero se le acalambraron las manos justo en ese momento y la soltó. No, no. No era el momento. No podían fallarle cuando había tanto que dependía de ella, cuando las dos mejores amigas que le quedaban estaban dentro del agua, luchando por sus vidas, y tenía que sacarlas. Con los ojos llenos de lágrimas, recuperó la rama. Yuki intentaba mantenerse a flote mientras tosía y escupía agua, pero solo tenía una mano para sostenerse porque con la otra aferraba a Ella con fuerza.

Rory respiró hondo y se reafirmó. Conocía su dolor y su cuerpo. Sabía cómo funcionaba incluso cuando parecía que estaba traicionándola y volviéndola más débil. El dolor ni lo que le sucedía a su cuerpo la hacían débil. Había sobrevivido. Había superado cada noche sin dormir, cada mañana en la que se levantaba y creía que no podría caminar, cada día en el que creía haber alcanzado el límite.

Siempre superaba el límite.

Aunque el cuerpo intentara traicionarla, se mantenía fuerte. Era fuerte a pesar de él, quizás gracias a él, porque sobreviviría. Ese cuerpo le pertenecía.

—¡Resiste! —vociferó y luego jaló con todas sus fuerzas.

Yuki se deslizó fuera del agua, jadeando y arrastrando el cuerpo inconsciente de Ella. Los brazos de Rory protestaban a medida que jalaba más para poner la mayor distancia posible entre sus amigas y el agujero en el hielo. Al ver el rostro pálido y los labios azules de Ella, tembló de miedo.

—Saquémosla de aquí —dijo. Su amiga tan solo asintió; estaba más pálida de lo habitual. Los trajes elegantes goteaban agua, y el vestido de Yuki había cambiado de color. La sangre se había extendido a la altura del corazón, por lo que parecía que había sido su pecho el apuñalado.

Justo cuando Rory dejó a Ella en un claro donde había menos nieve, alguien llegó corriendo por el camino con un vestido dorado y rizos que volaban por detrás. Nani se detuvo en cuanto vio a la chica fría sobre el césped. Rory le tomó una muñeca para sentir el pulso, pero no lo encontró.

—Vamos —susurró Yuki de rodillas—. Vuelve, Ella. —Nani se arrodilló junto a ellas con la falda abultada a su alrededor. Yuki aferró el otro brazo de Ella con fuerza y le apoyó una mano ensangrentada en el pecho–. Tu historia aún no termina. Este no es tu final.

Nani le tomó la mano a Rory, que la apretó con fuerza y tomó la de Yuki. Rory nunca había sentido algo más poderoso. Luego, Nani llevó la otra mano al pecho de Ella y presionó con fuerza en el punto exacto.

El efecto fue inmediato.

El cuerpo de Ella se sacudió como impactado por un rayo. Rory no supo si era medicina o magia, pero Ella despertó, tosió agua y vomitó hasta que pudo volver a respirar, temblando de frío. Rory se sacó la chaqueta rosada para taparla.

–¿Me sacaron? –preguntó Ella al mirarlas a todas.

–Sí, por supuesto que sí –afirmó Rory con una sonrisa de alivio.

–Y le hiciste algo terrible a tu cabello.

–Bueno, puedes irte al diablo y morir otra vez, entonces. –La sonrisa de Rory desapareció.

Ella se echó a reír, luego a toser y, de repente, todas se tentaron de la risa. Rory le palmeaba la espalda para que terminara de escupir el agua mientras seguía riendo. Incluso Nani estaba sonriendo aliviada.

Habían sobrevivido a esa parte.

Las risas fueron apagándose hasta que el silencio de la noche cayó sobre ellas como el abrigo de una manta.

Yuki resolló y luego susurró en voz tan baja que Rory apenas la oyó.

–No me dejes.

–No lo haré –respondió Ella por lo bajo.

Miró hacia el lago y vio el cuerpo sin vida sobre el hielo. Habían sobrevivido por el momento, pero eso no había terminado. Tendría la fuerza suficiente para enfrentar lo que siguiera. Debía tenerla.

61
ELLA

Había soñado con eso más de una vez, con ahogarse al igual que Ariane. Le llevó un tiempo darse cuenta de que, en esa ocasión, no era un sueño, era real.

Pero Yuki había ido a buscarla. Un espejismo de vestido blanco que se sumergió en el agua, la rescató y salió sin rasguños, sin tragar agua. Parecía ilesa, más allá de la sangre sobre su ropa.

Pero no todas lo estaban. Alcanzaba a ver el cuerpo sin vida de Penelope sobre la superficie congelada del lago, con un cuchillo asomando del pecho.

—¿Qué demonios pasó? —preguntó Rory, sentada sobre el suelo helado.

—Yo… —comenzó a hablar sin saber cómo seguir.

—Penelope estaba mintiendo sobre su identidad –intervino Yuki con voz firme–. Era una impostora. Era una de nosotras.

De los cuentos.

—¿Y qué ocurrió? –Las instó a seguir Nani.

—Amenazó a Ella –dijo Yuki sin más. Había amenazado a su amiga, y la había asesinado por eso.

Ella se estremeció, tomó aire y se acurrucó más en la chaqueta rosada.

—Fue ella quien asesinó a Ari –reveló Rory con la voz afectada–. ¿Recuerdan el bolso nuevo? Penelope dijo que no había llegado a la escuela hasta después de la muerte de Ari, pero sabía sobre el bolso. Ari debía tenerlo cuando se encontraron el primer día, y Penelope debió haberlo devuelto a nuestro dormitorio sin que lo notáramos.

—Y tenía otro libro –agregó Nani.

—Nos lo dijo –confirmó Ella con un hilo de voz–. Asesinó a Micaeli, a Molly y a Ian también.

Nani negó con la cabeza y se pasó la lengua por los dientes. Ella volvió a mirar al cuerpo de cabello dorado en medio del lago congelado.

—¿Dijo algo más?

Yuki la miró a los ojos y negó con la cabeza; les hablarían de la conexión con la maldición por la mañana.

—Dios. Y ni siquiera rompimos la maldición –dijo Nani con un suspiro.

—Aún.

Se miraron unas a otras con solemnidad. Lo único que había en el corazón de Ella era determinación.

No habría más muertes.

Penelope, o quién quiera que fuera, sería la última.

–¿Qué hacemos? ¿Cómo vamos a explicar esto? –La pregunta de Rory hizo eco en el silencio, con la voz cargada de pánico.

–Nadie lo sabrá –afirmó Ella. Rory y Yuki la miraron desconcertadas, como si estuviera sugiriendo algo imposible. Pero no era así. Nadie las veía desde el castillo y la noche estaba helada, así que no quedaría evidencia si se deshacían de todo–. Identificarán el cuerpo de la verdadera Penelope y se dará a conocer la noticia. Luego pensarán que esta chica se escapó para que no la atraparan. –La solución perfecta–. Nadie lo sabrá –repitió con una mirada reafirmante hacia Yuki.

La chica era la imagen de la tranquilidad, pero tenía la mirada tormentosa, oscura.

–Declararon que las muertes en la escuela fueron accidentes. No sospecharán nada –concluyó Nani enseguida.

–Seremos las únicas que sabremos la verdad –cerró Ella. Estaba temblando por el vestido mojado, pero estar congelándose parecía irrelevante en ese momento–. ¿Es un trato? –preguntó mirando a las demás.

Yuki no respondió, sino que mantuvo la vista en sus manos. Las manos que habían apuñalado a Penelope, que le habían clavado una daga en el corazón sin pensarlo dos veces.

–Sí –respondió Rory

–Tienen mi palabra –agregó Nani.

–Bien. Ahora tenemos que ponernos en marcha. Necesito ropa porque me estoy congelando. También tengo que deshacerme del vestido de Yuki. Ustedes suban, inventen alguna historia de que Yuki vomitó en el baño o algo así, y tráigannos pijamas para las dos.

–¿Estás segura de que es lo único que necesitas? –preguntó Rory tras mirar al lago de reojo.

—También deben entrar al dormitorio de Penelope, empacar algunas cosas en un bolso y traerlo. Se hubiera llevado algo para escapar.

Nani y Rory desaparecieron por el camino del jardín.

—Romperé tu vestido, hay suficiente tela para que envolvamos el cuerpo.

—De acuerdo —respondió Yuki como si fuera la conversación más normal del mundo.

Desgarró el terciopelo que había cosido con mucha dedicación. Cuando terminó con toda la falda de Yuki, ambas recogieron la tela y se dirigieron al lago helado.

Primero, sacó el cuchillo de entre las costillas de Penelope. Los ojos verdes de la chica estaban duros, fijos en el cielo, y tenía una leve sonrisa en los labios. Luego, lavó el cuchillo en el agua fría y lo dejó a un lado con cuidado. Tomó los trozos de tela blanca y comenzó a envolver el cuerpo con piedras de la orilla para que se hundiera hasta el fondo. Yuki temblaba mientras la veía terminar de envolver todo el cuerpo en terciopelo, hasta hacer desaparecer el rostro debajo de un manto blanco. El hielo era delgado, así que emanó frío de las manos para fortalecer la barrera entre ellas y el agua.

Cuando Ella terminó, no quedaba nada más que hacer. Había hecho lo que tenía que hacer, porque era la única opción.

Penelope la había amenazado y Yuki la había asesinado para protegerla. Una vez muerta, era una amenaza para Yuki, así que Ella hizo lo necesario para protegerla.

—Ven, ayúdame a empujarla —pidió.

Su amiga obedeció y juntas deslizaron el cuerpo hacia el hoyo por el que Ella había caído. No pensó en la oscuridad debajo del lago ni en lo que Ariane debió haber sentido mientras Penelope la sostenía bajo el agua hasta que se le llenaran los pulmones. No pensó en nada más que en Yuki.

—¿No se preguntarán por mi vestido? —dijo Yuki cuando estuvieron paradas sobre el hueco.

—Lo arreglaré —respondió. Eso era en lo único en lo que podía pensar, de lo contrario, sería surrealista. Podía arreglarlo todo—. Lavaré la sangre y haré una nueva falda para que no parezca que la desgarramos.

Tarde o temprano, el lago desgastaría la tela, así que la solución no sería eterna. El cuerpo de Penelope podía salir a flote en primavera, cuando el hielo se descongelara, pero les daría tiempo para solucionar el resto. El plan tenía sus baches, pero hizo lo mejor que pudo con lo que tenía. Su mente solucionaba un problema a la vez. Si dejaba de pensar en eso, sería consciente de su cuerpo, de los dedos temblorosos y de las manchas de sangre que acababa de limpiar del hielo con los restos del vestido de su amiga.

Enterró el pecado de Yuki como había enterrado a su padre. Solo que, en esa ocasión, no lamentaba nada.

Rory y Nani llegaron con ropa, ellas se cambiaron, y Ella guardó el vestido ensangrentado de Yuki en una bolsa para llevarlo a casa. También se quedó con el bolso de Penelope y con el cuchillo para arrojarlos lejos, donde nadie encontrara la evidencia.

Las cuatro observaron el agua, sin cuerpo a la vista. Ninguna tenía sangre en las manos porque ya se las habían lavado, la única evidencia estaba en el vestido.

—Verán el agujero en el hielo —señaló Nani.

Sin decir nada, Yuki se arrodilló en el suelo y tocó el hielo. La superficie se expandió en una capa más gruesa y tapó el hueco y las grietas hasta que quedó reluciente otra vez.

Ella giró, con la cabeza en orden, la respiración pausada.

—¿Qué hay en el otro libro? Son mellizos, ¿cierto?

Nani asintió y lo sacó para mostrárselo. La cubierta era igual a la del otro.

Un libro blanco. Un libro negro.

Lo abrió esperando encontrar las historias con finales felices, algo que equilibrara las cosas. Las cuatro chicas estaban en círculo, con las cabezas inclinadas hacia las páginas. Al final de cada cuento, se encontraba el retrato de una chica, rostros que reconocieron.

Ella.

Yuki.

Rory.

Nani.

Las cuatro, impresas en una página. Siguió adelante y encontró más rostros familiares de la escuela. Micaeli. Molly y su hermano. Annmarie. Rhiannon. Alethea. La verdadera Penelope.

Cuando llegó a "La sirenita", el rostro de Ariane estaba allí.

La imagen estaba desvaneciéndose. La tinta no era tan nítida como la de los retratos de los demás. Recorrió el rostro con los dedos.

—Así fue cómo lo supo Penelope. Supo quiénes éramos desde el principio.

Yuki se miró las manos, que seguían temblorosas, pero ya estaban limpias. Ella las tomó y presionó, y su amiga se dejó consolar por el contacto. No dejaría que su corazón flaqueara, no podía fallar en ese momento.

—¿Y qué hacemos ahora? Aún tenemos que romper la maldición —señaló Rory.

—Sí. Y tenemos que descubrir cómo antes de que lleguen nuestros finales infelices —coincidió Nani.

—Entonces, ¿cómo nos salvaremos? —Yuki se humedeció los labios y sonó más segura.

Miró el libro lleno de historias trágicas que la precedieron. Lleno de rostros que reconocía y de rostros que no. Lleno de imágenes que se desvanecían y de otras que seguían tan frescas como si acabaran de ser impresas en las páginas.

—No salvaremos solo a una chica, las salvaremos a todas —aseguró.

AGRADECIMIENTOS

Es extraño publicar un libro sobre el duelo por una amiga cuando tú misma aún estás de duelo por una. Itamar, desearía que estuvieras aquí para recomendarme videos de YouTube fatales y compartir Coca Cola durante la semana, cuando no se supone que la bebamos. Tu recuerdo es una bendición.

A todos los que han perdido a alguien durante el último año, amigos, familiares, seres amados: tienen derecho a estar tristes. Tienen derecho a sacudir el mundo por eso.

A Sarah LaPolla, quien tomó mi mano desde el comienzo de esta aventura de publicar un libro y la sostuvo hasta que pude ponerme de pie, y a Kari Sutherland: estoy enormemente agradecida de haberlas encontrado. Conocer a una buena agente es suerte, encontrar a una segunda es como ganarse la lotería. Gracias por su paciencia, por su trabajo duro y por darme aliento.

A mi equipo de Sourcebooks, quienes han recibido a las chicas de Grimrose con gran entusiasmo. Annie Berger, mi editora, gracias por tus notas. Zeina Elhanbaly, gracias por ser tan atenta y amable al responder mis correos electrónicos. Nicole Hower y Ray Shappell, gracias por crear una tapa que capta la esencia del libro a la perfección. Dominique Raccah, Todd Stocke, Cassie Gutman y Beth Oleniczack, gracias por hacer posible este libro.

Solaine Chioro, te debo todo. Escogiste este libro cuando no era más que una idea y me dijiste "Esto es lo que se debe hacer", respecto a escribir en un idioma que no era el mío. Gracias por haber creído en estas chicas y por haber leído escenas en la biblioteca que debieron haberse sentido como trescientas mil palabras.

Franklin Teixeira, gracias por las setenta y seis páginas de notas codificadas por color sobre este libro. Tu entusiasmo por Nani me mantuvo firme.

Gracias a mi familia, que siempre me anima a seguir mis sueños. En especial a mi hermana, gracias por las infinitas historias de princesas. Gracias a mis padres por hacer todo posible y por ayudarme a mudarme a mi propia casa; sé que lo único que querían era deshacerse de todos los libros que dejaba por la suya, pero se los agradezco de todas formas. Paz, gracias por seguir preguntando por mi libro a pesar de que todas mis respuestas consistieran en gruñidos fuertes e incoherentes.

Samia, Rafael y Emily, todo lo que pueda decirles aquí parecerá insuficiente. Bárbara, nunca fui de las que creen en el destino, pero, a veces, conocerte se siente como resultado de la magia del universo. Iris y Mareska, las amo hasta el fin del mundo.

Gracias a Sense 5 (por sobrevivir años de escuela conmigo y más), a AFB (amo nuestro club de lectura que nunca lee), a New Year Studio (por el mejor espacio de quejas que haya existido), a la hermandad de gays malvados en cuarentena (por las boinas), a Salven a Ben Solo (por dos años de trauma y contando), a Mayra, Lucas, Gih, Luisa y a todos mis amigos que no son parte de un grupo enorme, pero son muy importantes para mí.

Spell Check, han hecho que mis lunes por la noche sean la única razón por la que ansío que llegue el lunes, que no es poco decir. Son los mejores. Linsey, gracias por todos tus gritos. Dana y Deeba, son las más auténticas. Aún espero el día en que compartamos estantería en una biblioteca. Gracias a todos los demás autores a los que conocí en este camino, los que publicitaron este libro y con quienes chateé, hice videoconferencias e intercambié memes.

Vina, no eres ni la mitad de lo malvado que es Mefistófeles (creo), aunque no apostaría por él en una pelea entre ustedes.

Sofia, las palabras son ???? Creerías que, como autora, ya debería saberlo. Gracias por comprarme pizza, por haberme escuchado durante cinco horas seguidas cuando trabajaba en el argumento de este libro y por alentarme a hacer que Penelope fuera la peor de todas. Gracias por brindarme un espacio en el que me siento amada y en el que ser queer es lo mejor que puedo ser.

Y gracias a los lectores, los viejos y los nuevos. Gracias por escoger este libro. Son la razón de que pueda vivir este sueño. Puede que esta historia sea antigua como el tiempo, pero eso no significa que no pueda ser renovada. Espero que les guste esta versión con heroínas homosexuales y volubles. Prometo que los llevaré a salvo hasta el felices para siempre. Este es solo el comienzo.

¡QUEREMOS SABER QUÉ TE PARECIÓ LA NOVELA!

Nos puedes escribir a vrya@vreditoras.com
con el título de este libro en el asunto.

Encuéntranos en

 facebook.com/VRYA México

 instagram.com/vryamexico

 twitter.com/vreditorasya

COMPARTE
tu experiencia con
este libro con el hashtag
#grimrosegirls